Lichtfisch

Arthur Witten

Für alle, die (ver)suchen, verstehen und vergessen.

© 2020 Arthur Witten

Verlag und Druck: tredition GmbH, Halenreie 40-44, 22359 Hamburg

ISBN Taschenbuch: 978-3-347-06471-3
ISBN Hardcover: 978-3-347-06472-0
ISBN e-Book: 978-3-347-06473-7

Bibliografische Information der Deutschen Nationalbibliothek:
Die Deutsche Nationalbibliothek verzeichnet diese Publikation in der Deutschen Nationalbibliografie; detaillierte bibliografische Daten sind im Internet über http://dnb.d-nb.de abrufbar.

Kreislauf

der Mensch wie ein Kind
unschuldig und neugierig
will alles versuchen
und das Versuchen
ist die Quelle
der Erkenntnis

der Mensch wie ein Mensch
groß und stark
will alles verstehen
        doch mit dem Verstehen
        kommt das Wissen
        kommt die Fülle
        kommt die Verantwortung
        belastend
        und schier
        erdrückend
und das Verstehen
ist die Quelle
der Mühsal

der Mensch wie ein Greis
gebeugt und müde
will alles vergessen
und das Vergessen
ist die Quelle
der Unschuld

Ysé Pidot

Inhaltsverzeichnis

Teil I.

versuchen

Martin Jone, 2018-10-20

Das Telefon klingelt. 15:33:01

»Hallo?«

»Hallo, Jonesy, ich bin's.«

Hari ist dran.

»Hör zu, du musst unbedingt vorbeikommen. Ich hab' da was, das dich interessieren wird.«

»Okay, Zweistein, bin unterwegs. Um was geht's denn?«

Klick.

Harald ›Hari‹ Stein mag es normalerweise gar nicht, wenn man ihn Zweistein nennt. Niemand kommt an Einstein heran, sagt er. Nach Einstein kommt Zweistein, sage ich.

Manchmal ist Hari ein bisschen weltfremd. Geht wohl davon aus, dass ich jetzt gerade nichts Besseres zu tun habe, als zu ihm zu kommen.

Hari kennt mich gut.

Keine zwanzig Minuten später stehe ich in seinem Zimmer. Es sieht 15:51:18 aus wie immer. Kontinente und Gletscher bewegen sich zu langsam, als dass das menschliche Auge etwas erkennen könnte, und so ist es auch mit den Stapeln von Büchern, Fachzeitschriften und Notizen, die sich überall in Haris Arbeitszimmer auftürmen. Manchmal sogar vor und auf seinem Bett. Die untersten Papiere sind vermutlich schon im Zustand fortgeschrittener Sedimentierung, und ab und zu stürzt ein Stapel um.

Spannender ist da schon die Frage, wo Jogi diesmal steht. Jogi ist ein Joghurtbecher (beziehungsweise mehr dessen Inhalt), der seit einem guten Monat die Entwicklung vom Urschleim zu intelligentem Leben in verkürzter Form durchläuft.

»Hallo, Zweistein. Hallo, Jogi.«

Der Becher steht auf einem Zeitschriftenstapel direkt neben der Tür. Er scheint meinen Gruß zu erwidern.

»Lass den Quatsch, Jonesy. Du, ich bin da gerade einer ganz tollen Sache auf der Spur, geradezu genial. Pass auf, du kennst doch Magnete, oder?«

»Du meinst die Teile, die am Kühlschrank halten sollen und mit irgendwelchen Lebensweisheiten oder Schimpfwörtern bedruckt sind?«

»Ha, ha. Nein, viel grundlegender. Ein Stück Eisen zum Beispiel. Jedes Atom ist ein Elementarmagnet, aber das ganze Stück Eisen ist deshalb nicht automatisch magnetisch.«

»Ja, klar, je nachdem wie sich die Magnete aus...«

»...richten, ja. Du hast einzelne Bereiche, in der die Elementarmagnete in eine bestimmte Richtung ausgerichtet sind, die Weißschen Bezirke. In einem Nachbargebiet sind die Magnete unter Umständen ganz anders orientiert. Und die Gebiete sind durch Bloch-Wände voneinander getrennt.«

»Mhmm, ich erinnere mich. Aber was ist daran neu?«

»Jetzt warte doch mal. Bin ja noch nicht fertig. Also, wenn die Weißschen Bezirke alle in etwa die gleiche Richtung zeigen, dann ist das Eisenstück magnetisch, wenn die Richtungen kreuz und quer verlaufen, dann nicht.«

Pause. Er sieht mich an und wartet auf ein Zeichen von mir, dass ich ihm noch folgen kann. Wir haben zwar miteinander studiert, aber das scheint er schon längst verdrängt zu haben. Okay, ist tatsächlich auch schon einige Jahre her. Trotzdem: Weißsche Bezirke, Bloch-Wände – das war Schulstoff in der Oberstufe.

»Ja?«

»Jetzt ersetze mal die magnetische Richtung durch die Sinnausrichtung.«

Er grinst zufrieden und lehnt sich zurück, als ob alles gesagt wäre.

»Bitte was?«

Mir ist nicht klar, worauf er diesmal wieder hinaus will.

»Komm schon. Du hast elementare Sinn-Einheiten, zum Beispiel eine Gruppe von Menschen, die den Sinn des Lebens in – sagen wir mal – der Auferstehung nach dem Tod sehen. Diese Gruppierung – «

Er macht eine bedeutungsschwangere Pause und hebt den Zeigefinger:

» – die nicht einmal räumlich lokalisiert sein muss, bildet einen Weißschen Bezirk. Durch Bloch-Wände getrennt, schließen sich Bezirke an, also Menschengruppen, die den Sinn in ganz anderen Dingen sehen. Laufen die Sinn-Ausrichtungen benachbarter Gruppen konträr, gibt es Spannungen.«

»Ah, verstehe, du willst die Glaubenskriege physikalisch erklären.«

»Nein. Das mit dem Leben nach dem Tod war ja nur ein Beispiel. Der Sinn der Lebens hat nicht zwangsläufig etwas mit Religion zu tun. Ein anderes Beispiel wäre, äh ...«

» ... die Frage, ob Ordnung ein Lebensprinzip ist? Ulla lebt da in einem anderen Weißschen Bezirk als du, und die Bloch-Wand ist deine Tür.«

Was Hari betrifft, ist Ordnung eine mehr oder weniger überflüssige Option, für Ulla ist sie Lebensinhalt. Klar, dass es da fast täglich Zoff gibt, sei es, weil Hari die Telefonrechnung verlegt, das Geschirr nicht gespült oder keinen neuen Kaffee besorgt hat.

Und Ulla? Wenn es nach ihr ginge, wären die Lebensmittel im Kühlschrank alphabetisch geordnet, oder besser noch nach Verfallsdaten. Und sie liebt Kühlschrankmagnete. Vermute ich. Am besten welche mit irgendwelchen positiven Lebensweisheiten. Oder der Aufschrift ›wichtig‹, gefolgt von mindestens zwei Ausrufezeichen. Damit werden Zettel mit Informationen für Hari fixiert, wie zum Beispiel:
›Die Mülltonne wird morgen geleert‹
›Es ist keine Milch mehr da‹
›Gestern war die Müllabfuhr da ...!‹
›Milch kaufen!!!‹

Die Zahl der Ausrufezeichen ist ein exponentieller Gradmesser für die Dringlichkeit der Botschaft, das ist allerdings noch nie zu Hari durchgedrungen.

»Ulla? Sehr witzig. Da fällt mir ein, ich sollte noch Kaffee ...«

»Ich hab' aus einer Vorahnung heraus Kaffee besorgt und den Zettel schon vom Kühlschrank weg.«

»Oh, danke!«

Er scheint ernsthaft überrascht, aber auch verwirrt, weil ihn der Kaffee aus dem Konzept gebracht hat.

»Vier Ausrufezeichen sind dein neuer Rekord, Hari.«

»Ja, schon gut, ich weiß. Was bin ich dir schuldig?«

»Passt schon. Das regeln wir beim nächsten Mal.«

»Soll ich uns 'nen Kaffee machen, jetzt, wo wieder einer da ist?«

Typisch Hari. Unverbesserlich.

»Immer.«

Hari schlurft nach draußen, um Kaffee zu kochen. Ich bleibe in seinem Zimmer und sehe mir seine Aufzeichnungen auf dem Schreibtisch an. Er hat ein Rechteck auf ein Blatt Papier gemalt, in kleine, unregelmäßige Bereiche unterteilt und kleine Pfeile in alle Richtungen eingetragen. Darunter dasselbe Bild, nur dass die Pfeile in mehr oder weniger dieselbe Richtung zeigen. Darunter steht in Haris Handschrift: *Hat das Universum einen Sinn?*

Ich gehe zu Jogi. Eine grünliche Schimmelschicht überzieht mittlerweile das untere Drittel des Bechers. Bei meinem letzten Besuch konnte man noch die Reste des Himbeerjoghurts erkennen, was einen guten Kontrast zu dem grüngrauen Pelz abgab, aber mittlerweile ist alles zugewuchert. Mal sehen, wann das Ding da drin Augen oder Beine entwickelt ... in Haris Zimmer ist *alles* möglich.

Hari kommt mit zwei Tassen Kaffee wieder zurück.

»Hier ist deiner. Schwarz und verbittert, wie immer. Milch ist, äh, gerade aus.«

Er grinst verlegen.

»Danke.«

»Wo war ich? Ach ja, die Sinnpfeile in den Weißschen Bezirken des Universums.« Er zieht die Tür hinter sich zu. »Die Frage ist doch: ist das Universum magnetisch, also im übertragenen Sinne – gibt es einen globalen, einen universellen Sinn? Oder ist alles sinnlos?«

Ich nippe vom Kaffee, bevor ich antworte. Die Theorie hat was, zugegeben. Bezirke, in denen irgendwas *sinnvoll* ist, andere Bereiche, in denen gerade jenes Verhalten sinnlos erscheint. Ergibt Haris Theorie Sinn? Hat das Leben einen Sinn?

In diesem Moment klopft es an der Tür, und fast zeitgleich fliegt sie auf, bevor Hari reagieren kann. Ulla stürmt herein, ihre graublonden Haare wie immer streng nach hinten zu einem Pferdeschwanz gebunden.

»Jetzt reicht es aber langsam, Harald. Seit drei Tagen ist keine Milch mehr im Kühlschrank, und du hältst es nicht für notwendig, neue zu besorgen. Dafür steht seit zwei Wochen dein blöder O-Saft offen drin herum, obwohl der seit einem halben Jahr abgelaufen ist. Mir steht es bis hier!«

Ulla deutet mit der flachen Hand über ihren Kopf.

»Kümmere dich gefälligst mal drum und lies mal die Notizen am Kühlschrank, steht ja alles dran.«

Erst jetzt scheint sie mich zu bemerken.

»Hallo Martin, hast *du* den Kaffee besorgt?«

Ich nicke. »Hallo, Ulla.«

»Danke – wobei ich nicht verstehe, warum du ihn« – sie macht eine Kopfbewegung zu Hari – »auch noch in seiner Faulheit unterstützt. Rede *du* mal mit ihm, das kann doch so nicht weitergehen."

Ich nicke wieder. Diese Aufforderung kommt so ungefähr jedes Mal, wenn sie mich sieht.

Sie wendet sich wieder Hari zu. »Kümmer' dich drum!«, faucht sie noch einmal, dann stürmt sie aus Haris Zimmer und donnert die Tür hinter sich zu.

Das gibt dem Zeitschriftenstapel den Todesstoß. Langsam, fast in Zeitlupe kippt er zur Seite und begräbt Jogi unter sich. *Mach's gut, kleiner Freund. Hier endet die Evolution für dich*, denke ich und ertappe mich dabei, ernsthaft über die Möglichkeit zu grübeln, in ein paar Jahren einen versteinerten Joghurtbecher aus Haris sedimentierten Unterlagen zu meißeln.

Ich trinke den Kaffee aus und halte die Tasse fest. Wenn ich sie hier abstellen würde, würde sie vielleicht demnächst Jogis Schicksal teilen. Nach Ullas Standpauke ist Haris Stimmung für Theorien und Hirngespinste aber erst einmal dahin.

»Ich muss dann mal wieder. Ich denk' drüber nach – klingt vielversprechend, aber ergibt deine Theorie auch wirklich Sinn?«

Ich zwinkere Hari zu, aber der ist gedanklich momentan in seinem eigenen Universum. Er betrachtet sinnierend den umgefallenen Stapel.

»Ja, ich muss dann auch mal in die Stadt, Kaffee kaufen.«

»Milch.«

»Was? Ach ja, Milch.«

»Mach's gut, Hari, bis die Tage.«

»Du auch, Martin. Bis bald.«

Martin. So nennt er mich nur, wenn die Hütte brennt. Armer Hari.

16:07:43 Kaum bin ich die Treppe aus dem fünften Stock runter und auf der Straße, klingelt das Telefon.

»Hi Hanna, was gibt's?«

»Hi Martin. Zwei Sachen: erstens ist der Geburtstagsgig jetzt fix, die haben gerade zurückgerufen.«

»Das war der sechzigste, oder? Hm.«

8

Motivation klingt anders, sorry.

»Hey, komm schon. Der letzte war blöd, ich weiß, aber müssen ja nicht alle gleich ablaufen. Das Geburtstagskind hat uns schon mal gehört und will uns *unbedingt* haben. Also bitte Klappe halten, nett lächeln und den Termin auf die Homepage setzen.«

»Ja, schon gut.«

Der letzte Geburtstagsgig war ebenfalls ein sechzigster, und da war den Gästen das Gitarrestimmen schon zu laut, außerdem standen wir strategisch ungünstig zwischen der Feier und dem Buffet. Wenn Blicke töten könnten ...

»Der zweite Punkt: die Probe heute abend. Meine Schwiegermama ist krank und muss das Bett hüten, und Andi ist ja nicht da. Ich hab also niemanden für Laura. Wenn es okay ist für dich, nehme ich halt das Babyfon in den Keller, normalerweise schläft sie ja durch.”

»Ja, einverstanden. Ansonsten kann sie gerne mitsingen oder ein bisschen den Shaker schwingen.«

»Ja, klar, du Spinner.«

Hanna kann einen so nett beschimpfen, dass man ihr nicht böse sein kann.

»Schreib mich aber bitte an, nicht klingeln, sonst ...«

»Schon klar.«

»Also dann, bis heute abend!«

»Bis denne!«

Nach dem Abendessen wird es langsam Zeit, die Sachen für die Probe zusammenzupacken. Ich stöpsle die Gitarre aus, packe sie ein und wickle die Kabel zusammen. Die kommen mit dem restlichen Equipment in die Sporttasche und – halt, der Ordner mit den Songs! Beim Gig läuft alles auswendig, aber so schnell wie früher wollen die Songs und die Texte nicht mehr in den Kopf. 19:08:11

Ich öffne die Schranktür und hole den Ordner. Mein Blick bleibt an der unscheinbaren Schachtel mit den CDs hängen. Die CDs, ja. Eigentlich könnte ich sie entsorgen.

Ich hole eine aus der Schachtel. Vorne prangt das Konterfei von Jill und meiner Wenigkeit. ›Jilly Jones – Acoustic Songs‹ steht darunter. Der Bandname ›Jilly Jones‹ ist Jills Idee gewesen. Sie hieß tatsächlich Jill, Jill Kirchberger. Weil es cooler klingt, wurde daraus Jill Churchhill. Mich hat sie auch anglisiert, Martin Jone – bitte, Martin wer? Also flugs Marty Jones daraus gemacht. Aus ›Jill 'n' Jones‹ wurde dann ›Jilly Jones‹, weil ›Jilly‹ nach ›Chili‹ klingt und die Red Hot Chili Peppers ganz groß waren. So groß wie die waren wir nicht, aber es hat sich rumgesprochen, dass wir zwei keine schlechte Mucke machen, es kamen Gigs und noch mehr Gigs, und dann haben die ersten gefragt, ob es nicht eine CD von uns gibt. ›Nee, leider nicht‹, war dann die Antwort. Irgendwann haben wir gedacht, dass das mit der CD doch gar keine so schlechte Idee wäre, und sind ins Studio, das ein Kumpel von uns betrieben hat.

Vor drei Jahren haben wir dann auf Hannas Geburtstag gespielt. Hanna und Andi waren gerade zusammengekommen, und er wollte ihr eine richtig schöne Geburtstagsparty bieten, mit Band und allem. War ein schöner Gig, so einer, an den man sich immer wieder gerne erinnert. Dabei war es nicht mal ein runder Geburtstag – 27 oder 28.

Hanna hat dann zu späterer Stunde auch ein paar Songs mitgeträllert, Alanis Morisette, Melissa Etheridge, und mir dann erzählt, dass sie als Teenager auch in einer Band gesungen hat, und irgendwie würde ihr das schon manchmal abgehen.

Dann kam die Sache mit Jill. Jill war immer furchtbar nervös, ein Nervenbündel bis kurz vorm Erbrechen – bis der erste Song vorbei war. Dann war alles Zucker. Um die Nervosität in den Griff zu bekommen, hat sie es mit Alkohol probiert. Das ging am Anfang – so blöd das auch klingt – gar nicht so schlecht, aber recht bald hat sie die Kontrolle verloren und härtere Sachen in sich reingeschüttet.

Ich habe dann mit den Veranstaltern gesprochen, aber man kann auf einer Party ja nicht den ganzen Alkohol wegsperren. Außerdem hat Jill sowieso vorgesorgt und sich im Supermarkt eine Pulle Sprit gekauft. Die war dann nach dem Gig leer – und Jill voll. Als sie irgendwann schon vor dem ersten Song so betrunken war, dass sie sich nicht mehr gerade auf dem Barhocker halten konnte, habe ich die Handbremse gezogen.

Nach einem guten halben Jahr ohne Band ist mir Hanna wieder eingefallen. Sie war gleich begeistert und hat gemeint, dass sie das gerne mal probieren würde. Und nach der ersten Probe war klar, dass das optimal passt. Den Bandnamen konnten und wollten wir nicht weiterführen. Der aktuelle Name ›2u 2weit‹ kommt von Hanna. Sieht witzig aus, finde ich – und ist selbsterklärend. Wobei ein Gast schon mal an den Bühnenrand gewackelt kam und eine Visitenkarte von uns wollte.

Er ist schwankend stehengeblieben, die glasigen Augen auf die Visitenkarte gerichtet.

»Wass heißt denn Zzwei-u Zwei-weiiit?« Ja, was soll man darauf sagen?

Ich packe die CD wieder ein und schiebe die Schachtel zurück an ihren Platz.

Der Ordner kommt ebenfalls in die Sporttasche, Gitarre auf den Rücken, Haustürschlüssel. Nix vergessen? Nö.

Hanna wohnt ein bisschen außerhalb, daher fahre ich mit dem Auto. Es geht schon ein Bus bis knapp vor ihr Haus, aber der fährt tagsüber stündlich, nach sechs im Zwei-Stunden-Takt und nach halb elf gar nicht mehr.

Ich parke vor Hannas Haus und lade meine Sachen aus. 20:03:51

Hanna und Andi haben kurz nach dem Tod von Andis Vater sein Elternhaus renoviert und sind dort eingezogen. Seine Mutter lebt jetzt im ersten Stock, Hanna, Andi und die Kleine sind im Erdgeschoss. Im Keller hatte Andis Vater eine Hobbywerkstatt, aber Andi hat zwei linke Hände. Jetzt ist da drin ein Pseudo-Partyraum: unser Proberaum. Unsere kleine Anlage steht da drin, ideal für Geburtstage und mittelgroße Feiern.

›Bin da.‹

Kaum ist die Nachricht abgeschickt, öffnet Hanna schon die Tür.

»Grüß dich, Martin. Komm rein. Darf ich dir was abnehmen?«

»Hi Hanna. Danke, schaff ich schon. Was macht die Kleine, geht's euch gut?«

»Ja, Laurie schläft.«

»Andis Mama ist krank?«

»Ja, die kriegt fast keinen Ton mehr raus, Fieber, Halsweh, Husten.«

»Geht wieder was um. Und Andi sitzt ja quasi an der Quelle.« Andi ist wie Hanna Lehrer an der Realschule hier in der Stadt. Die beiden haben sich auch dort kennengelernt. Und wenn irgendwo eine Grippewelle oder Magen-Darm im Anmarsch ist, sitzt man in der Schule und im Kindergarten an vorderster Front.

»Toi, toi, toi – Andi ist noch fit. Aber du glaubst nicht, was man da abkriegt. Die Eltern sind ja oft so unvernünftig, die schicken ihre Kind mit 40 Grad Fieber immer noch zur Schule. Könnten ja was Wichtiges verpassen und dann später den Traumjob nicht bekommen, weil sie einen Tag gefehlt haben.«

»Tja, und hernach verklagen sie euch, weil ihr den Stoff nicht nachgeholt habt.«

»Sonst noch was?« Sie lacht.

»Und du? Stimmlich fit?«

»Klar, und selbst?«

»Passt.”

Ich packe meine Gitarre aus. Hanna hat die Mikrofonstative schon vorbereitet und ihr eigenes Mikro schon angestöpselt. Ich schließe meins an, richte das Effektgerät ein und stimme die Gitarre.

»Okay, ich bin soweit. Womit fangen wir an?«

Martin Jone, 2018-10-26

Kurz nach halb drei. Ich stehe vor Haris Haus. Am Freitag treffen wir uns recht regelmäßig nach der Arbeit, aber heute muss Hari wohl länger ran. Ich gehe über die Straßenseite und betrachte die Sandsteinfassade von seinem Haus. Nach dem Unfall seiner Eltern haben er und seine Schwester das Haus geerbt. Hari hatte sowieso gerade den Job gewechselt, und seine Schwester gleichzeitig mit den Eltern den Mann verloren. Also haben sie sich die Elternwohnung unter dem Dach geteilt. Hari arbeitet hauptsächlich von zu Hause aus und übernimmt ein paar Hausmeisterjobs, die immer wieder mal anfallen. Ulla arbeitet halbtags in einem Büro.

Die Haustüre geht auf, Hari kommt raus.

»Hallo Jonesy, sorry, ist ein bisschen später geworden. Die Kundenhotline ist am Freitag sowieso nur bis 12 geschaltet, aber der Kunde hatte einen Sondertermin, ging nicht anders. Hab ihm per Fernwartung geholfen, seine Trainingseinheiten in unser Programm einzupflegen.«

»Kein Problem, ich war auch ein bisschen später dran als sonst.«

Wir gehen Richtung Altstadt.

»Schon was zu Mittag gegessen?«

»Nö, hatte ja den Telefontermin. Du?«

»Auch nicht. Heute hat mich die Kantine nicht überzeugt. – Pizza?«

»Immer.«

Wir gehen weiter Richtung Pizzeria. Es riecht nach Herbst und feuchtem Laub, eine Andeutung von Nebel hängt in der Luft. In den Auslagen der Bäckerei liegen Lebkuchen, es duftet nach frischem Brot.

»Sind spät dran mit ihren Lebkuchen, im Supermarkt liegen die schon seit vier, fünf Wochen«, frotzle ich.

»Wenn es im August nicht so warm wäre, würden sie die da schon ver-kaufen, aber da schmilzt vermutlich der Schokoüberzug.«

»Das wäre echt eine Marktlücke! Wer will an Weihnachten schon Leb-kuchen? Aber im Sommer nach der Grillparty noch einen Lebkuchen, dazu Glühwein auf Eis, das ist *die* Geschäftsidee!«

»Wieso Grillparty? Gegrillt wird im Winter, im Sommer kann das ja jeder.«

»Auch wieder wahr.«

»Apropos Geschäftsidee – was macht dein Projekt?«, fragt Hari.

Mein Projekt. Wir waren vor einiger Zeit in einer neu eröffneten Knei-pe, in der im Hintergrund ganz schreckliche Meditationsmusik lief. Al-les instrumental, viel Hall, Panflöte und ab und an Vogelgezwitscher – ich habe jeden Moment damit gerechnet, dass die Bedienung jedem Gast eine Yogamatte in die Hand drückt und eine geführte Reise ins Selbst anbietet: ›Wir haben Finde-dich-selbst-Wochen, jede Meditati-on für die Hälfte, das erste Räucherstäbchen gibt's gratis. Jungs, seid ihr dabei?‹

Nix gegen Yoga und Meditation, aber alles zu seiner Zeit. Jedenfalls ha-ben Hari und ich das ein Bier lang über uns ergehen lassen und dann die Kneipe gewechselt. Ich hatte dann den Einfall, so eine meditative Dauerberieselung doch irgendwie synthetisch zu erzeugen. Ein paar Akkordfolgen einspeichern, zufällig abrufen, ein paar passende Töne als Melodie, Lautstärkeregler dran, fertig.

Hari ist sofort darauf eingestiegen.

›Das Teil kannst du an sämtliche Wellness-Tempel verticken. Aber du musst dem Benutzer schon irgendwelche Regelmöglichkeiten geben – stimmungsabhängig, weißt du? Stylisch und bunt.‹

›Stylisch und bunt? Grün für Wald und Wiese, Blau für Meeresrau-schen und Walgesänge, Rot für Zu-lange-in-der-Sonne oder was?‹

›Da gibt es sicher esoterische Zuordnungen: I Ging, Goethes Farben-lehre, die vier Elemente, was weiß ich. Aber nur on/off ist zu wenig.‹

Wir haben uns dann in der nächsten Kneipe richtig in das Projekt rein-gesteigert. Es gibt nämlich tatsächlich eine *Fünf*-Elemente-Lehre im

Daoismus, und die Ideen dahinter lassen sich mit ein bisschen Phantasie problemlos klanglich umsetzen. Also noch einen Regler drauf, der stufenlos zwischen den Elementen wechselt: ›Vijaya, heute bin ich total auf Wasser eingestellt, aber ein bisschen Metall darf mit dabei sein!‹ Dann noch mit farbigen LEDs beleuchten und -

»Erde an Jonesy, bist du noch da?«

»Oh, sorry, ja, ich war gerade in Gedanken – das Projekt? Naja, die musikalische Ausgestaltung ist gar nicht mal so einfach. Ich habe zwar tatsächlich den Schaltplan zu einem *echten* Zufallsgenerator gefunden, damit das Kästchen ja auch auf alles Umbewusste reagieren und die Energien der Leute um sich herum transformieren kann! Also keine digital erzeugten Pseudo-Zufallszahlen – nein, mein Herr! Echter, analoger, *realer* Zufall! Gegen Aufpreis spaxe ich noch einen Energiestein deiner Wahl neben die Platine!«

Ich grinse Hari an, er grinst zurück.

»Aber so richtig überzeugend klingt das noch nicht. Wenn die Akkordfolgen festgelegt werden und ich zufällig eine auswähle, klingt's ziemlich schnell ziemlich langweilig.«

»Langweilig? Meditationsmusik? Och nöööö.« Hari gibt sich gespielt empört.

»Quatschkopf – es soll meditativ sein, aber nicht fad. Der andere Ansatz war, einfach per Zufall Akkorde aus einer Tabelle auszuwählen, und das klingt nicht mehr langweilig, sondern eher ...«

»Furchtbar?«

»Genau.«

Wir lachen beide.

»Also brauche ich einen Ansatz dazwischen, aber dazu hatte ich noch keine Zeit. Momentan bin ich mit 2u 2weit wieder gut unterwegs, und kurz vor Weihnachten pendle ich gefühlt zwischen Arbeit und Bühne, mit einem kurzen Zwischenstopp daheim im Bett.«

»Habt ihr wieder so viele Auftritte?«

»Im Oktober jetzt nicht mehr, im November drei, und im Dezember fünf – nein, sechs. Ein Geburtstag kam auch noch rein.”

»Du müsstest ein Kästchen bauen, dass euch ersetzt, dann hättest du frei.«

»Gibt's schon, nennt sich CD-Player. Oder Laptop, Handy, was auch immer.«

Ich muss an den letzten Geburtstagsgig denken. Der war eine Katastrophe.

»Bei manchen Gigs frage ich mich echt, warum sie uns engagiert haben. Entweder sind wir zu laut, oder stehen irgendwo im Weg, und wenn wir dann mal Pause machen, nachdem die Gäste das Buffet fast leergefuttert haben, und die Reste einsammeln, beschweren sich die Leute, dass die Band ja wohl nur dafür bezahlt wird, dazusitzen und zu essen.«

»Dann sind die Weihnachtsmärke doch top, da hast du immer Laufpublikum.«

»Stimmt schon. Aber dann gibt es die notorischen Nörgler, die sich aufregen, weil ›Ironic‹ kein Weihnachtslied ist, und die anderen, die demonstrativ die Augen verdrehen, wenn man mal tatsächlich ein Weihnachtslied spielt.«

»Dann bau' einen Automaten mit Trichter. Interaktiv. Schüttet jemand einen Glühwein rein, kommt ein Weihnachtslied, und bei Bier dann was Weltliches«, schlägt Hari vor.

»Und bei Honigmet?«

»Mittelalterrock. Oder New-Age-Gregorianik!«

»Kinderpunsch?«

»Rudolph the red-nosed reindeer!«

»Okay, klingt machbar.«

Wir sind an der Pizzeria angekommen. Ich bleibe vor dem Eingang stehen.

»Und bei einem heißen Hugo?«

Hari überlegt kurz.

»Last christmas?«

Ich nicke grinsend und halte meine Hand hoch. Hari schlägt ein.

Das Essen wird serviert. Während ich die Pizza anschneide, frage ich: »Und dein Projekt, Zweistein? Hat das Universum nun einen Sinn?«

Hari kaut schon. Zwischen zwei Bissen antwortet er: »Schwer zu sagen. Ich habe noch ein bisschen weiter daran gearbeitet und bin mir gar nicht mal sicher, ob die Frage an sich überhaupt sinnvoll ist.«

»So, die Frage nach dem Sinn ergibt also keinen Sinn?« Ich zwinkere.

»Wenn du so willst, ja. Ob ein Stück Eisen nach außen hin magnetisch ist oder nicht, erkennt man ja tatsächlich von außen, nicht von innen.«

»Außer, du wanderst als winziger Beobachter durch das ganze Eisenstück durch und merkst dir jeweils die Richtung, in die dein lokaler Kompass zeigt.«

»Richtig, aber das geht nur theoretisch – und beim Universum schon mal gar nicht. Wir können weder das ganze Universum durchscannen, noch die Sache von außerhalb betrachten, sofern es überhaupt ein *Außen* gibt. Momentan behaupten die meisten Forscher, das Universum sei endlich, aber unbegrenzt. Und die Multiversum-Theorien verbieten ebenfalls, dass man ›sein‹ Universum verlassen kann.

»Hm.«

Mehr fällt mir dazu erst mal nicht ein, daher essen wir schweigend weiter.

Mit solchen Themen ist Hari in seinem Element. Die Frage, was die Welt im Innersten zusammenhält und dafür sorgt, dass es überhaupt etwas gibt. Grundlagenforschung, wenn man so will. Das ist schon immer nach Haris Geschmack gewesen.

Nach dem Abschluss war er eine Zeitlang an einem Lehrstuhl für theoretische Physik, der dann aber nach einem Jahr aufgelöst wurde. Weil sich dann nichts Passendes aufgetan hat, hat er sich in der freien Wirtschaft beworben. Halbleiter sind damals das große Ding gewesen.

Eineinhalb Jahre später haben die Firmenchefs gemerkt, dass die Konkurrenz im Ausland nicht geschlafen hat, und kurzerhand die Hälfte der Mitarbeiter entlassen – darunter auch Hari. Nach ein paar kurzen Zwischenstationen ist er nun als Programmierer und Kundenbetreuer bei SportVV gelandet, einem Softwareanbieter, der sich auf Sportvereine spezialisiert hat: Mitgliederverwaltung, Trainingseinheiten, Kurse – alles in einem. Hari programmiert neue Features, sucht Bugs, telefoniert mit Kunden. Das meiste geht tatsächlich von daheim aus, so dass Hari dann auch mal schnell bei einem Mieter nach dem Rechten sehen kann, wenn mal wieder irgendwas nicht läuft. Eigentlich ein sehr entspannter Job, der aber mit Haris eigentlichen Zielen gar nichts mehr zu tun hat. Daher nutzt er seine Freizeit, um sich über die neuesten Theorien auf dem Laufenden zu halten und selber an seinem Weltbild weiterzuschrauben.

Nachdem die Teller abgeräumt sind und jeder vor einem frischen Glas Wein sitzt, diskutieren wir weiter.

»Wenn das Universum nun aber tatsächlich ein *Außen* hätte, einen Beobachter, wäre der dann eigentlich sowas wie Gott, oder nicht?«, setze ich das Gespräch fort. »Er könnte den Sinn erkennen, oder im Prinzip sogar festlegen – fast so wie jemand, der mit einem Magneten an einem Schraubenzieher entlang streicht und den dann selbst magnetisch macht.«

Hari zögert.

»Gott als außenstehender Beobachter, als Sinn-Stifter? Ich glaube ja nicht, dass jemand aktiv das Universum veranlasst hat. Vielmehr bin ich der Überzeugung, dass das Universum etwas ist, was aufgrund der physikalischen Gesetze irgendwann einfach passieren muss.«

»Und wer hat sich die Gesetze ausgedacht?«, merke ich an.

Ich halte von dem Schöpfungsgedanken der Bibel auch nichts, aber in Haris Gegenwart bin ich gern der ewige Widersacher und suche Gegenargumente, obwohl ich eigentlich auf seiner Seite bin.

»Manche behaupten, dass es unendlich viele Universen gibt, mit allen möglichen Parameterkonstellationen. Bei einigen sind die Parameter so kombiniert, dass das Universum gleich wieder kollabiert oder zu schnell auseinanderfliegt, bevor sich überhaupt komplexere Strukturen bilden können. Wir sind halt in einem, in dem die Parameter so sind, dass Zeit genug war für Sterne und Planeten. Nachprüfen lässt sich das aber nicht«, fügt er schnell hinzu, als ich schon zu einer Gegenfrage ansetzen will.

»Okay, klingt plausibel, das löst das Schöpferproblem. Zumindest vorerst. Aber ...«

Ich mache eine dramatische Pause.

»Was, aber?«

»Aber wo kommt dieser übergeordnete ›Raum‹ her, in dem deine ganzen Universen aufploppen?«

Ich deute die Anführungszeichen mit den Fingern an, weil ich weiß, dass mir Hari sonst sofort widerspricht. Raum und Zeit entstehen erst beim Urknall. Das ist jedenfalls die momentan amtliche Lesart.

»Irgendjemand oder irgendwas muss doch festgelegt haben, welche Parameter überhaupt zur Verfügung stehen. Und selbst wenn du in verschiedenen Bereichen komplett andere physikalische Gesetze hättest: irgendeine gemeinsame Basis brauchst du, und die muss von außen kommen, wird dem Gesamtsystem quasi übergestülpt.«

Hari nimmt einen tiefen Schluck aus seinem Glas, bevor er antwortet.

»Ich habe mich schon gefragt, ob das alles hier« – er deutet um sich herum – »einfach Mathematik ist. Mathematik entsteht meiner Meinung nach fast aus sich selbst. Wenn du die Null und die Eins hast und weiterzählst, hast du die natürlichen Zahlen. Plus und minus, mal und geteilt und die höheren Rechenarten bauen alle aufeinander auf, da gibt es eigentlich keine logische Alternative. Behaupte ich.«

»Ja gut, aber wie entsteht daraus ein Universum?«

»So genau weiß ich das auch nicht, ist ja keine Theorie, nur eine Überlegung. Aber nimm die Zahlen, 1, 2, 3, und so weiter. Obwohl sie alle gleich aufgebaut sind, nach eins kommt zwei, nach zwei kommt drei, gibt es zum Beispiel Primzahlen, die nur an ganz bestimmten Stellen auftreten. Also im Grunde eine emergente Eigenschaft.«

»Und du meinst, ganz vereinfacht ausgedrückt, dass so etwas wie ein Universum – oder sogar alle möglichen Universen – deshalb existieren, weil man *zählen* kann?«

»Sehr, sehr vereinfacht ausgedrückt: ja.«

»Aber brauchst du dann nicht trotzdem jemanden – oder etwas – das rechnen kann? Etwas, das die Welt dann nicht er*schafft*, sondern sie er*zählt*?«

Hari grinst wegen des spontanen Wortspiels, wird aber sofort wieder ernst.

»Könnte sein. Ja, wahrscheinlich. Es gibt aber Theorien, wonach der Raum selber zählen und rechnen könnte. Konrad Zuse, der Mann, der den ersten Computer gebaut hat, hat sich mit so etwas auseinandergesetzt. Leider findet man dazu nicht allzu viel im Netz. Und rechnender Raum entsteht vermutlich auch nicht spontan.«

»Rechnender Raum – das klingt schon sehr futuristisch.«

»Zuse hat seit den 1940er Jahren darüber nachgedacht.«

»Hat sich dann vermutlich nicht auf breiter Front durchgesetzt«, merke ich an. Der Name Zuse sagt mir was. Sein Z3 ist quasi der erste frei programmierbare digitale Computer gewesen. Groß wie ein Schrank. Aber *rechnender Raum*?

»Deswegen muss es aber nicht zwangsläufig falsch sein.«

Harald Stein, 2018-11-30

Heute ist Freitag. Harald sitzt in seinem Arbeitszimmer. Ein paar letz- 09:58:17 te Tests, dann sollte der lästige Bug in der Terminansicht behoben sein. Ja, es sieht gut aus.

Harald lädt die Änderungen hoch, schreibt noch eine kurze Info an sei- ne Kollegen und fährt den Computer herunter. Heute feiert er ein paar Überstunden ab. Abends spielt Jonesy mit Hanna auf dem Weihnachts- markt, und bis dahin: keine Termine, keine Verpflichtungen, keine läs- tigen Telefonate.

Harald hat Jonesy seit dem Gespräch in der Pizzeria nicht mehr getrof- fen. Zu viel zu tun. Und Jonesy ist momentan entweder in der Arbeit oder irgendwo in Sachen Musik unterwegs. Ein paar kurze Textnach- richten, ein paar Mails – für mehr hat es in letzter Zeit einfach nicht gereicht.

Und jetzt? Harald überlegt. Jonesy ist noch in der Arbeit. Ulla auch. Das ist gut – und schlecht, denn falls ein Mieter anruft, muss er ran. Also raus aus der Wohnung.

Das Hallenbad am Stadtrand hat einen eher mittelmäßigen Wellness- Bereich, aber Harald setzt sich gerne ins Dampfbad. Dort ist es still, im Gegensatz zur Sauna, in der immer Entspannungsmusik vor sich hin plätschert – Harald muss an Jonesys Musikboxprojekt denken und schmunzelt. Das Dampfbad, der perfekte Ort zum Nachdenken.

Draußen ist es nasskalt und grau, es regnet leicht. Die wohlige Wär- 10:45:03 me im Dampfbad tut gut. Außer Harald ist nur eine ältere Frau in der Kabine, die er im Dampfschleier nur schemenhaft wahrnimmt. Sie hat ihn beim Eintreten misstrauisch von oben bis unten gemustert und ist dann demonstrativ ein Stück weiter weg von der Tür gerutscht. Sicher- heitshalber ist Harald dann in die entgegengesetzte Ecke gegangen.

Aber immerhin: unter diesen Voraussetzungen wird sie kein Gespräch mit ihm anfangen, er hat also seine Ruhe. Gut.

Er schließt die Augen und denkt an das Gespräch mit Jonesy. Sie haben in der Pizzeria dann noch eine ganze Zeitlang an der Idee weitergesponnen. Jonesy hat interessiert zugehört, wie Harald Zuses Theorie im Schnelldurchlauf vorgestellt hat. Dann irgendwie der Schwenk zu einer möglichen Computersimulation und der Frage, ob man überhaupt an irgendwelchen Kriterien feststellen könnte, ob man sich in einer solchen Simulation befindet. Würde man Bugs als solche wahrnehmen? Wie würden sie sich äußern?

Zumindest gibt es vermutlich keine Hotline, an deren Ende Leute wie ich sitzen und sich irgendwelche Beschwerden anhören müssen, denkt Harald. Sein Job ist … ja, an sich okay, Bezahlung ist in Ordnung, die Kunden meistens freundlich, Chef und Mitarbeiter eigentlich super. Eigentlich. Aber?

Harald atmet langsam aus. Während des Physikstudiums hat er sich die Zukunft ganz anders vorgestellt. Grundlagenforschung, neue Hypothesen und Theorien aufstellen und sich den Kopf darüber zerbrechen, warum die Welt so ist, wie sie ist, und nicht ganz anders. Vom Schreibtisch aus, mit Papier und Bleistift und ab und an einem Computer die Welt erkunden, neue Möglichkeiten entdecken, ihre Wahrscheinlichkeiten berechnen. Naturkonstanten aus komplexen Formeln und versteckten Zusammenhängen ableiten. Sich viele Fragen stellen: Warum ist das Universum so groß? Warum haben wir genau drei Dimensionen? Warum läuft die Zeit nur in eine Richtung? Tut sie das überhaupt, oder sieht es nur für uns so aus? In vielen Formeln, die die Wirklichkeit abbilden, kommt die Zeit entweder gar nicht vor, oder sie kann tatsächlich vorwärts und rückwärts laufen, ohne ein Gesetz zu brechen.

Und jetzt? Kundenbetreuung und Softwareentwicklung. Auch hier jede Menge Fragen: warum kann ich mich nicht mehr einloggen? Warum taucht die Trainingseinheit mit XY nicht in der Monatsabrechnung auf? Warum kann ich nicht mehrere Trainingsstunden gleichzeitig in der Maske eintragen? Für die Nutzer unter Umständen wichtige, ja fundamentale Fragen und Probleme, aber trotzdem …

Die Frau in der Kabine steht auf und geht.

Kann man denn überhaupt objektiv einteilen, welche Fragen wichtiger oder *fundamentaler* sind? Aus der Grundlagenforschung sind quasi nebenbei viele technische Errungenschaften entstanden, die unseren Alltag erleichtern, das ist richtig, aber: kann der Mensch überhaupt herausfinden, wie das Universum funktioniert? Und wenn ja – was hätte er davon? Würde das irgendwas am Leben ändern? Wären die Menschen dann glücklicher, zufriedener? Gäbe es dadurch weniger Kriege und Hunger?

Seine Arbeit hat vermutlich auch noch keinen Krieg verhindert, aber einige verzweifelte Anrufer tatsächlich glücklich gemacht – so gesehen ist seine Arbeit vielleicht wichtiger, zumindest für den Kunden.

Womit man eigentlich wieder bei der Sinnfrage landet. Hat Sportvereinsverwaltungssoftware irgendeinen Sinn? Hat die Grundlagenforschung irgendeinen Sinn? Hat das Universum irgendeinen Sinn? Oder sind wir tatsächlich nur Figuren in einem komplexen System, das nach gewissen Regeln abläuft? Wäre das dann eine Simulation im klassischen Sinn – oder eher ein Computerspiel? Wer spielt uns dann?

Die Tür öffnet sich wieder, die ältere Frau kommt zurück. Ein halblautes Atemgeräusch deutet Missfallen darüber an, dass Harald sich erdreistet, immer noch im Dampfbad zu sein. Muss der denn nichts arbeiten? Harald beschließt, auch diese Frau glücklich zu machen, in dem er aus ihrem Leben und ›ihrer‹ Dampfkabine geht.

Harald hat nach dem Dampfbad erst mal in der Stadt was gegessen und sich dann in der Bücherei ein paar alte Bücher angesehen. Er hat gehofft, bei den Philosophen vielleicht ein paar Denkanstöße zu bekommen, aber die Geisteswissenschaftler haben einen Schreibstil, der den Naturwissenschaftlern diametral entgegensteht. Unter den Physikern gibt es auch Plaudertaschen, die lieber zwei Sätze zu viel als einen zu wenig aufs Papier bringen, aber wenn es um Philosophie geht, ist es realistischer, in Absätzen oder gar Kapiteln zu rechnen.

Auf dem Weg zum Weihnachtsmarkt ist Harald dann fast mit einer schwer bepackten Frau kollidiert, die er komplett übersehen hat, weil er zu sehr mit sich und seinen Gedanken beschäftigt war. Die Frau hat dann im Weitergehen irgendwas mit ›ferngesteuert‹ zu ihrem Begleiter gemurmelt – ferngesteuert? Allzu verständlich. Aber was, wenn man tatsächlich ferngesteuert wäre? Würde man das denn selbst merken?

Harald bleibt abrupt stehen. Ein älterer Mann, der hinter ihm gelaufen ist, läuft fast ihn ihn hinein.

»So passen Sie doch auf!«, ereifert er sich.

»Entschuldigung«, murmelt Harald. Er tritt zur Seite, um den Strom der Menschen nicht zu behindern. Einige der vorbeischlendernden, -eilenden und -hetzenden Menschen wirken tatsächlich *ferngesteuert*: leerer Blick, ein irgendwie mechanischer Gang. Sollte es tatsächlich Menschen geben, die realer, *echter* sind, während andere tatsächlich nur durch die Welt stapfen wie die simulierten Orkarmeen in ›Herr der Ringe‹?

»Hallo Zweistein!« – »Hi, Hari!« tönt es plötzlich von hinten.

Harald dreht sich um. Jonesy und Hanna kommen in seine Richtung gelaufen, beladen mit den Sachen, die sie für den Auftritt brauchen. In ein paar Metern Abstand folgt ihnen Andi, Hannas Mann.

»Hallo Hanna, hallo Jonesy – und hallo Andi! Heute also nicht zu zweit, sondern zu dritt?«

»Wenn ich mitsingen würde, wäre der Platz in Nullkommanix leer«, lacht Andi. »Ich bin nur Lastenträger.«

Er deutet auf die mitgebrachte Tasche mit den Mikrofonstativen.

»Kann ich euch beim Tragen helfen?«, fragt Harald.

»Nö, danke, passt schon, die Bühne steht ja gleich da vorne.« Hanna deutet in die betreffende Richtung.

»Also ›Schneeflöckchen, Weißröckchen‹ können wir heute vergessen«, sagt Jonesy und blickt ein bisschen resigniert zum Himmel. Er beginnt zu singen: »Regentröpfchen, Regentröpfchen, warum kommst du geplatscht? Du kommst aus den Wolken, wir haben den Matsch.«

»Sehr schön! Wie wäre es mit einer Alternativfassung zu ›Leise rieselt der Schnee‹?«

Hanna überlegt kurz, dann singt sie: »Leise rieselt der Re-gen. Jeder weiß, Regen bringt Se-gen. Aber muss das wirklich sein? Schöner wär's, es würde schnei'n.«

»Na, die beiden sind ja schon optimal in Weihnachtsstimmung«, meint Andi. »Und bei dir, Hari? Alles gut?«

»Ja, alles gut, hab heute ein paar Überstunden abgefeiert, da kann es einem doch fast nicht schlecht gehen, oder? Und bei dir, Andi? Alles in Ordnung?«

»In der Schule sind wir im Bald-sind-Ferien-Modus: Stoff durchbrin-gen, Schulaufgaben schreiben – die Kids sind zwar innerlich schon auf Ferien eingestellt, aber davor kommt noch mal ein hartes Stück Ar-beit.«

Der Platz ist gut gefüllt. Einige Zuschauer auch.

»Wir kommen nun zum letzten Lied für heute. Wir hoffen, es hat euch gefallen. Die Stände sind ja noch bis 22 Uhr geöffnet, also feiert noch schön!«, verabschiedet sich Hanna auf der Bühne. Jonesy dreht sich zu ihr und scheint sie an etwas zu erinnern.

»Ach ja, fast vergessen: besucht uns auf 2u-2weit.de im Internet, dort findet ihr die nächsten Termine. Wichtig: zweimal eine Zwei statt Zett, sonst landet ihr leider nicht bei uns.«

Man hört vereinzelt ›Zugabe!‹-Rufe. *Gibt immer noch Leute, die das witzig finden*, denkt sich Harald.

Jonesy streicht die ersten Akkorde von ›Song to say goodbye‹ von Pla-cebo. Die Leute hören meistens sowieso nur auf den Refrain, der als Schlusslied dann tatsächlich ganz gut passt. Der Rest vom Text – naja, geschenkt.

Nach dem Song wird brav applaudiert, aber im Grunde genommen in-teressiert sich jeder mehr für den Glühwein oder den Gesprächspart-ner, daher entfällt die Zugabe. Hanna geht von der Bühne.

»Der Song funktioniert immer. Danach will keiner mehr eine Zugabe.« Sie grinst hämisch. »Mir soll's recht sein. Gott, ist das kalt.«

Sie kuschelt sich an Andi, der mit Harald einen Platz an einem der Stehtische ergattert hat. Er schiebt ihr seine fast volle Glühweintasse hin.

»Hier, ist noch heiß – oder willst du eine eigene?«

»Nein, danke, passt.«

Hanna trinkt einen Schluck. Sie stellt die Tasse zurück auf den Tisch und wärmt ihre Finger daran.

»So würde ich das auch aushalten in der Kälte!« Sie zwinkert Andi zu.

»Ja, wenn nur diese furchtbare Musik nicht immer wäre.« Andi bleibt todernst.

»Vergiss nicht, dass ich die Autoschlüssel habe. Noch so eine Bemerkung, und du kannst zu Fuß heimgehen.«

Beide lachen. Andi umarmt Hanna und drückt sie an sich.

Jonesy hat seine Gitarre schon eingepackt und kommt dazu.

»Na, schon wieder am Streiten? Furchtbar ist das mit euch.« Auch er grinst.

»Ich hol' mir auch schnell einen Glühwein, will noch jemand? Hari, wie sieht's mit dir aus?«

Glühwein ist gefährlich wegen seiner Migräne. Momentan protestiert der Kopf noch nicht. Wobei: wenn sich die ersten Anzeichen zeigen, ist es zu spät. Dann rollt die Migräne unweigerlich über Harald hinweg und setzt ihn außer Gefecht.

»Na gut, bring mir noch einen.«

»Wir beide drehen mal eine kurze Runde durch den Weihnachtsmarkt, okay? Ich kann meine Sachen hier bei euch lassen?« fragt Hanna.

Harald nickt. »Klar, wir bleiben so lange hier.«

Jonesy kommt mit zwei dampfenden Tassen zurück und blickt den beiden nach.

»Die kommen wieder?«

»Ja.«

»Gut. Hier, dein Glühwein.«

»Danke.«

Harald ist in Gedanken wieder bei den ferngesteuerten Menschen. Er denkt an U. Ponners, den Mieter aus dem dritten Stock. Eigentlich ein ganz normaler, völlig unauffälliger Mensch, der jeden Morgen zur Arbeit geht und abends wieder heimkommt. Er grüßt im Treppenhaus, zahlt pünktlich – aber irgendwie ist da sonst nichts. Selbst das Aussehen ist ... naja, eigentlich nicht der Rede wert. Graumeliertes Haar, eine Brille – oder keine Brille? Aber einen Schnurrbart. Oder?

Interessanterweise weiß niemand, wofür das ›U‹ steht. Auf dem Briefkasten: U. Ponners. Auf dem Klingelschild: U. Ponners. Auch im Mietvertrag: U. Ponners. Einmal hat sogar ein Paketbote geklingelt, und Harald hat das Paket entgegengenommen. *Gleich werden wir es wissen.* Denkste. Der Empfänger: U. Ponners.

Er hat darüber mit Ulla gesprochen. *Das U steht sicher für Ulrich,* hat sie gemeint. *Welcher männliche Vorname fängt sonst schon mit U an?* Eine kurze Internetrecherche hat dann doch einige Alternativen zutage gefördert: Ulf, Uwe, Udo, Umberto ... *Wahrscheinlich heißt er Urmel,* hat Ulla irgendwann vermutet, *Urmel Ponners.* Naja ...

»Und sonst? Gibt's was Neues bei dir?«, meldet sich Jonesy vorsichtig zu Wort.

»Äh, sorry, ich war gerade in Gedanken. Ja, ich habe weiter über die Simulationsgeschichte nachgedacht. Vorhin kam mir die Idee, dass es ähnlich wie in einem Computerspiel vielleicht ›Statisten‹ gibt, die gar keine echten – also echt simulierte – Personen sind, sondern nur so aussehen.«

»Statisten?«

»Naja, sieh dich mal um. Es laufen immer ein paar Leute durch die Gegend, bei denen ich mich schwer tue, denen ein echtes Privatleben zu unterstellen. Die sehen nicht so aus, als hätten sie Arbeit, Familie, Hobbys, was weiß ich. Deren einziger Daseinsgrund scheint tatsächlich der zu sein, durch die Gegend zu laufen und dabei möglichst nicht mit anderen zu kollidieren.«

»Hm.«

Jonesy betrachtet eine Zeitlang nachdenklich die Besucher des Weihnachtsmarktes.

»Meinst du, das könnte man testen?«, fragt er schließlich.

»Wie willst du das machen?«

»Wir könnten die Leute ja irgendwas fragen, womit sie nicht unbedingt rechnen, und dann abwarten, wie sie reagieren«, schlägt Jonesy vor.

»Ist vermutlich nicht unbedingt statistisch auswertbar ...«, beginnt Harald.

»... aber sicher witzig! Pass auf, das probieren wir aus!«

In dem Moment kommen nämlich Hanna und Andi von ihrem Rundgang zurück. Hanna hat eine Tüte gebrannte Mandeln dabei. Jonesy wendet sich an Hanna.

»Hanna, was meinst du: ist rot gelber als blau?«

»Hä? Was ist das denn für eine Frage?«

Jonesy ignoriert die Gegenfrage völlig und wendet sich Harald zu.

»So in der Art, wobei nicht klar ist, wie diese Antwort zu werten ist: Statist oder echt?«

Beide lachen. Hanna blickt verwirrt in die Runde.

»Klärt ihr Spinner mich mal auf?«

»Wir haben überlegt, dass ein paar von den Leuten hier ... « Harald deutet in die Runde. » ... vielleicht Statisten beziehungsweise Lückenfüller sind und nur ein paar Leute sozusagen *echt* sind.«

»Hari hat die Theorie aufgestellt, dass wir vielleicht alle in einer Computersimulation leben, und es könnte durchaus sein, dass nicht jede Person voll berechnet wird, sondern eben ein paar rumlaufen, die nur so tun, als wären sie Personen. Zum Beispiel der Typ da drüben mit dem Hut.«

Jonesy deutet zu einem Essensstand. Die besagte Person steht vor der Preistafel und verlagert rhythmisch sein Gewicht von einem Bein aufs andere.

»Ich vermute, wenn ich dem die gleiche Frage stelle, fällt er einfach um.«

Andi schaltet sich ein.

»Computersimulation? So wie in ›Matrix‹?«

Harald widerspricht.

»Nein, nicht ganz. In ›Matrix‹ waren ja echte Menschen in diesen Brutkästen, und ihre Gehirne waren mit der Matrix verbunden, die ihnen eine andere Wirklichkeit vorgegaukelt hat. Hier geht es darum, dass die ganze Welt nur in einem Computer stattfindet, der natürlich um ein Vielfaches leistungsfähiger sein müsste als unsere ganzen Maschinen zusammengenommen.«

»Mir hat ›Matrix‹ gut gefallen, aber ich glaube, ihr habt schon zu viel Glühwein intus«, meint Hanna und grinst. »Wollt ihr auch mal?«

Sie hält die Tüte mit Mandeln in die Runde, was begeisterten Zuspruch auslöst.

Jonesy leert seine Tasse. »Ich teste das mal.«

Er geht zu dem Mann mit Hut, und der Reste der Gruppe blickt ihm gespannt nach.

»Ihr Physiker seid ein seltsames Volk«, sagt Hanna nach ein paar Augenblicken, wendet aber den Blick nicht von Jonesy ab.

»Wahrscheinlich kriegt Jonesy einen Platzverweis, weil er die Leute anpöbelt, und ich kann mir für nächstes Jahr einen anderen Mitmusiker suchen«, witzelt sie.

»Wenn sie rauskriegen, dass *du* auch dazugehörst, darfst du auch hier nicht mehr auftreten«, kontert Andi. Hanna knufft ihn in die Seite.

Jonesy verabschiedet sich mittlerweile von dem Mann, der immer noch steht, und kommt wieder zum Stehtisch.

»Und?«

»Er meinte, dass rot auf alle Fälle gelber ist als blau. Außerdem ist er sich nicht sicher, ob er sich eine Bratwurst kaufen soll, weil die früher auf dem Markt hier besser waren, aber den Metzger von früher gibt's leider nicht mehr.«

»Also ›echt‹?«, fragt Hanna.

»Definitiv‹, meint Jonesy.

Hanna blickt auf die Uhr.

»Bevor es hier zu peinlich wird und ihr beiden den ganzen Markt hier aufmischt, werde ich besser heimfahren.«

»Och nö, *so* schlimm sind wir doch gar nicht.« Jonesy gibt sich gespielt empört.

»Spaß beiseite: wir müssen Andis Mama ablösen, die macht ja den Babysitter für Laura. Ich habe ihr schon oft gesagt, sie kann sich einfach schlafen legen und das Babyfon in ihrem Schlafzimmer aufstellen, aber sie traut der Technik nicht und sitzt dann die halbe Nacht neben dem Kinderbett.«

»Ja, leider lässt sie sich da nichts einreden«, pflichtet Andi bei.

»Ähm, wäre es okay für euch beide, wenn ihr meine Sachen zu euch mitnehmen würdet? Ich hole sie dann in den nächsten Tagen ab, aber ich würde gerne noch ein bisschen da bleiben und Haris Theorie testen.«

»Klar, gib her.«

Andi schultert Jonesys Gitarre und nimmt die Tasche mit den Kabeln und dem Rest.

»Vielen Dank! Soll ich die Sachen mit zum Auto tragen?«

»Nö, das geht. Ist ja nicht so weit.«

»Ihr seid die Besten!«

»Wissen wir!«, sagt Hanna. »Viel Spaß mit eurer Theorie, bleibt anständig! Dass mir keine Klagen zu Ohren kommen!«

Sie droht Jonesy und Harald mit dem Finger, grinst aber.

»Immer!«, erwidert Jonesy.

»Wir arbeiten streng wissenschaftlich!«, fügt Harald hinzu.

»Da mache ich mir bei euch beiden keine Sorgen!«, lacht Andi.

»Eigentlich erstaunlich, was die Leute einem alles erzählen.«

Jonesy kommt zurück zum Stehtisch und hat zwei neue Tassen Glühwein dabei.

»Stimmt«, pflichtet Harald bei. Er und Jonesy haben im Wechsel potentielle Kandidaten ausgespäht und befragt. So richtig erfolgreich im Sinne einer Bestätigung der *Theorie* war die Aktion bislang nicht. Fast jeder der Befragten hat irgendwie *menschlich* reagiert. Klar, ein paar sind dabei, die den Kopf schütteln und im Weggehen vor sich hin murmeln, aber selbst die wirken *echt*.

Also ist die Theorie falsch? Es gibt nur *echte* Menschen? Naja, das sei mal dahingestellt, eine stichprobenartige Aktion auf einem Weihnachtsmarkt ist jetzt statistisch nicht sonderlich belastbar.

»Alles richtige, echte Menschen, so weit das Auge reicht.«

Jonesy nickt. »Ja, sieht so aus.« Er zögert kurz. »Aber vielleicht befragen wir ja auch die falschen. Wir sollten vielleicht mal jemanden testen, der total auffällt – wie die Frau da drüben.«

Er deutet mit der Glühweintasse in Richtung eines Handwerkerstandes. Der Standbetreiber ist schon dabei, seinen Stand für die Nacht zuzuklappen, aber eine Frau Ende Zwanzig steht noch da und betrachtet interessiert die bunten getöpferten Teller, Schüsseln und Tassen. Sie trägt knallrote Stiefel und einen apfelgrünen Mantel, dazu eine gestrickte Mütze, Handschuhe und einen Schal, für die *bunt* noch eine Untertreibung darstellt.

»Nur zu«, ermuntert ihn Harald, »du bist sowieso noch ein oder zwei Personen im Rückstand.«

Der Glühwein zeigt mittlerweile Wirkung. In Haralds Hinterkopf meldet sich ein diffuses Brummen, das Harald aber geflissentlich ignoriert. Er genießt es, mit Jonesy zu diskutieren, abstruse Gedankengebäude zu errichten – und einfach mal komplett abzuschalten. Hoffentlich ist sein Kopf morgen immer noch glücklich und zufrieden.

Nachdem der Budenbesitzer mit Nachdruck die Verschläge am Stand schließt und damit unmissverständlich klar macht, dass er definitiv nichts mehr verkaufen will, verabschiedet sich die Frau mit einem entwaffnenden Grinsen und geht weiter, in Richtung Stehtisch.

Vielleicht hat Jonesy recht, und wir müssen uns die auffälligen Leute schnappen, solche, die Individualität ausstrahlen, überlegt Harald. Jonesy stellt die Tasse ab und wendet sich der Frau zu.

»Entschuldigung, mein Kumpel und ich streiten uns immer, was nach ›Einstein‹ kommt. Was würden Sie sagen?«

Die Frau bleibt stehen. Harald verdreht innerlich die Augen. Jonesy und sein Einstein-Zweistein-Gequatsche. Vermutlich sagt sie auch –

»Ganz klar: Fjotufjo«, erwidert sie grinsend.

Martin Jone, 2018-12-01

Fjotufjo.

»Guten Morgen, Jungs! Nicht erschrecken, gleich wird's laut.«

Mfgrl. Rrt. Wa-?

Ein infernalisches Krachen und Quietschen ertönt. Sina sitzt fröhlich an ihrem Esstisch, eine uralte Kaffeemühle zwischen den Knien, und dreht die Kurbel.

»'n Morgen. Ob der allerdings noch gut wird bei dem Krach?«

Ich blicke mich um. Einen kurzen Moment lang weiß ich nicht, wo ich bin, dann fällt es mir wieder ein. Wir sind immer noch in Sinas Wohnung. Ich liege auf einer Yogamatte auf dem Boden, Hari auf dem Sofa. Er sieht nicht gut aus.

Die Frau, die wir gestern angesprochen haben, hat sich dann als sehr echt herausgestellt. Sie heißt Sina Keske, ist 29 und arbeitet als Altenpflegerin. Wir sind dann ins Gespräch gekommen und – nachdem die Buden dann langsam alle dicht gemacht haben – in eine Kneipe weitergezogen. Letzten Endes war dann irgendwann der letzte Bus weg, und sie hat uns angeboten, dass wir bei ihr pennen können. Vorher haben wir dann bestimmt bis kurz vor vier weiter diskutiert.

Und Fjotufjo? Sina hat das Wort ›Einstein‹ genommen und jeden Buchstaben durch seinen Nachbarn im Alphabet ersetzt. Und überhaupt hat sie ein Faible für Sprache: Gedichte, Geschichten, skurrile Wortverdrehungen – das ist ihre Welt. Was kommt nach Einstein? Klar, Fjotufjo.

»Ich habe heute Spätschicht und muss bald los. Wollt ihr auch Kaffee?«

Mein Kopf brummt. Erinnerungsfetzen an die lebhafte Diskussion an Sinas Esstisch, Haris Theorien, unsere ›Feldstudie‹ ... Spätschicht. Genau.

»Sehr gerne, für mich ohne Milch ...«

»... und Zucker, ich weiß.« Sina grinst spitzbübisch. Sie schüttelt das frisch gemahlene Kaffeepulver in eine Stempelkanne und gießt heißes Wasser darüber.

»Harald, willst du auch?«

Hari winkt ab.

»Für mich gar nix, danke, mir geht's nicht gut. Migräne.«

»Migräne? O je, du Armer. Schmerztabletten hab ich momentan keine da. Aber ich hab' was für dich, das macht's vielleicht ein bisschen leichter. Moment.«

Sie geht ins Badezimmer und kommt mit einer kleinen Dose wieder.

»Hier, streich dir das an die Stirn und die Schläfen.«

»Was ist das?« Hari blinzelt.

»Tigerbalsam. Keine Angst, der beißt nicht, aber in die Augen solltest du es nicht reiben.«

Hari massiert sich Stirn und Schläfen mit der weißen Paste und reicht Sina die Dose.

»Riecht gut. Danke.« Er sackt zurück aufs Sofa und schließt die Augen.

»Migräne hatte ich in der Pubertät ganz oft.« Sina senkt die Stimme fast zu einem Flüstern, während sie den Stempel der Kanne herunterdrückt und den Kaffee in zwei Tassen eingießt. »Mir war vor Schmerzen manchmal richtig schlecht, hab mich dann den halben Tag lang übergeben müssen, das war schlimm.« Sie schiebt eine Tasse in meine Richtung. »Für dich.«

Ich stehe langsam auf. Einen kurzen Moment lang scheint das Zimmer leicht zu schwanken, dann ist alles gut. Ich gehe zum Tisch und setze mich.

»Danke.«

Ich trinke einen kleinen Schluck. Der Kaffee ist heiß und stark, und ich spüre, wie das Koffein den Kopf klarer macht. Ich nippe noch einmal und setze die Tasse ab.

»Der tut gut.«

Eine Zeitlang sagt niemand etwas. Hari hat die Augen geschlossen und atmet konzentriert. Die Migräneschübe hatte er schon während des Studiums immer wieder mal, und dann ging gar nichts mehr bei ihm. Ich blicke mich um und betrachte die Kalligrafie an der Wand etwas genauer.

»Von dir?«

»Mhm.« Sina nickt.

In formvollendeten Buchstaben steht dort: ›Dieser Satz beinhaltet fünf Punkte.‹

»Der Spruch ist auch von Dir, vermute ich?«

»Ja klar. Ich habe mal einen Kurs für Kalligraphie besucht, und als Abschlussprojekt durfte jeder einen Satz kalligrafieren. Die meisten hatten tiefsinnige Sprüche wie ›Jeder Weg beginnt mit dem ersten Schritt‹ oder ›Beginne jeden Morgen mit einem Lächeln‹. Ganz furchtbar.«

Ich nicke und muss an Ulla und ihre Kühlschrankmagnete denken.

»Ich hätte als Alternative noch ›Hier könnte Ihre Werbung stehen‹ vorgesehen, fand diesen Satz dann aber doch besser. Funktioniert übrigens auch auf englisch.«

This phrase contains five points. Stimmt.

Hari stöhnt leise. Für den Rest des Tages würde er wohl mehr oder weniger dahinsiechen, und morgen ist dann hoffentlich wieder alles vorbei.

»Wollt ihr was essen?«

Ich schüttle den Kopf – und bereue es sofort. So schnell wirkt der Kaffee dann doch nicht.

»Nein, danke, ich brauche nichts. Kaffee reicht völlig.«

Hari macht ein undeutliches »Mmh-mmh«.

»Hab ich mir schon gedacht.« Sina grinst wieder, mitleidig.

»Dir fehlt gar nix?« frage ich.

»Nein, mir geht es gut. Ihr beiden hattet ja gestern schon einen gewaltigen Vorsprung in Sachen Alkohol, den hätte ich nur schwer einholen können. Außerdem muss ich ja dieses Wochenende arbeiten.«

Sina blickt auf die Uhr, die an der Wand hängt.

»Ich muss los. Wie sieht es mit euch aus? Ihr könnt gerne noch da bleiben, wenn ihr wollt.«

Hari sieht überhaupt nicht so aus, als könnte er aufstehen, geschweige denn zu sich nach Hause kommen.

Sina stellt ihre leere Tasse ins Spülbecken und füllt eine Karaffe mit Wasser. Dann nimmt sie ein frisches Glas aus dem Hängeschrank über der Spüle und stellt beides neben Hari auf den kleinen Tisch im Wohnzimmer.

»Hier, falls du Durst hast. Du kannst gerne hier bleiben, so lange du willst. Wenn du gehst und ich noch nicht zurück bin, zieh' einfach die Haustür zu.«

Hari fällt es sichtlich schwer, die Augen auf Sina zu fokussieren, aber er versucht es trotzdem.

»Danke. Das ist lieb von dir«.

Er lässt sich kraftlos zurückfallen.

»Schon in Ordnung.«

Sie dreht sich zu mir.

»Und du, Martin? Bleibst du auch da?«

»Ich glaube, ich gehe jetzt auch. Ein bisschen frische Luft ist sicher nicht verkehrt.«

»Okay. Du kannst mit mir mitkommen, meine Arbeitsstelle ist fünf Minuten von hier, und direkt davor ist eine Bushaltestelle.«

»Alles klar.« Ich trinke den Rest Kaffee aus und stelle meine Tasse dann zu ihrer ins Spülbecken.

»Gut, dann los.«

Sie zieht ihren grünen Mantel an, reicht mir meine Jacke, schlüpft in die roten Stiefel, zieht die Mütze über ihre kurzen, braunen Haare, legt Schal und Handschuhe an. Dann nimmt sie ihre ebenfalls knallbunte Tasche und öffnet die Wohnungstür.

»Halt, ich darf die Augen nicht vergessen.«

Sie öffnet den zweiten Schub der schmalen Kommode, die neben der Wohnungstüre steht, und nimmt einen kleinen Beutel heraus, den sie in die Manteltasche steckt.

»Augen?«

»Wirst du gleich sehen. Komm mit.«

Ich muss kurz an ›Minority report‹ denken. Haben sie im Altenheim Schleusen mit Augen-Scannern? Wir gehen aus der Wohnung. Bevor sie die Türe schließt, steckt sie den Kopf noch mal durch die Tür.

»Gute Besserung, Harald.«

Aber Hari ist schon eingeschlafen.

Die Luft ist frisch, es riecht nach Winter. Der Nebel hängt in den Straßen. Obwohl viele Leute unterwegs sind, um noch ihre Besorgungen für's Wochenende zu machen, hört und sieht man fast nichts. Wir gehen die Straße entlang, fast wie in Watte, auch unsere eigenen Schritte scheinen gedämpft zu sein. Oder sind das die Nachwirkungen der letzten Nacht?

»Was hast du heute noch vor, Martin?«

»Nicht viel. Dieses Wochenende habe ich keine Gigs mehr, keine Proben, gar nichts. Vielleicht gar nicht mal so schlecht nach der letzten Nacht. Und du?«

Sina lacht.

»Arbeiten! Dann heim. Essen. Schlafen. Und vorher vielleicht noch die Diskussion mit euch gedanklich aufarbeiten. Harald hat ein paar ... interessante Theorien. Seltsam, aber interessant.«

»Wobei dein Vorschlag mit dem Douglas-Adams-Zitat auch ziemlich ... interessant war.«

Sina ist wie Hari und ich von Douglas Adams schwer begeistert. Nachdem Hari seine Theorie lang und breit vorgetragen hat, hat Sina auf den Anfang vom zweiten Band der Anhalter-Trilogie verwiesen. Sinngemäß steht da, dass es eine Theorie gibt, wonach das Universum in dem Augenblick durch etwas komplizierteres ersetzt wird, in dem der Mensch glaubt, alles verstanden zu haben. Manche würden behaupten, das sei schon passiert.

Wir haben den Faden dann gemeinsam weitergesponnen. Theoretisch könnte es tatsächlich möglich sein, dass die Welt am Anfang sehr einfach war und die Erde tatsächlich irgendwie der Mittelpunkt. Nachdem die Menschen versucht haben, mehr von ihrer Umgebung zu verstehen, musste die Computersimulation (wenn es sie denn gibt) dem Rechnung tragen und komplexer werden. Planetenbewegungen, heliozentrisches Weltbild, Atomtheorie. Immer dann, wenn die Menschen an eine Grenze stoßen, kommt eine Komplexitätsebene hinzu.

Max Planck wurde ja Ende des neunzehnten Jahrhunderts von einem Physikstudium abgeraten, weil schon alles erforscht sei. Einige Jahre später: bäm! – Quantenmechanik, alles noch mal von vorn.

Wir gehen schweigend weiter, bis Sina unvermittelt stehen bleibt.

»Hier ist es!«, zischt sie.

»Was ist hier?« Automatisch senke auch ich die Stimme zu einem Flüstern, obwohl keiner zu sehen ist.

»Siehst du die Straßenlaterne? Die Schraube hier sieht aus wie eine Nase, und die abgeblätterte Farbe hier hat was von einem grinsenden Mund. Fehlen nur noch die Augen.«

Sie kramt in ihrer Manteltasche.

»Ta-da!«

Ein kleiner Beutel mit selbstklebenden Kulleraugen baumelt vor meinem Gesicht. Zwei Stück davon holt sie aus dem Beutel und klebt sie an die Laterne.

»So gefällt mir das viel besser.«

Sie betrachtet grinsend die Laterne, und die Laterne schaut nun grinsend zurück.

»›Seltsam, aber interessant‹ trifft ja irgendwie auch auf dich zu«, sage ich – und bereue es im selben Augenblick. Könnte man als alles zwischen billiger Anmache und Beleidigung auffassen, obwohl ich es weder so noch so gemeint habe.

Sina lächelt mich an.

»Ich fasse das als Kompliment auf und hätte den Spruch gerne auf meiner Urne. Hat aber noch Zeit.«

Ich lächle unsicher zurück.

»Bin noch nicht ganz da. Sorry, wenn ich irgendwelchen Bockmist labere.«

»Aber ich bin da.«

Sie deutet mit dem Daumen hinter sich.

»Da muss ich rein. Ich wünsche dir einen entspannten Tag, Martin. Man sieht sich.«

Ich klappe meinen Mund auf, um noch irgendwas zu sagen, aber bevor das Gehirn Verbindung zum Mund aufnehmen kann, ist Sina mit all ihren Farben in dem grauen Gebäude verschwunden. Ich starre auf die Tür und murmle: »Dir auch.«

Das Quietschen der Bremsen holt mich ins Hier und Jetzt zurück. Ich sitze im Bus und blicke auf: meine Haltestelle. Ich springe zu schnell auf – ein Fehler – aber der kurze flaue Moment ist vorbei, als ich auf dem Gehsteig stehe.

In meiner Wohnung lasse ich mich aufs Sofa fallen. Kaffee? Später. Essen? Viel später. Ich greife zu meiner alten Übegitarre, schalte das Effektgerät ein und setze den Kopfhörer auf. Eigentlich sollte ich an dem neuen Song weiter basteln, aber irgendwie bleibe ich an den ersten beiden Akkorden hängen. Ein bisschen Chorus, ein bisschen mehr Ping-Pong-Echo und viel mehr e-Moll – eintauchen, eins werden mit dem Instrument und dem Sound ...

16:29:07 Ich erwache aus der Trance, als es an der Haustüre klingelt. Wie spät ist es eigentlich? Ein kurzer Blick auf das Telefondisplay – halb fünf und neun entgangene Anrufe. Von Ulla. Ich gehe zur Tür und öffne. Draußen steht – Ulla. Sie wirkt aufgebracht, die Augen ein bisschen gerötet, so als ob sie geweint hätte.

»Hallo Ulla.«

»Hallo Martin.«

»Sorry, ich habe Musik gemacht und hatte den Kopfhörer auf.«

Ich deute in Richtung Decke, zu meinen Lieblingsnachbarn im Stockwerk über mir.

»Mietwohnung. Du hast schon ein paarmal angerufen, das hab ich jetzt erst gesehen.«

»Kein Problem, ich war ... ich hatte ... ich war sowieso gerade in der Stadt und dachte ...«. Sie sucht nach Worten.

»Darf ich reinkommen?«

»Sicher. Setz dich.«

Ich räume schnell zwei Stühle für uns frei. Wir setzen uns.

»Danke.«

Sie atmet tief durch.

»Ich will dich auch gar nicht lange aufhalten. Ich dachte, vielleicht wäre Harald bei dir? Ich erreiche ihn seit eineinhalb Tagen nicht.«

Sie klingt aufrichtig besorgt.

»Hari und ich haben uns gestern auf dem Weihnachtsmarkt getroffen. Ich hatte einen Gig mit Hanna. Danach haben wir eine ...«

Ja, was eigentlich? Einen Feldversuch für seine Theorie, die Ulla als Hirngespinst abtut?

»... eine Art Experiment durchgeführt. Eine – Befragung. Naja, irgendwie sind wir dann bei einer Bekannten gelandet, die uns freundlicher-
weise bei sich hat übernachten lassen. Hari hat ein bisschen was getrunken und deshalb heute leider wieder Migräne, daher liegt er vermutlich immer noch auf dem Sofa.«

»Eine Befragung? Sicher wieder eine seiner dummen Ideen und Theorien. Er soll sich mal um seine Arbeit kümmern, wenn er sich da so rein-
hängen würde, wie in seine Theorien, dann ...«

Ulla stockt. Sie sieht mich an, ihre Augen füllen sich mit Tränen. Sie
schluchzt.

»Es ... es tut mir leid. Ich ... ich will doch nur ... ich mache mir solche
Sorgen um Harald. Eigentlich will ich doch nur, dass es ihm gut geht,
und dass er sein Leben endlich irgendwie auf die Reihe bekommt. Seit
dem Unfall ...«

Sie beißt sich auf die Unterlippe und schließt die Augen. Tränen laufen
ihr über das Gesicht.

»Ulla, ich ... es tut mir leid, ich ... «

Ulla weinend in meiner Wohnung, das wirft mich komplett aus der
Bahn. Ulla, die sonst alles und auch sich unter Kontrolle hat. Ich weiß
nicht mehr weiter und klappe den Mund wieder zu.

Sie wischt sich über die Augen, fasst sich wieder.

»Nein, mir tut es leid, dass ich vor dir sitze und rumheule wie ein kleines Mädchen. Ich bin froh und dankbar, dass du ein Auge auf Harald
hast. Wer weiß, wo er wäre, wenn er dich nicht hätte. Es ist nur ... ich
bin seine große Schwester, und ich mache mir immer noch Sorgen um
ihn, genau so wie früher, als er ein kleiner Junge war. Und seit dem Tod
unserer Eltern fühle ich mich noch mehr dazu verpflichtet, für ihn zu
sorgen. Er ist so ein Träumer, das war er schon immer.«

Sie sucht in ihrer Tasche nach einem Taschentuch, findet es schließlich, trocknet sich damit die Augen und putzt sich die Nase. So verzweifelt wie gerade eben habe ich Ulla noch nie gesehen. Sie ist immer
die Chefin gewesen, hat Hari hart rangenommen und herumkomman-
diert.

Langsam beginne ich zu begreifen, was wohl der tiefere Grund für ihr Verhalten ist.

»Ja, manchmal ist er wohl tatsächlich ein bisschen – unorganisiert.«

Sie blickt mich mit ihren verheulten Augen an und lächelt sogar ein bisschen.

Wenn sie lächelt, erkennt man, dass sie Haris Schwester ist, dann ist die Ähnlichkeit echt verblüffend. Ich überlege. Sehr oft habe ich Ulla nicht lächeln gesehen, und Hari lacht in letzter Zeit auch selten – außer gestern, als er voller Begeisterung Sina seine Theorie erklärt hat.

»So könnte man es auch ausdrücken – ›unorganisiert‹.«

Sie macht eine kleine Pause, das Lächeln verschwindet.

»Ich weiß, dass ich ihm schon sehr zusetze mit meiner Kritik an seinem Lebensstil. Vielleicht setze ich ihn zu sehr unter Druck? Ich will ihn ja nicht bevormunden, aber wenn ich sehe, dass er die einfachsten alltäglichen Dinge komplett vergisst? Soll ich ihm zusehen, wie er am Ende noch verhungert, weil er nicht dran gedacht hat, sich was zu Essen zu besorgen? Ich glaube ja nicht, dass er den Schussligen mimt, um mich zu ärgern.«

»Nein, auf keinen Fall! Hari ist tatsächlich … bleiben wir bei unorganisiert. Aber er ist froh, dass sich seine große Schwester um ihn kümmert. Ich bin sicher, dass er das zu schätzen weiß, auch wenn er dir das vielleicht nicht sagt.«

Da ist es wieder, das kleine Lächeln.

»Und ich glaube auch nicht, dass er verhungern würde oder so. Ich denke eher, dass du manchmal zu schnell für ihn bist, zu weit nach vorne denkst. Bis Hari bewusst wird, dass die Geschäfte am Sonntag gar nicht offen haben, hast du schon für ihn eingekauft.«

Und ihm eine ordentliche Standpauke gehalten, denke ich mir, traue mich aber nicht, es auszusprechen.

Ulla überlegt.

»Meinst du wirklich? So habe ich das noch gar nicht gesehen.«

»Hab ein bisschen Geduld mit ihm. Du weißt doch, Jungs sind immer langsamer als Mädchen, das war doch schon in der Schule so. Ihr wart uns doch immer meilenweit voraus, stimmt's?«

Ich grinse Ulla an. Sie grinst zurück.

»Ja, da ist vielleicht was dran. Wenn du das sagst.«

Ihr Grinsen wird breiter.

»Ganz bestimmt. Ich war auch mal ein Junge, bin also vom Fach.«

»Du meinst also, ich soll ihn einfach mal machen lassen? Auch auf die Gefahr hin, dass er am Sonntag vor dem Supermarkt steht?«

»So ein Erlebnis kann sehr lehrreich sein, glaub mir.«

Mir ist das tatsächlich mehr als einmal passiert, ich weiß also, wovon ich rede. Aber auch das sage ich ihr nicht.

»Hm.«

Sie scheint die Situation in Gedanken durchzuspielen, wirkt aber noch nicht vollends überzeugt.

»Darf ich offen zu dir sein, Ulla?«

Ich probiere es jetzt trotzdem und hoffe, dass ich mich in der Wortwahl nicht vergreife.

»Ja klar, Martin, ich bitte darum!«

Also gut.

»Weißt du – Hari mag dich sehr gern, auch wenn er das nicht zeigt. Vielleicht ist es ihm auch selber gar nicht bewusst, aber ...«

Jetzt kommt's.

»Wie soll ich es formulieren? Sei mir nicht böse, wenn ich das sage, aber manchmal sind deine Äußerungen ihm gegenüber schon recht, naja, lautstark, und wenn er dich nicht gern hätte, hätte er schon längst mal zurückgebrüllt oder wäre auf und davon gelaufen.«

Ulla sagt gar nichts. Sie schluckt. Dann vergräbt sie das Gesicht in den Händen und schluchzt. Sie klappt regelrecht in sich zusammen und weint hemmungslos. Das habe ich ja prima hinbekommen.

»Ulla, tut mir leid, ich wollte dich nicht – in Frage stellen oder so.«

Ihr Rücken bebt. Ich glaube, ich sage erst mal gar nichts mehr. Hat sie das so getroffen? Ich bin doch wirklich sehr vorsichtig mit meiner Wortwahl gewesen. Oder? Vermutlich nicht vorsichtig genug.

Nach einer kleinen Ewigkeit nimmt sie die Hände vom Gesicht.

»Danke für deine Offenheit, Martin. Du hast absolut recht.«

Sie wischt sich mit dem Handrücken über die Augen.

»Weißt du, es gab vor vielen, vielen Jahren mal eine Situation – ich weiß gar nicht mehr den Anlass. Harald war damals noch sehr klein, war gerade in die Schule gekommen. Jedenfalls gab es Ärger, weil er die Hausaufgabe vergessen hatte. Harald hat einen Brief mitgebracht, in dem die Eltern zu einem Lehrergespräch vorgeladen wurden. Er hat die Situation überhaupt nicht begriffen und sogar gelächelt, als er Mama den Brief gab. Vielleicht hat er gedacht, es wäre was Besonderes, dass nur er einen Brief mit nach Hause nehmen darf.

Mama war eigentlich immer sehr geduldig mit uns und ist eigentlich nie laut geworden, aber an diesem Tag – ich weiß nicht warum, aber sie war einfach in schlechter Stimmung, und dann auch noch dieser Brief. Jedenfalls hat sie Harald an diesem Tag angebrüllt. Ich glaube, es war das erste und einzige Mal, dass sie überhaupt so laut geworden ist.

Ich kann mich noch an Haralds Gesicht erinnern: zuerst das Lächeln, dann die Überraschung, weil Mama ihn anschreit, und dann aber nicht Angst oder Trauer, sondern – ich weiß nicht, wie ich es beschreiben soll. Er ist irgendwie nach innen ... verschwunden? Da war nur noch seine Hülle, sein Gesicht, aber die Augen waren leer, er hat sich da komplett zurückgezogen.

Später hat sich Mama dann bei ihm entschuldigt, ihn umarmt, und ich glaube, alles war wieder gut. Aber ich habe gesehen, wie Harald sich eingekapselt hat, und das machte mir Angst, große Angst. Und ich habe mir fest vorgenommen, dass so etwas nie wieder passiert, ich habe geglaubt, dass er sonst vielleicht irgendwann nicht mehr wieder heraus findet.«

Sie blickt mich lange an.

»Verstehst du, was ich meine?«

Ich nicke nur.

»Und jetzt ... mir ist bewusst geworden, dass ich ihn genauso anbrülle wie Mama damals, nur öfter, und vielleicht verschwindet er dann tatsächlich, und ... und ... und das wollte ich doch alles nicht, es tut mir so leid!«

Sie blickt mich an. Die Tränen laufen ihr über die Wangen, und ich glaube, das Mädchen von damals in ihr zu erkennen, das Angst davor hat, ihren Bruder zu verlieren.

Ich sage gar nichts und reiche ihr ein Taschentuch.

»Danke. Entschuldige bitte, dass ich ...«

»Schhhh, schhhh, schon gut. Du musst dich nicht entschuldigen, alles in Ordnung.«

Eine Zeitlang sitzen wir beide schweigend da. Ulla trocknet sich die Augen und die Wangen, dann schließt sie die Augen. Sie atmet tief ein und langsam wieder aus, ein, aus, ein, aus.

»Ich werde es versuchen. Ich *muss* es einfach versuchen.«

Sie murmelt mehr, als dass sie spricht. Dann öffnet sie die Augen.

»Ich glaube, du hast recht, Martin, und ich danke dir sehr für deine Zeit, für deine Fürsorge gegenüber Harald und für deine Ehrlichkeit und dieses Gespräch. Ich sollte jetzt aber besser gehen.«

Sie betrachtet das zerknüllte Taschentuch in ihrer Hand.

»Darf ich vorher noch dein Bad benutzen?«

Ich nicke und deute zur Badezimmertür. »Klar.«

Sie steht auf und geht ins Bad. Der Wasserhahn rauscht. Kurze Zeit später kommt sie wieder heraus. Die Augen sind immer noch gerötet, aber sie wirkt frischer, gelöster, entspannter. Das traurige junge Mädchen ist verschwunden, aber Ullas Gesichtszüge sind nun weicher, freundlicher.

»Kann aber gut sein, das Hari heute erst spät oder gar nicht kommt. Mach dir keine Sorgen, Sina kümmert sich sicher gut um ihn.«

»Sina?«

»Ja, die Bekannte.«

Eigentlich wollte ich Sina nicht in die Geschichte reinbringen, aber dazu ist es jetzt zu spät.

»Ok. Sina. Ja, wenn du sagst, dass er gut aufgehoben ist ... die Migräneschübe nehmen in letzter Zeit wieder zu. Armer Harald, mir tut er leid, ich stelle mir das grausam vor.«

»Ja, tauschen möchte ich nicht mit ihm.«

»Martin, ich danke dir für alles. Wir sehen uns!«

Ulla reicht mir die Hand. Ihre schmalen Hände sind kalt, aber der Händedruck angenehm fest.

»Keine Ursache. Mach's gut, Ulla.«

Ich blicke ihr nach, bis sie im Hausgang um die Ecke biegt. Dann schließe ich langsam die Wohnungstür. Ich lasse das gerade Erlebte noch mal in meinem Kopf Revue passieren. Komplett surreal, irgendwie. Ich überlege, ob ich noch weiter Gitarre spielen oder am besten gleich ins Bett gehen soll. Oder mal Hari anrufen? Nö. Erstens wecke ich ihn, wenn er das Klingeln überhaupt hört, und zweitens: was soll ich sagen? Hi, ich bin's, deine Schwester war übrigens gerade da und hat geweint? Das passt auch nicht.

Da gibt mir mein Magen unmissverständlich ein Signal, dass ich ihn schon zu lange vernachlässigt habe. Okay, auch eine Alternative. Ich gehe zum Kühlschrank.

Sina Keske, 2018-12-01

Als Sina nach der Spätschicht heimkommt, ist Harald nicht mehr da. Eine Andeutung von Eukalyptus und Menthol überdeckt das Aroma verbrauchter Luft. Sie legt den Mantel ab, zieht die Schuhe aus und stellt ihre Tasche auf den Tisch. Sie öffnet das Fenster. Dann füllt sie den Wasserkocher und schaltet ihn ein. Der Tee nach der Arbeit ist fast schon ein Ritual.

Während der Kocher leise rauscht, fischt sie ihr Mobiltelefon aus der Tasche. Eine Sprachnachricht von Harald. Seine leise, etwas unsichere Stimme schallt aus dem Lautsprecher.

»Hallo Sina, ich bin's, Harald. Es ist jetzt, äh, kurz nach halb neun. Ich bin wieder einigermaßen fit und werde jetzt nach Hause gehen. Nochmals danke für alles. Ich, äh, ja. Dann mach's mal gut. Bis bald mal.«

Sina schmunzelt. Harald und seine Theorien. Haralds harmlose Hirngespinste. Wobei – harmlos? Das wird sich erst noch zeigen. Wenn er zu tief eintaucht, dann …

Der Wasserkocher signalisiert mit einem leisen Klacken, dass das Wasser kocht. Sina steht auf, nimmt sich eine frische Tasse, dazu die Dose mit dem grünen Tee aus der Schublade, befüllt das Tee-Ei und hängt es in die Tasse. Welche Temperatur das Wasser für den grünen Tee haben muss, wird unterschiedlich diskutiert und führt unter Teekennern nicht selten zu erbitterten Streitgesprächen.

Sina gießt das heiße Wasser in die Tasse. Sie tippt eine kurze Nachricht an Harald und schickt sie ab. Zwei Sekunden später erklingt aus dem Badezimmer ein ›Pling‹. Neben dem Waschbecken liegt ein Mobiltelefon. Haralds Handy. Sina grinst.

Ursula Stein-Schrag, 2019-01-12

Vor dem Eingang zum Supermarkt stehen zwei Frauen, beide älter. Sie unterhalten sich. Eigentlich unterhält eine den ganzen Parkplatz mit Krankheitsgeschichten. Ulla schiebt sich an ihnen vorbei, um einen Wagen zu holen. Die Frauen treten gerade so weit zur Seite, dass man nur noch fast nicht mehr an ihnen vorbeikommt. Ulla navigiert den Wagen vorsichtig vorbei in den Supermarkt. Die elektrische Tür schließt sich und dämpft die grausamen Details einer Magen-Darm-Erkrankung.

Drinnen ist es warm. Es ist mäßig viel los. Die Musik ist einen Ticken zu laut. Aus dem Lautsprecher klagt eine Frau singend darüber, wie schlecht sie von einem Mann behandelt wird. Wie er sie ständig mit seinen Problemen zumüllt. Wie wenig Rücksicht er doch auf sie nimmt.

Vor dem Leergutautomaten steht ein Mann. Er schimpft halblaut über den Pfandautomaten, der sich beständig weigert, eine Flasche anzunehmen. Der Mann versucht es immer und immer wieder, fünf Mal, sechs Mal. Ulla kommt der Gedanke, dass sich der Automat vielleicht das Lied zu Herzen genommen hat und sich nun weigert, ständig zugemüllt zu werden. Sie muss grinsen.

Der Mann gibt auf und lässt den Blick durch den Supermarkt schweifen in der Hoffnung, einen Angestellten ausfindig zu machen. Sein und Ullas Blick kreuzen sich. Ulla versucht, das Grinsen zu verstecken, und dreht sich schnell zur Seite.

Eine Palette mit neu angelieferten Waren versperrt den Zugang zum Regal mit den Milchprodukten.

Ulla seufzt und zieht die Einkaufsliste heraus, die ihr Harald gegeben hat. Ihr Bruder hat heute Geburtstag und hat aus diesem Anlass ein paar Gäste eingeladen. Es soll gemeinsam gekocht werden.

Martin kommt, ebenso Andi und Hanna, die schon öfter mal bei solchen Aktionen dabei waren. Außerdem Sina, die Ulla vorher noch nicht getroffen hat.

Normalerweise mag Ulla es gar nicht, wenn sie nicht alleine in der Küche sein kann. Sobald Harald auch in der Küche ist, muss sie aufpassen, ob nicht irgendwo eine Schublade offen steht oder sie ihren Bruder anrempelt, der vielleicht gerade mit einem scharfen Messer hantiert. Dann benutzt er genau den Messbecher, den sie gerade braucht, und so weiter. Nein, beim Kochen ist Ulla gern allein, genießt die Stille, die Gerüche der Kräuter und Gewürze, die Geräusche beim Brutzeln.

In diesem Fall ist das allerdings anders. Wenn fünf oder sogar sechs Leute gemeinsam kochen, ist der Platz in der Küche sowieso zu klein, dann wird auch auf dem Esstisch geschnippelt, dabei gelacht, ein bisschen was getrunken … in der Runde fühlt sich Ulla dann auch wohl, auch wenn sie ihre Küche mit vielen Menschen teilen muss.

Die Lautsprecheranlage singt ›Ich bin keine Maschine‹ und klingt dabei wie Tim Bendzko. Eine Mittvierzigerin steht vor dem Müsliregal und singt halblaut mit. Vermutlich liegen beide falsch, denkt Ulla.

Bei dem Lied muss sie plötzlich wieder daran denken, dass Martin am ersten Weihnachtsfeiertag zu Besuch bei ihnen war, weil auch er keine Familie mehr hat, der er einen Pflichtbesuch abstatten muss.

Ulla mag Martin sehr gern. Genau wie ihr Bruder neigt er manchmal zu kruden Abschweifungen und geradezu lächerlichen Überlegungen: ›Was wäre wenn …?‹ Die beiden besprechen dann abstruse Dinge bis ins letzte Detail und vergessen ihre Umgebung komplett.

Ulla klinkt sich dann meistens gedanklich aus. Wie man sich so akribisch mit völlig hirnrissigen Themen auseinandersetzen kann, ist ihr ein Rätsel.

Aber Martin ist dann doch irgendwie … geerdeter als ihr Bruder und holt ihn schon mal auf den Boden der Tatsachen zurück, wenn es zu abstrus wird oder Harald komplett in seine Gedankenwelt abdriftet. Sie hat in letzter Zeit den Eindruck, dass Harald zuverlässiger geworden ist, was die alltäglichen Dinge des Lebens betrifft. Ulla vermutet, dass das mit dem letzten tränenreichen Gespräch in Martins Wohnung zusammenhängt.

Bei dem Gedanken an die Situation steigt ihr immer noch die Schamesröte ins Gesicht. Aber es hat auch gutgetan. Was Martin aus diesem Gespräch an Harald weitergegeben hat, weiss sie nicht, denn sie hat das Thema seitdem mit Harald nicht weiter vertieft, ist dem Ganzen bewusst oder unbewusst aus dem Weg gegangen. Aber irgendetwas hat sich an Harald verändert, und sie glaubt, dass Martin hier positiv auf ihn eingewirkt hat.

Jedenfalls ist es an diesem Abend, am ersten Weihnachtsfeiertag, auch um Haralds neue ›Theorie‹ gegangen, seine Idee, dass die Welt nicht wirklich sei, sondern irgendwie in einem Computer stattfindet. Ulla war schon darauf und dran, sich in die Küche zu verabschieden, um die Spülmaschine zu bestücken und langsam den Nachtisch vorzubereiten, aber sowohl Harald als auch Martin haben versucht, ihr diese Idee anschaulich zu erklären, und tatsächlich hat Ulla das Gefühl, den Grundgedanken verstanden zu haben. Vielleicht *sind* wir keine Maschinen, aber es könnte sein, dass wir in einer leben.

Ein Mann, der verzweifelt auf die Einkaufsliste starrt und mit seinem Einkaufswagen krachend in ihren fährt, holt sie in die Wirklichkeit zurück. Sie erschrickt und kann einen Aufschrei im letzten Moment unterdrücken. Als sie das ebenso erschrockene und verzweifelte Gesicht des Mannes sieht, muss sie lachen.

»Entschuldigen Sie vielmals, ich habe Sie wohl komplett übersehen. Tut mir leid«, stammelt er.

»Das macht nichts, ich habe auch nicht aufgepasst«, erwidert Ulla belustigt.

So ganz falsch scheinen Harald und Martin manchmal doch nicht zu liegen, denkt Ulla, während sie dem Mann nachblickt, der wieder tief gebeugt über der Einkaufsliste mit seinem Wagen in den nächsten Quergang schiebt. Dann widmet auch sie ihre Aufmerksamkeit voll und ganz der Liste von Harald.

Es klingelt an der Wohnungstür. Das wird Sina sein, alle anderen sind schon da.

Ulla geht zur Tür. Bevor sie öffnet, blickt sie in den Spiegel, der neben der Haustür an der Wand hängt. Früher hat sie die grauen Strähnen im Bereich der Schläfen beim Friseur überfärben lassen, doch seit dem Unfall macht sie das nicht mehr. Eigentlich seltsam, hat Robert sie doch immer aufgefordert, die ›Chemie in den Haaren‹ (O-Ton Robert) wegzulassen. Auch er ist früh ergraut, aber ihm hat das nie etwas ausgemacht. Und ihr auch nicht. *Männer mit grauen Haaren sind sexy, Frauen dagegen alt*, geht es Ulla durch den Kopf. Nun hat sie seinem Wunsch entsprochen, doch leider hat Robert nichts mehr davon.

Sie wendet sich vom Spiegel ab, atmet kurz durch und öffnet die Tür. Eine junge Frau mit kurzen braunen Haaren steht davor.

»Hallo, ich bin Sina.«

Ihre Augen scheinen von innen heraus zu leuchten. Ullas schwermütige Gedanken sind sofort verflogen.

»Hallo Sina, ich bin Ulla, Haralds Schwester. Komm rein.«

Sina zieht die Stiefel aus und legt die Winterkleidung ab. Dann holt sie einen kleinen Beutel aus ihrer Tasche und überreicht ihn Ulla.

»Du brauchst doch kein Geschenk mitzubringen. Hat Harald dir das nicht gesagt?«

»Die sind ja auch nicht für Harald, sondern für dich. Aniskekse – selbst gebacken. Ich hoffe, sie schmecken dir. Wenn dein Bruder nett zu dir ist, kannst du sie ja mit ihm teilen.«

Sina zwinkert Ulla zu.

»Vielen Dank!«

Ulla lächelt. Eine nette Aufmerksamkeit.

»Hier entlang, die anderen sind im Wohnzimmer.«

Sina folgt Ulla ins Wohnzimmer, wo Harald, Martin, Hanna und Andi sitzen.

»Alles Gute zum 42. Geburtstag, Harald! Ein ganz besonderes Alter für uns Douglas-Adams-Fans!« Sina umarmt Harald.

»Danke, Sina!«

Er deutet in die Runde.

»Ulla hast du schon kennengelernt, Jonesy kennst du auch. Das sind Hanna und Andi.«

Ulla bleibt in der Tür stehen und beobachtet, wie sich alle gegenseitig begrüßen. Von Sina scheint eine Art Aura auszugehen, eine Unbeschwertheit, die aber nicht von Leichtsinn, sondern von Ernsthaftigkeit getragen wird. Sie wirkt irgendwie – reifer? Ein blödes Wort, das nicht auf junge Frauen zutrifft, sondern am ehesten vielleicht noch auf weißhaarige Männer, denen aus jeder Pore pure Lebenserfahrung dringt. Wobei – in diesem Sinne *ist* Sina tatsächlich reifer, wirkt viel älter, als sie eigentlich ist.

»Das ist dein Glas, oder?«

Martin reißt sie aus ihren Gedankengängen.

»Komm, stoßen wir an auf deinen Bruder.«

Er dreht sich zu den Gästen um.

»Also dann, lasst uns anstoßen auf Hari, auf 42, auf die Antwort auf alle Fragen!«

»Auf Hari!«

Alle lassen ihn hochleben.

»Vergesst nicht, dass wir heute nicht zum Spaß da sind. Wenn wir was zu essen haben wollen, müssen wir ran. Daher schlage ich vor: auf zur Küche!«

Martin zwinkert Ulla zu und führt die Gruppe in Richtung Küche an.

Die Zubereitung des Essens hat erstaunlich gut geklappt. Fast wie bei einem gut eingespielten Team sind die die Aufgaben verteilt, Zutaten geschnippelt, angebrutzelt, gedünstet, überbacken worden. Nun sitzen alle um den Esstisch. Die Ruhe nach dem Sturm, denkt Ulla, oder vielmehr die Ruhe nach dem Hauptgang?

Sowohl beim Kochen als auch beim Essen sind weder abstruse Theorien noch irgendwelche Geschichten über den Nachwuchs zur Sprache gekommen. Das ist etwas, das Ulla an Hanna und Andi besonders schätzt: sie haben zwar ein kleines Töchterlein, das jetzt neun, nein, mittlerweile schon zehn Monate alt ist, aber im Gegensatz zu anderen frischgebackenen Familien wird nicht jeder Kieks oder Pups der Kleinen als Großereignis abendfüllend inszeniert.

»Mit dem Nachtisch sollten wir noch etwas warten, denke ich«, sagt sie in die Runde.

Allgemeines Stöhnen und Zustimmung.

»Übrigens: als ich vorhin hergekommen bin, habe ich im Treppenhaus eine alte Dame kennengelernt, die mich gefragt hat, ob ich hier einziehe. Ich glaube nicht, dass sie mich richtig verstanden hat. Ist bei euch eine Wohnung frei?«, fragt Sina.

»Das war bestimmt Frau Stock. Sie wohnt im Erdgeschoss und hört leider fast gar nichts mehr«, antwortet Harald. »Klein, weißes Haar, Brille?«

Sina nickt.

»Bei uns ist tatsächlich gerade im vierten Stock frei. Warum? Brauchst du zufällig eine Wohnung?«, hakt Ulla nach.

»Nein, ich bin mit meiner Wohnung eigentlich ganz zufrieden«, antwortet Sina. »Aber ich bin schon über alles informiert. Frau Stock hat mir alles mögliche erzählt. Herr Hundert ist Busfahrer und nie daheim, Frau Glaser ist seit drei Jahren im Ruhestand, Herr Ponners ist ganz ruhig, den hört und sieht man fast nie. Und die Vermieter sind *so* nett, der Herr Stein und die Frau Steinschlag.«

Alle lachen wegen des letzten Namens. Auch Ulla. Sie hat nach der Heirat einen Doppelnamen angenommen: Ulla Stein-Schrag. Aber Frau Stock macht daraus immer Steinschlag.

»Die gute Frau Stock. Herr Hunder – ohne T – wohnt direkt unter uns und ist tatsächlich momentan wieder als Fahrer unterwegs. Ich wollte ihm vorsichtshalber Bescheid geben, dass es etwas lauter werden könnte, aber er ist seit gestern für fünf Tage weg, das passt also«, ergänzt Harald.

»Wobei ich so satt bin, dass ich vermutlich die nächsten fünf Tage hier sitzen bleiben muss«, wirft Martin ein. »Aber ich verspreche, leise zu sein«.

Wieder Gelächter.

Harald greift Martins Witz auf: »Das wird vielleicht ein bisschen eng. Aber du kannst in den vierten Stock. Wir rollen dich dann leise die Treppe hinunter«.

O je. Hoffentlich geht das jetzt nicht so weiter. Wenn Harald und Martin mal in ihrem Element sind, werden die Witze für Ulla schnell zu albern. Sie steht auf.

»Ich räume nur schnell das Geschirr ab, damit der Tisch nicht so voll ist«, erklärt Ulla und ignoriert alle halbherzigen Versuche der Anwesenden, sie davon zu überzeugen, damit doch noch ein bisschen zu warten und einfach sitzenzubleiben.

»Ich helfe dir«, erwidert Sina und springt auf. »Bleibt ihr ruhig sitzen, wir zwei haben das im Handumdrehen erledigt.«

Zusammen mit Ulla räumt sie den Tisch ab und trägt Stapel von Tellern und Besteck in die Küche.

»Danke, Sina.«

»Keine Ursache!«

Sina grinst Ulla an und beginnt dann, den Geschirrspüler einzuräumen. Ulla betrachtet sie von hinten, während sie das Messer abtrocknet, mit dem das Fleisch aufgeschnitten wurde – eins von den japanischen Damastmessern, die man nicht in der Spülmaschine reinigen darf.

Aus dem Nichts schleicht sich ein Gedanke in Ullas Bewusstsein: wenn sie jetzt zustechen würde – würde man die Blutflecken auf Sinas rotem Oberteil überhaupt sehen? Ihre Hand krallt sich automatisch um den schwarzen Holzgriff des Messers. Ulla erschrickt über sich selbst und holt tief Luft.

Sina richtet sich auf und blickt Ulla an – lächelnd. Wissend?

»Was ist los? Du schnaufst so schwer.«

»Es ist – nichts.«

Ulla versucht den Blick abzuwenden, aber aus Sinas Augen strahlt eine Offenheit, der sie sich nicht entziehen kann – und womöglich auch gar nicht will.

»Kennst du die Momente? Man geht über eine Brücke, und plötzlich überlegt man, ob man seine Einkaufstasche ins Wasser werfen oder selber springen soll? Das kommt aus heiterem Himmel. Natürlich tut man das nicht, aber für einen winzigkleinen Moment – «

Ulla verstummt und legt das Messer zur Seite. Sina blickt zu dem Messer und dann wieder zu Ulla. Sie nickt.

»Ja, das kenne ich. In der Arbeit hatte ich mal einen Moment lang den Gedanken, der alten Frau in Zimmer 37 den Morgenkaffee einfach mal so ins Gesicht zu kippen – völlig grundlos, sie hatte mir gerade eben ganz nett einen guten Morgen gewünscht.«

Sina nimmt das Messer von der Arbeitsfläche und betrachtet es einen Augenblick lang. Ulla ist unfähig, etwas zu sagen oder überhaupt zu reagieren. Dann steckt Sina das Messer in den Messerblock, der neben ihr steht.

»Ich fühle mich dann ... schlecht, obwohl es ja nur ein Gedanke war, keine Absicht. Und dann frage ich mich, was passiert wäre, wenn dieser Moment auch nur eine halbe Sekunde länger gedauert hätte. Hätte ich das dann *getan*? Manchmal macht mir das Angst.«

Sina ist ernst geworden, aber nun umspielt ein Lächeln ihre Gesichtszüge.

»Aber ich glaube, das passiert jedem von uns immer wieder mal.«

Die Kälte und Reglosigkeit in Ullas Körper wird von einer Woge aus Wärme und Erleichterung fortgespült.

»Dann kennst du das auch? Ich habe bisher noch nie jemandem davon erzählt, weil ich dachte, ich wäre ... nicht normal. Wenn es dir genauso geht, beruhigt mich das sehr. Solche Momente kommen selten vor, zum Glück, aber sie machen mir große Angst.«

»Und das war gerade eben so ein Moment bei dir?«, will Sina wissen.

Ulla nickt zaghaft und presst die Lippen aufeinander.

»Ja, ich hatte ... ich wollte ...«

Sie stockt.

Sina tritt einen Schritt näher und nimmt Ullas Hände in ihre.

»Sag es nicht. Ich weiß, dass du es nicht getan hättest, und du weißt das auch. Solange wir über diesen Momenten stehen, ist alles gut.«

»Danke.« Mehr bringt Ulla nicht heraus.

Sina lässt ihre Hände los, nimmt sich ein Geschirrtuch und beginnt, ein paar Gläser abzutrocknen.

»Es gibt über dieses Thema eine Kurzgeschichte von Edgar Allan Poe mit dem Titel ›The Imp of the Perverse‹. Da geht es genau um diesen Drang, etwas komplett widersinniges zu tun.«

»Imp? Was ist ein Imp?«, fragt Ulla erstaunt.

»Ein Kobold oder Wichtel«, antwortet Sina. »Wenn du ihm einen Namen gibst, ist es nicht mehr so schlimm.«

»Wieso? Das verstehe ich nicht.«

Ulla ist verwirrt. Sinas Erläuterungen zu folgen, fällt ihr nicht leicht. Eben noch ein Messer in der Hand, jetzt ein Wichtel?

»Du kennst doch sicher den Ausdruck ›namenloses Grauen‹?«

Ulla nickt.

»Wenn das Grauen einen Namen hat, wird es leichter fassbar. Ich kann es besser einordnen, versuchen, mit ihm zu sprechen, meinetwegen auch zu schimpfen – das alles kann helfen, mit solchen Situationen besser umzugehen. Mein Wichtel ist übrigens eine Wichtelin.«

»Warum das denn?«

»Ganz einfach, ich bin weiblich, also muss der dunkle Part in meinem Unterbewusstsein doch auch weiblich sein, meinst du nicht?«

»Ja, das klingt logisch«, entgegnet Ulla nachdenklich. »Wobei der Kobold ja mein geistiger Widersacher ist und mir etwas einreden will, was ich nicht möchte. Daher könnte er auch männlich sein, oder?«

»Da hast du recht. Für mich war es vom Gefühl her eine weibliche Sache, aber wenn dein Imp eher in die Macho-Ecke schlägt, passt natürlich auch ein Männername.«

Ulla versucht, sich so einen Zwerg vorzustellen. Goldkettchen. Sonnenbrille. *Na, Kleine, was läuft?* Sie grinst.

»Also soll mir einen Namen für meinen Imp überlegen ...«

Ulla stutzt.

»Wie heißt deiner, wenn ich fragen darf?«

»Luzi«, antwortet Sina.

»Luzi, die Wichtelin der Perversheit?«

Ulla muss laut lachen. Sina kichert ebenfalls. Die Anspannung ist verschwunden.

»Was kichert ihr beiden denn in der Küche?«, fragt Andi in dem Moment von draußen.

Sina legt das Geschirrtuch zur Seite und bedeutet Ulla mit einem Kopfnicken, mit ihr wieder ins Wohnzimmer zu gehen.

»Wir machen uns lustig über euch, was sonst?«, erwidert sie keck.

Andis Kopf erscheint im Türrahmen.

»Dachte ich mir's doch.«

Als er sieht, dass Sina und Ulla auf dem Weg ins Wohnzimmer sind, macht er ebenfalls kehrt und geht voran.

»Nein, nein, wir waren ganz anständig. Es ging um die Abgründe der menschlichen Psyche.«

Sina zwinkert Ulla verschwörerisch zu, während sie sich zu den anderen an den Tisch setzen.

»Nicht unbedingt ein lustiges Thema«, wirkt Martin ein.

»Nicht immer lustig, aber sehr spannend und faszinierend. Wollt ihr eine Geschichte hören, bevor wir uns aufmachen, die Nachspeise zuzubereiten? Sie ist zwar nicht lustig, aber mich berührt sie trotzdem. Und sie wirft einen kleinen Einblick in die Untiefen der menschliche Psyche.«

Damit sind alle einverstanden, also beginnt Sina zu erzählen:

»Ende des neunzehnten Jahrhunderts lebte Elif Bekievit, ein begnadeter Schriftsteller – beziehungsweise wäre er vermutlich ein begnadeter Schriftsteller geworden. Er lebte glücklich mit seiner Frau Evyn und war eigentlich ein Büroangestellter bei einer aufstrebenden Firma.

Eines Tages hatte er die Idee zu einem Roman. Er sprach lange mit seiner Frau über die Handlungsidee und die Personen. Evyn war begeistert von seiner Idee und ermunterte ihn, mit dem Schreiben zu beginnen.

Hauptperson seiner Geschichte war eine junge Frau mit Namen Emire Fudot. Sie hatte lange, schwarze Haare, war schlank und wunderschön.

Mit der Zeit verliebte sich Elif in seinen fiktiven Charakter. Anfangs noch bat er seine Frau, die Kapitel gegenzulesen, doch bald versteckte er die Manuskriptseiten und vertröstete seine Frau mit Ausreden. ›Mir fällt leider gerade nichts ein‹, pflegte er zu sagen – und sperrte sich für immer längere Zeit in sein Arbeitszimmer ein.

Seine Romanfiguren – allen voran Emire – entwickelten unter seiner Feder eine Art Eigenleben. Er wollte die Handlung auf diesem oder jenem Wege fortschreiben, aber während er noch schrieb, regte sich der betreffende Charakter in seiner Vorstellung und schien eigene Ideen davon zu entwickeln, was als nächstes passieren müsste.

So lernte er besonders das Wesen von Emire immer mehr zu schätzen und zu lieben, denn sie überraschte ihn mit ihrem freundlichen Wesen und ihren spontanen Einfällen immer aufs Neue.

Eines Abends – seine Frau war übers Wochenende bei ihrer Schwester – nahm er eine Flasche Rotwein mit ins Arbeitszimmer und schrieb seiner Angebeteten ebenfalls einen weinseligen Abend ins Manuskript:

Draußen schien der Mond, es war eine laue Sommernacht. Emire trank von dem Wein, und alsbald wurde ihr warm und irgendwie sonderbar zumute. Weil sie ganz alleine war, legte sie ihr Oberkleid ab, doch auch das brachte wenig Linderung. Schließlich zog sie sich komplett aus. Was war schon dabei? Sie war allein. Keiner beobachtete sie.

Sie trat vor den Spiegel und betrachtete lange ihr ebenmäßiges Gesicht und ließ den Blick dann zu ihren Brüsten wandern. Sie umfasste sie mit beiden Händen und streichelte sie zärtlich. Die Hände glitten weiter nach unten, an Bauch und Taille entlang.

Emire begann, sich im Mondlicht hin und her zu wiegen und drehte sich schließlich zu einer imaginären Musik. Sie tanzte durch ihr Zimmer, während das Mondlicht ihre nackte Haut küsste. Ihre fließenden Bewegungen wurden immer schneller und ekstatischer, bis sie schließlich erschöpft auf ihr Bett sank.

Doch die Unruhe, die sie ergriffen hatte, wich nicht von ihr. Ihr Körper bebte schier vor Erregung, und ihre Hände begannen, ihren Körper zu umarmen, zu liebkosen und zu streicheln, bis sie schließlich bei dem Punkt angelangt waren, an dem sich die äußere Welt in pure Ekstase aufzulösen schien.

Am nächsten Morgen erwachte Elif spät, mit schwerem Kopf. Nachdem er sich erfrischt und peinlich berührt seinen Schreibplatz von den Folgen des Liebestaumels gesäubert hatte, las er noch einmal, was er Emire in der Nacht angedichtet hatte.

Er erschrak sehr darüber, denn er hatte seine Liebste ja im Grunde genommen für sein Vergnügen benutzt, ja sogar missbraucht, war einem Inkubus gleich in sie eingedrungen, wenn auch nicht körperlich. Dass sie nur eine Figur auf dem Papier war, beruhigte seine Sorge nicht. Er war drauf und dran, die Manuskriptseiten dem Feuer zu übergeben, aber plötzlich hatte er Angst davor, mit den Aufzeichnungen auch seine Angebetete auszulöschen.

Er hatte nun das dringende Bedürfnis, sich bei ihr vorzustellen und sich zu entschuldigen. Die eigentliche Handlung der Geschichte war zu dem Zeitpunkt schon völlig vergessen. Er schrieb sich in ihre Gedanken und stellte sich als ihr Schöpfer, Freund und Geliebter vor.

Natürlich reagierte Emire anfangs erschrocken und blieb zurückhaltend, wie es sich für eine junge Frau gehörte, aber schon bald ließ er sie sich in ihn verlieben und sich vor Sehnsucht nach ihm schier verzehren.

Er empfand dasselbe für seine Emire, doch konnte er die letzte Barriere, das geschriebene Wort, das zwischen ihnen stand, nicht überwinden. Elif war verzweifelt, er schlief fast nicht mehr, aß fast nicht mehr,

saß die meiste Zeit in deinem Arbeitszimmer über die Manuskriptseiten gebeugt und kritzelte und schrieb an seiner Liebe zu Emire.

Evyn war verzweifelt über die Verwandlung ihres geliebten Mannes,
doch sie konnte ihn nicht mehr erreichen. Er war nur noch ein Schat-
ten seiner selbst, seine Haut bleich und dünn wie vergilbtes Papier. Er
fühlte sich krank und konnte schon seit Tagen nicht mehr zur Arbeit
gehen.

Als er eines Tages die Wohnung tatsächlich verließ, was nur selten pas-
sierte, und einen Spaziergang ankündigte, um seine Sinne zu ordnen,
da schlich seine Frau ins Arbeitszimmer. Sie suchte nach dem teufli-
schen Manuskript, um es zu vernichten und ihrem Mann zu helfen,
doch alles, was sie fand, waren seine Schreibgeräte und einige Bögen
leeres Papier.

Voller Wut und Verzweiflung nahm sie alles, was mit seiner Schrift-
stellerei zu tun hatte, warf es ins Kaminfeuer und hoffte und flehte, es
möge doch nun besser werden mit ihrem Mann, den sie doch so geliebt
hatte.

Einen halben Tag später fanden Waldarbeiter Elif tot im Wald. Er hatte
sich an einem Baum erhängt. Vor und unter ihm waren die Reste eines
Feuers, das ihn wohl hätte verzehren sollen, aber nur seine Schuhe und
der Saum seiner Hose waren angesengt.

In den Resten des Feuers fand sich eine große Menge verbranntes Papier, doch einige Blätter waren unversehrt oder nur angekokelt. Er hatte wohl das Manuskript vor seinem Tod an seine Brust gepresst und
dann sterbend den Flammen übergeben. Die Überreste der Aufzeichnungen brachten sie seiner Frau – und ebenso das kleine Tagebuch, das
er in seiner Brusttasche trug.

Seine Frau war schwer getroffen vom Verlust ihres Mannes, wobei sie
sich eingestand, ihn schon lange vorher an Emire verloren zu haben.
Sie fühlte sich verantwortlich für den Tod ihres Mannes, weil sie ihn
doch anfangs so sehr ermuntert hatte, seine Geschichte aufzuschreiben. Daher bewahrte sie die Fragmente seiner Liebesgeschichte im Geheimen auf und erzählte keinem Menschen davon, was wirklich ge-
schehen war.

Seine Geschichte wurde im Nachlass seiner Frau gefunden, in einem von ihr handgeschriebenen Brief an ihre Schwester, den sie nie abgeschickt hatte. So wurden Emire und Elif am Ende doch in einer traurigen Geschichte vereint.«

Eine Zeitlang ist es sehr still im Wohnzimmer. Hanna bricht als erste das Schweigen.

»Das ist ... heftig. Eine schöne Geschichte, aber – wow.«

»Die arme Frau.«

Martin wirkt ernstlich betroffen. Ulla hat in dem Moment dasselbe gedacht und blickt zu Martin hinüber. Der allerdings hat den Blick gesenkt und schüttelt sachte den Kopf.

»Das ähnelt unserer Idee mit der simulierten Welt«, sagt Harald.

Ulla zuckt innerlich zusammen. Bitte jetzt keine Fachsimpeleien über Theorien, das zerstört die ganze Stimmung!

Harald fährt fort. »In dem Fall aber lebt Emire in einem Buch, wird quasi ausgedacht. Ich frage mich, ob man das merken würde ...?«

Ulla entspannt sich ein bisschen. Gut. Keine Computer. Für den Augenblick jedenfalls.

Hanna greift die Frage auf.

»Ob man was merken würde? Dass man nur eine Figur in einem Roman ist? Mit Sicherheit! Was ist, wenn du schläfst? Was, wenn du aufs Klo musst? So etwas kommt doch in Romanen nicht vor!«, erwidert Hanna.

»Der Gang zur Toilette als ontologischer Beweis für unsere Existenz jenseits der Literatur«, witzelt Martin.

Alle lachen. Auch Ulla. Die düstere Stimmung hat sich schlagartig gedreht.

»Naja, wenn der Autor sich die Zeit nehmen würde, das alles aufzuschreiben, dann könnte man ein Menschenleben schon *so* detailliert beschreiben«, wirft Andi ein.

»Stellt euch vor: die Zeit würde für eine Romanfigur ja nur vergehen, wenn sie gelesen werden. Macht der Leser eine Pause, bleibt die Zeit einfach stehen, und die Figuren im Roman merken nichts davon.«

Andi scheint fasziniert von dem Gedanken zu sein. Er fährt fort: »Und wenn jemand anders das Buch liest, passiert einfach dasselbe immer und immer wieder – und wir würden es nicht einmal merken!«

»Was heißt ›wir‹? Ich bin doch keine Romanfigur!«, protestiert Hanna.

»Nein, bist du nicht, du warst ja vorhin für kleine Mädchen«, lacht Andi. »Aber wenn du eine wärst, würde ich dich Tag und Nacht lesen!«

»Alter Charmeur«, grummelt Hanna gespielt beleidigt.

Andi gibt ihr einen Kuss auf die Wange.

Was für eine Liebeserklärung, denkt Ulla. *Ich würde dich Tag und Nacht lesen.* Für einen kurzen Moment denkt sie an Robert – und fühlt einen Stich in der Brust. Nein, keine schwermütigen Gedanken an einem so besonderen Abend. Sie wischt die Erinnerungen fort. Die Feier! Was ist zu tun? Ach ja.

»Bevor ihr beiden streitet oder sonstwie übereinander herfallt, sollten wir die restlichen Energien lieber gemeinsam an den Zutaten für die Nachspeise auslassen. Die Schokolade muss noch zerhackt werden.«

»Freiwillige vor!«, ruft Martin, und mit großem Getöse bricht die Versammlung in Richtung Küche auf – zur letzten großen Schlacht des Abends.

Ulla liegt im Bett und lässt den Abend noch einmal Revue passieren.

Nach der Nachspeise wurde eifrig weiter diskutiert, über Literatur und Musik. Sina hat ein Faible für alles, was mit Sprache zusammenhängt und kann sich unglaublich viel merken. Allein diese Geschichte von Emire ...

Das Thema Musik ist eigentlich nicht so sehr Ullas Fall. Sie hört schon gerne Musik, ist da aber sehr wählerisch. Irgendein Musiksender im Radio oder die Berieselung im Supermarkt sind ihr komplett zuwider. Wenn sie kocht, hört sie meistens gar keine Musik, und wenn ihr mal danach ist, dann am liebsten eine CD, mit Kopfhörer von Anfang bis Ende durchgehört.

Aber Martin und Hanna haben da viel zu erzählen gewusst. Besonders Martin hat einige Anekdoten von ihren gemeinsamen Auftritten oder auch mit den Besetzungen davor auf Lager. Unglaublich, was man auf und hinter der Bühne alles erlebt.

Irgendwann zum Verdauungskaffee um Mitternacht sind dann Sinas Kekse und die Nussschnecken von Frau Glaser für die Allgemeinheit freigegeben worden. Elfriede Glaser, ›Fräulein Elfriede‹, wohnt schon seit fast vierzig Jahren in dem Haus. Als Ulla und Harald noch Kinder waren, haben sie mit den Eltern in einem anderen Haus gewohnt. Ab und an sind die Eltern zum Mietshaus gefahren, um nach dem Rechten zu sehen. Papa hat eine kleine Reparatur erledigt oder den Rasen hinter dem Haus gemäht, Mama im Vorgarten Unkraut gejätet oder die Briefkästen neu beschriftet, wenn ein neuer Mieter eingezogen ist. Mit ihrer sauberen Schrift, die Ulla immer bewundert hat. Ulla und Harald sind natürlich immer mitgefahren, und Frau Glaser hat ihnen oft etwas Selbstgebackenes geschenkt. Ihre Nussschnecken sind immer noch legendär, und sie denkt immer noch an Ullas und Haralds Geburtstag.

Als Ulla und Harald irgendwann aus dem Elternhaus ausgezogen sind, sind die Eltern in das oberste, das fünfte Stockwerk des Mietshauses eingezogen. Zum einen sind sie dann immer vor Ort, wenn es kleinere Probleme gibt, und zum anderen ist ihnen das Haus zu zweit dann schlicht und einfach zu groß geworden.

Bis zu dem Unfall.

Ulla reißt sich von der Gedankenspirale los. Geburtstag. Nussschnecken. Genau.

Hanna und Andi haben sich gegen eins verabschiedet. Sina ist bis etwa zwei geblieben. Als sie sich verabschiedet hat, hat Ulla sie umarmt und ihr ins Ohr geflüstert: *Mein Imp heißt Elif.* Sina hat genickt und sie wie zur Bestätigung noch einmal fest an sich gedrückt.

Elif scheint Ulla passend, immerhin hat er sich in Emires Geist geschlichen und ihr Sachen eingeredet, die sie eigentlich nicht tun wollte. Und ihr persönlicher Imp? Ist er tatsächlich nur ein Teil von ihr, oder jemand von *außen*, der sich Ulla nur ausdenkt, sie (be)schreibt oder programmiert hat?

Martin hat dann noch mitgeholfen, die leeren Gläser und Flaschen aufzuräumen, und ist kurze Zeit nach Sina aufgebrochen. Harald war müde, aber glücklich. Vielleicht lag es am Alkohol, aber so wie er sich dann bei Ulla für ihre Unterstützung und die schöne Feier bedankt hat – da ist er für einen kurzen Augenblick wieder der kleine Bruder gewesen, der seiner großen Schwester danke sagt, weil sie ihm aus der Patsche geholfen hat.

Auch Ulla hat die Feier gefallen. Tolle Leute: Hanna, Andi, Martin – ja, ganz besonders Martin, der immer ein Auge auf Harald hat. Und Sina. Sina ist ... außergewöhnlich.

Mit diesem Gedanken schläft Ulla ein.

Sina Keske, 2019-02-02

Als Sina kurz nach neun ins Café *ab:neun* kommt, sitzt Ulla schon an 09:07:13 einem Tisch. Sie trägt einen dunkelgrünen Pullover und hat ein dunkelgraues Tuch elegant um den Hals gelegt. Dazu eine schwarze Hose und schwarze Stiefel. *Sieht schick aus*, denkt Sina. Ulla hat sie noch nicht bemerkt. Sie hält ein kleines Buch in der Hand, in dem sie liest. *Nein, sie liest nicht darin. Sie wartet auf mich und möchte einstweilen lesen, ist aber zu angespannt, um wirklich zu erfassen, was sie liest.*

Sina bleibt noch einen Augenblick lang im Eingangsbereich stehen, dann hängt sie ihren Mantel an einen schmiedeeisernen Haken an der Garderobe. Ein schwarzer Mantel hängt dort bereits, sicher gehört der Ulla. Sie geht zu Ullas Tisch.

»Hallo Ulla! Guten Morgen!«

Als Ulla Sina entdeckt, legt sie das Buch weg, wirkt erleichtert. Ihre graublauen Augen wirken heute eine Spur blauer, aber das liegt vielleicht am Licht. Durch die großen Fenster im Café wirkt der Raum hell und freundlich, auch wenn der Himmel draußen sich heute recht trüb zeigt.

»Sina! Guten Morgen! Ich war schon zeitig da und habe mich einstweilen hier hingesetzt. Der Tisch ist okay?«

»Aber sicher! Sorry, dass ich dich habe warten lassen. Heute wollte gefühlt die halbe Stadt genau in meinen Bus einsteigen.«

Sina hängt ihre Tasche über die Stuhllehne und setzt sich.

»Das macht nichts. Ich bin unterwegs an dem öffentlichen Buchregal vorbeigekommen und habe dort zwei alte Bücher eingestellt. Dabei ist mir dieser Gedichtband in die Hände gefallen. Der Titel hat mich neugierig gemacht. Kennst du den Autor?«

Sina betrachtet den Umschlag.

»*Verdichteten Gedanken verdanken wir Gedichte* von Marcel Cavel – natürlich kenne ich das! Also – nicht dieses Buch, aber ich habe einiges von dem Autor gelesen.«

»Ehrlich? Ich habe bis jetzt noch nie von ihm gehört.«

»Marcel Cavel ist tatsächlich nicht sehr bekannt. Das liegt zum Teil an seinen etwas spröden und experimentellen Gedichten, zum Großteil aber an seiner Einstellung zur Rolle des Autors.«

»Wie meinst du das?«, fragt Ulla.

»Naja, Cavel sah sich im Grunde nicht als Autor seiner Gedichte. Er bestreitet nicht, dass sie ihm eingefallen sind, aber für ihn ist Kreativität, ein Einfall oder eine Idee etwas, was tief im Unbewussten passiert – ohne aktives Zutun von außen. Daher besteht sein Teil der Aufgabe seiner Meinung nach nur darin, das aufzuschreiben, was aus seinem Unterbewusstsein ins Bewusstsein dringt – und das könne ja wohl jeder.«

»Das klingt aber nicht gerade werbewirksam oder verkaufsfördernd«, merkt Ulla an.

»Richtig. Aus den genannten Gründen lehnte er nämlich Interviews und jeglichen Pressewirbel um seine Person ab. Er erschien nicht auf Preisverleihungen, gab keine Interviews und verschwand irgendwann komplett aus der öffentlichen Wahrnehmung. Alle zwei, drei Jahre kam ein Buch von ihm heraus, das meiste in den Achtzigern und Anfang der Neunziger, dann war Funkstille.«

»Warum?« Ulla ist erstaunt.

»Man weiß es nicht. Er ist einfach von der Bildfläche verschwunden. Vielleicht ist er verunglückt, vielleicht hat er sich das Leben genommen, vielleicht arbeitet er in irgendeinem Café und freut sich, dass ihn niemand kennt. Dieses Buch, dass du da hast, ist sein letztes.«

Ulla betrachtet das Buch halb erschrocken, halb ehrfürchtig.

»Guten Morgen, die Damen, was darf ich euch bringen?«

Ulla schreckt aus ihren Gedanken auf. Ein Mann Mitte zwanzig steht mit Block, Stift und Schürze neben ihnen.

»Grüß dich, Ben!«

»Sina! Warst lange nicht mehr hier bei uns. Sorry, bin wohl noch nicht ganz wach – hab dich von hinten einfach nicht erkannt.«

Ulla greift zur Karte.

»Ich habe gar nicht geschaut, was ich will. Das Buch hat mich so gefesselt.«

»Bestellen wir doch erst die Getränke und suchen uns dann in aller Ruhe ein leckeres Frühstück aus. Das wird schwer – hier ist alles lecker.« Sina grinst Ben an.

Ben grinst zurück. »Vielen Dank – gebe ich gerne an die Küche weiter. Einen großen Milchkaffee, wie immer, Sina?«

»Das wäre wunderbar!«

»Für mich bitte einen Cappuccino«, ergänzt Ulla.

»Kommt alles sofort.«

Ben deutet eine leichte Verbeugung an und geht zum Tresen.

»Du bist öfter hier?«, fragt Ulla.

»Ja, ich find's hier ganz gemütlich, und das Frühstück ist super! Magst du auch was essen?«

»Ja, gerne, ich habe daheim noch nicht gefrühstückt. Kannst du was empfehlen?«

»Eigentlich ist alles hier empfehlenswert, aber am liebsten mag ich das Frühstück ›neun‹, da ist alles dabei, was das Herz begehrt.«

Ulla blättert noch ein bisschen in der Karte. Sie kneift die Augen zusammen und hält sie ein gutes Stück von sich weg. *Bestimmt hat sie eine Lesebrille, aber es ist ihr peinlich, sie in meiner Gegenwart aufzusetzen.*

Ulla legt die Karte weg.

»Dann werde ich das auch mal probieren.«

Ben kommt mit den beiden Getränken.

»Wisst ihr schon, was ihr frühstücken wollt?«

Er hält Block und Stift bereit.

»Zweimal Frühstück ›neun‹ bitte«, ordert Sina.

»Sehr wohl, kommt sofort.«

Ben eilt davon.

»Cavel hat übrigens nicht nur Gedichte gemacht, sondern auch Leipogramme!«

Weil Ulla fragend dreinblickt, schiebt Sina auch gleich eine Erklärung hinterher.

»Leipogramme sind Texte, in denen ein oder mehrere Buchstaben bewusst nicht verwendet werden. Besonders schwierig wird es natürlich, wenn es Buchstaben sind, die häufig vorkommen: e, r – und so weiter.«

»Kann man denn ohne den Buchstaben e einen verständlichen Text bilden oder eine halbwegs vernünftige Unterhaltung führen?«, fragt Ulla. In ihrer Stimme liegt ein lauernder Unterton. Sina nimmt die Herausforderung gerne an.

»Ohne e? – In Ordnung. Das ist knifflig, doch machbar«, sagt Sina.

»Machbar? Das sagst du so«. Ulla stutzt. »*Knifflig* ist noch zu harmlos.«

»Man wird gut darin durch Übung. Du musst's konstant und oft tun, dann wird's lustig. Mit Übung wird man spürbar zwanglos, ja familiär darin.«

Sina grinst.

Ulla nippt vorsichtig am Cappuccino.

»Zu warm?« fragt Sina.

»Passt.«

Sina rührt langsam um. Man hört nur das Pling-Pling, sonst nichts. In Ullas Blick wird Anspannung sichtbar.

»Du hast natürlich Übung durch ... Buch um Buch, dass du aufsaugst. 'm Schwamm darin nicht unähnlich« sagt Ulla – und ist mächtig stolz darauf.

»Das war toll! Hut ab! Ich find, das ist 'n prima Hobby, kognitiv anspruchsvoll und lustig noch dazu.«

»Du bist wirklich gut mit Wort..., mit Sätz..., mit *Lyrik*«.

Ulla schlägt sich tapfer durch.

»Hab Dank für das Lob! Aber ich glaub', 's ist nun gut damit. Du auch, ja?«

»O ja! Das war wirklich knifflig, fand ich«, stöhnt Ulla.

»Hey, sehr gut! Tapfer durchgehalten! Cavel wäre stolz auf dich.«

Die Bedienung kommt an den Tisch und bringt das Frühstück.

»Das war wirklich lecker, aber jetzt bin ich pappsatt.«

Ulla schiebt ihren Teller von sich weg.

»Ja, das Frühstück hier ist erstklassig.«

Sina bestreicht den letzten Bissen ihres Brötchens mit einem Klecks Honig und kaut genüsslich.

»Hast du heute eigentlich frei?«, will Ulla wissen.

»Nein, Spätschicht.«

Auch Sina schiebt nun ihren Teller zur Seite. Ihr Blick bleibt an dem Muster hängen, das den Teller umrundet. Eine gestreifte Bordüre aus hellen und dunklen blauen Strichen, unregelmäßig von Hand aufgetragen.

»Macht dir die Arbeit im Altenheim Spaß? Ist das nicht anstrengend mit den alten Leuten?«

Sina hebt den Blick vom Tellerrand.

»Klar, manchmal schon, aber Höhen und Tiefen hat man wohl in jedem Job.«

Sie überlegt kurz.

»Das klingt jetzt vielleicht komisch, aber vielleicht liegt es an den Geschichten, die die älteren Leute oft erzählen können – so etwas mag ich einfach total gern.«

»Trotzdem stelle ich mir das manchmal trostlos vor, in so einem Altenheim. Es passiert doch nicht wirklich viel Neues, oder?«

»Ja und nein. Die Bewohner legen schon sehr viel Wert auf ihre tägliche Routine, das ist wahr. Aber es sind die Kleinigkeiten, die sich immer wieder ändern. Vieles sieht man nicht auf den ersten Blick, aber es gibt schon kleine Momente, die einfach etwas Besonderes sind.«

Sina macht eine kurze Pause, bevor sie weiterspricht.

»Cavel hat auch ein Gedicht über den Zustand in einem Altenheim gemacht, allerdings ist seine Version sehr trostlos. Vielleicht ist die ja in deinem Buch abgedruckt. Darf ich?«

Sina deutet auf das Buch, das ihr Ulla nun reicht.

»Natürlich.«

Sina blättert im Inhaltsverzeichnis und überlegt, wie das Gedicht wohl heißen wird.

»Ach ja, hier ist es – der Titel ist ja auch eindeutig.«

Sina schlägt die passende Seite auf und liest vor:

alt

Die Wochentage
aufgelöst in warmer Milch
zum Frühstück.
Individualität
übertüncht mit lindgrüner Wandfarbe
auf den Gängen –
gelinde Hoffnung
worauf?
Mit Nummern versehen
bereit zum Vergessen.

Ein neuer Tag
– anbrechen wäre das falsche Wort –
sickert herein
langsam, aber unbarmherzig

wie lange noch?
In jedem Zimmer ein Kreuz
eine Uhr
aber die Zeit ist noch nicht abgelaufen.
Medikamente und Gebete
helfen darüber hinweg –
wirklich?
Die Zeit lastet schwer
auf Körper und Geist.
Leben in der Vergangenheit:
der einzige Ausweg?

»Puh, das zieht einen ganz schön runter, finde ich«, meint Ulla, als Sina mit dem Vorlesen fertig ist.

»Ja, Cavel hat in vielerlei Hinsicht ein eher pessimistisches Weltbild, aber ich empfinde es als nicht so schlimm. Klar, der Bau ist jetzt nicht der Modernste, und an so einem grauen Wintertag wie heute ist es drinnen schon sehr trostlos und düster. In solchen Fällen suche ich nach einem inneren Licht. Das klingt ein bisschen klischeehaft und kitschig, aber wenn das Außen nicht viel hergibt, muss man im Inneren suchen. Ein jeder hat kleine oder große Geschichten, die er erzählen kann, und viele brennen darauf, sie auch zu erzählen. Da reicht oft ein kleiner Hinweis, ein Stichwort – dann beginnen die Augen zu leuchten und die Menschen fangen an, ihre Geschichte zu erzählen. Manches habe ich schon öfter gehört, manches ist neu … ich höre gerne zu, und das scheinen sie auch zu mögen.«

»Das kann ich mir gut vorstellen. Aber hast du denn auch genügend Zeit, um immer zuzuhören?«, fragt Ulla.

»Das ist ab und an tatsächlich nicht ganz einfach. An manchen Tagen geht es einfach nicht, da ist so viel los, dass man kaum über die Runden kommt. Aber es gibt auch andere Tage – und die Leute haben Zeit und Geduld. Die meisten jedenfalls.«

Ulla nickt. Auch sie scheint eine gute Zuhörerin zu sein, denkt sich Sina, und sicher auch eine aufmerksame Beobachterin für so manches kleine Detail.

Aber da ist noch etwas, eine Art Unsicherheit, die so gar nicht zu der selbständigen Frau passen will, die ihr gegenüber sitzt. Vielleicht ist Unsicherheit das falsche Wort. Es ist eher eine Vorsicht, eine latente Anspannung und Abwehrhaltung. Ja, das trifft es besser – wie ein Tier, das sich in die Enge getrieben fühlt und entweder die Flucht ergreifen oder angreifen wird.

Momentan wirkt Ulla recht entspannt und gelöst, die Unruhe fast nicht wahrnehmbar. Sina wüsste gerne mehr, aber vorher gibt es noch etwas anderes, was ihre Aufmerksamkeit auf sich zieht.

»Entschuldige mich bitte mal kurz, bin gleich wieder da.« Sina steht auf und folgt dem Schild mit den beiden Nullen.

09:48:01 Als Sina wieder zum Tisch zurückkommt, ist mit Ulla eine Veränderung passiert. Vor ihr liegt aufgeschlagen das kleine Buch, ihr Blick geht ins Leere. *Das Tier ist verletzt und kauert in einer Ecke*, geht es Sina durch den Kopf, *und ich muss aufpassen, dass es nicht nach meiner Hand schnappt.*

»Alles in Ordnung, Ulla? Du wirkst so, als ob du ein Gespenst gesehen hättest. Was ist los?«

Ulla scheint wie aus einer Trance zu erwachen.

»Es ist … nichts. Nur ein Gedicht, das ich in dem Buch gefunden habe. Hier, lies selbst.«

Ulla dreht das Buch und schiebt es über den Tisch.

Für Robert

Neben der Steinmauer
an der Straße
die über den Bach führt,
steht ein Holzkreuz,
brennt ein Totenlicht.
(Robert Irgendwie)

Immer lustig sei er gewesen,
sagen sie.

Ein guter Autofahrer sei er gewesen,
sagen sie.
Wie das nur passieren konnte,
fragen sie.

Ich habe ihn nie gekannt,
aber vielleicht hat er
damals
allein auf der Straße
dasselbe gedacht,
was ich immer denke
wenn ich das Holzkreuz sehe.
Aber während ich noch jedesmal
darüber grüble,
hat er sich schon entschieden.

Sina reicht das Buch zurück.

»Ziemlich düster und schwermütig. Du kanntest einen Robert, vermute ich?«

»Ja. Mein Mann hieß Robert. Ich weiß nicht, ob dir Harald davon erzählt hat.«

Sina schüttelt den Kopf.

»Er starb vor gut sechs Jahren bei einem Autounfall. In dem Auto saßen auch unsere Eltern – und ich. Ich bin die einzige, die es überlebt hat.«

»Das tut mir leid, das wusste ich nicht.«

Harald hatte mal eine Andeutung darüber gemacht, dass seine Eltern verunglückt wären, aber nicht viel dazu gesagt, und Sina hatte dann auch nicht weiter nachfragen wollen. Harald hat das Thema nur kurz und fast schon widerwillig angerissen, und Sina hat es für klüger gehalten, es dabei zu belassen. Vorerst. Nun also das. Ulla ist verheiratet gewesen. Klar, deshalb der Doppelname.

»Wir – also mein Mann und ich, wohnten damals außerhalb der Stadt und wollten meine Eltern zum Essen einladen. Harald sollte ursprünglich auch mitkommen, aber an dem Tag hatte er ganz schlimme Migräne, und die hat ihm vermutlich das Leben gerettet. Ich saß am Steuer, mein Mann auf dem Beifahrersitz. Ein Lastwagen hat uns die Vorfahrt genommen und uns von rechts gerammt. Mein Mann und meine Mutter waren sofort tot, mein Vater ist auf dem Weg ins Krankenhaus verstorben. Ich lag zwei Wochen im Koma, mehrere Knochenbrüche, einen Riss in der Lunge, aber sie haben mich wieder hingekriegt.«

Sina schweigt und ergreift Ullas Hände, die das Buch umklammert halten. Schmale, sehnige Hände mit langen, dünnen Fingern. Die Hände passen zu ihrer schlanken und eleganten Erscheinung. Ihr bestürzter Gesichtsausdruck dagegen passt gar nicht zu dieser kühlen Ästhetik. Sie lässt das Buch los und erwidert vorsichtig die Berührung. Eine kurze Weile sitzen beide da und schweigen.

Was muss das für ein Gefühl sein, als einzige zu überleben, den Mann und die Eltern zu verlieren? Sina versteht nun, warum Ulla immer diesen Hauch von Anspannung mit sich trägt. War es nur Zufall? Glück? Schicksal?

Sina ist der Gedanke daran zuwider, dass es irgendeine Instanz gibt, die aktiv bestimmt, was mit einem passiert. Manche nennen es ›Schicksal‹, andere ›Karma‹ ... die Bewohner im Altenheim legen ihr Leben gerne ›Gott‹ in die Hände.

Aber ich würde mich in so einer Situation vermutlich auch fragen, ob es ›richtig‹ ist, dass ich noch lebe, denkt Sina. Begriffe wie richtig und falsch sind in diesem Zusammenhang absolut unpassend, aber trotzdem ... man hat wohl zwangsläufig das Gefühl, dass es nicht sein sollte, dass man noch hier ist.

»Glaubst du, dass du deinen Mann wieder treffen wirst, wenn du tot bist?«, fragt Sina.

Ulla wirkt überrascht über so viel Direktheit, weicht ein Stück zurück, hält Sinas Hände aber noch fest.

»Darüber habe ich noch nicht nachgedacht. Also, doch, ich habe viel darüber nachgedacht, aber ich bin zu keinem endgültigen Ergebnis gekommen.«

Sie atmet tief ein und aus, dann fährt sie fort:

»Weißt du, Harald und ich sind in unserer Kindheit sehr religiös erzogen worden. Jeden Sonntag in die Kirche, und natürlich auch an den Feiertagen. Es gab ein Mittagsgebet. Und ein Abendgebet.

Harald hat während des Studiums angefangen, die Religion sehr kritisch zu hinterfragen. Irgendwann kam dann der Bruch, was unsere Eltern und speziell unsere Mutter tief getroffen hat. Ich persönlich fand den Gedanken, dass es da oben jemanden gibt, der auf mich aufpasst und zu dem ich mit meinen Sorgen kommen kann, immer sehr beruhigend und habe das nie hinterfragt ... bis zu dem Zeitpunkt, als ich aus dem Koma erwacht bin und mir der Arzt erzählt hat, dass alle außer mir tot sind. Ich habe oft nach dem Warum gefragt und keine Antwort bekommen, daher denke ich ...«

Ulla richtet sich auf und lässt Sinas Hände los.

»Ich weiß nicht, was ich denken soll, aber manchmal habe ich das Gefühl, dass es nicht richtig ist, dass ich allein übriggeblieben bin. Doch dann denke ich, dass ja auch Harald in einem gewissen Sinn ›davongekommen‹ ist. So gesehen muss es vielleicht so sein.«

Ulla macht eine kurze Pause und fährt dann fort:

»Aber manchmal ... das ist so ähnlich wie mit dem Imp. Ich fahre durch eine Allee und frage mich ernsthaft, ob es nicht am einfachsten wäre, wenn ich mal das Gas durchdrücken und einen Baum anvisieren sollte. Dann wäre alles einfach ... vorbei. Die Grübeleien hätten ein Ende, und vielleicht wäre ich dann endlich da, wo ich schon vor sechs Jahren hätte sein sollen.«

Heftige Gedanken, denkt sich Sina, *aber absolut nachvollziehbar.*

»Dann hätte ich dich nie kennengelernt, und das wäre sehr schade«, erwidert sie. Sie blickt Ulla in die Augen, offen, freundlich, liebevoll.

»Ich bin auch froh, dass wir uns getroffen haben, und ich ... ich glaube, ich habe selten über das alles so offen geredet wie mit dir gerade eben. Deine Altenheimbewohner können sich glücklich schätzen, einen Gesprächspartner wie dich zu haben.« Ulla lächelt, zaghaft, aber aufrichtig.

Sina ist auf dem Weg zur Arbeit. Während der Bus alle Insassen mal sanft wiegt, mal kräftig durchschüttelt, denkt sie noch mal an das Frühstück mit Ulla zurück.

Ulla hat dann nach dem tragischen Unfall ihres Mannes die gemeinsame Wohnung aufgegeben und ist zurück ins Elternhaus gezogen. Erstens hat sie den Nachlass regeln müssen und nun auch Ansprechpartner für die Mieter sein müssen, die die restlichen Etagen des großen Gebäudes bewohnen. Zweitens hätte sie es in der alten Wohnung sowieso nicht lange ausgehalten. Zu viele Erinnerungen an Robert ... Da ist das Elternhaus trotzdem leichter zu ertragen, auch wenn es dort ebenfalls genügend Hinterlassenschaften der Eltern gegeben hat, die sie ständig an das Unglück erinnern.

Aber vielleicht liegt es gerade am Elternhaus? Vielleicht ist das die Last, an der Ulla so schwer trägt? Die ihr tagein, tagaus den Verlust vor Augen führt? Nicht unbedingt offensichtlich – es stehen keine Bilder der Eltern herum, und auch die Möbel wirken so, als wären sie nicht von den Eltern gekauft worden.

Es sind oft nur Kleinigkeiten, die darauf warten, die Erinnerung wieder aufleben zu lassen: eine Scharte am Treppengeländer, der Geruch von selbstgebackenen Nussschnecken im Treppenhaus, der Klang der Türglocke.

Harald ist kurze Zeit darauf ebenfalls in die elterliche Wohnung eingezogen. Er hat die allzu offensichtlichen Andenken an die Eltern erst einmal kurzerhand in Kartons auf den Dachboden verfrachtet, nachdem Ulla ihn darum gebeten hat.

Zu Harald ist Ullas Meinung scheinbar zwiespältig. Ulla hat darüber nicht viel erzählt, nur, dass sie froh ist, dass er bei ihr im Haus ist und ihr viel von dem Behördenkram abgenommen hat. In krassem Widerspruch dazu steht sein *weltfremdes Verhalten*, wie es Ulla kurz angedeutet hat.

Sina hat dazu keine Stellung bezogen, nicht kommentiert, nur zugehört. Es stimmt schon, Harald ist in alltäglichen Dingen oftmals ein bisschen planlos, aber mit Ullas straffer Organisation kann kaum jemand mithalten.

Martin hat Sina vor einiger Zeit besucht, und da ist das Gespräch auch auf Ulla und Harald gekommen. *Harald hat schon immer in seiner eigenen*

Welt gelebt, mal mehr, mal weniger, so hat es Martin beschrieben. Auch die Konflikte zwischen ihm und Ulla sind kurz angedeutet worden und dass er, Martin, immer zu vermitteln versucht. Er hat den Eindruck, dass sich Harald seit dem Tod seiner Eltern noch mehr zurückgezogen hat. Vielleicht sucht er Trost und Ablenkung in seinen Theorien, während Ulla das Gefühl hat, die Eltern für ihn ersetzen zu müssen, damit er nicht zu sehr in seine Welt abtaucht und aus ihrer Welt verschwindet?

Sina lehnt sich zurück und blickt aus dem Fenster, beobachtet die Passanten, die durch ihr Blickfeld huschen. Ulla und Harald sind *davongekommen,* und die eine fragt sich, ob sie tatsächlich noch hier sein darf, während die andere gar nicht (oder gar nicht mehr?) wirklich da ist.

Die letzten Zeilen des Gedichtes gehen ihr nun durch den Kopf. *Leben in der Vergangenheit – der einzige Ausweg?* Sicher nicht, es gibt hier tatsächlich zwei Lösungswege. Einer davon endet tödlich, und der andere? Das wird sich zeigen.

Martin Jone, 2019-03-01

Tuuut. Tuuut.

Geh schon ran, bitte.

Tuuut. Klack.

»Harald Stein.«

»Hari, ich bin's, Martin.«

»Grüß dich, Jonesy.«

»Hari, wir treffen uns doch in einer Stunde bei Sina. Hör zu, ich kann nicht kommen, mir geht's nicht gut. Wir hatten gestern Abend einen Gig, und ...«

»... da hast du ausnahmsweise doch zu tief ins Glas geschaut?«, spöttelt Hari. Er weiß ja eigentlich, dass ich beim Gig nichts trinke – schon gar nicht, seit Jill so abgestürzt ist.

»Nein, überhaupt nicht. War eine gediegene Geburtstagsfeier, und es gab viel zu essen. Aber ich habe mir wohl den Magen verdorben. Jedenfalls bewegt sich mein derzeitiges Leben zwischen Toilette, Sofa und Küche. Ich kann bald keinen Kamillentee mehr sehen.«

»Aber warum hast du nicht geschrieben?«

»Ich habe mein Handy gestern wohl in meine Kabeltasche gesteckt, und die steht bei Hanna. Da sieht es übrigens genauso aus, nur dass sich Hanna das Essen noch mal durch den Kopf gehen lässt, während es bei mir weiter unten rumort.«

»Das klingt nicht gut. Dann war wohl irgendwas mit dem Essen nicht in Ordnung.«

Er ergänzt mit tiefer Stimme: »The salmon mousse!«.

Ein Zitat aus Monty Pythons ›Sinn des Lebens‹ aus der Szene, in der eine Tischgesellschaft vom Tod höchstpersönlich besucht wird. Die Ursache für das gemeinsame Ableben aller Beteiligten ist die Lachsschaumspeise. Ich versuche, mir das Lachen zu verkneifen, denn das kann in meinem Zustand böse Folgen haben.

»Ha ha. Aber es wäre nett, wenn du noch schnell Sina schreiben könntest. Ich habe ihre Nummer nicht im Telefonbuch gefunden, und mein Handy ist wie gesagt bei Hanna. Bestelle ihr liebe Grüße.«

»Ja, mach ich. Schade, dass du nicht fit bist.«

»Das wird schon wieder. Ich werd' mich jetzt aber wieder auf meinen Rundgang begeben – nächste Haltestelle: Toilette! Und ständig grüßt das Klopapier.«

»Der ewige Kreislauf. Ich wünsch' dir gute Besserung!«

»Danke. Bis bald!«

Ich lege auf – und flitze zu meinem Bestimmungsort.

Harald Stein, 2019-03-01

Harald legt den Telefonhörer auf. Armer Jonesy. Wobei: er nimmt es immer mit Humor, das muss man ihm lassen. Die Anspielung auf die Zeitschleife von ›Und täglich grüßt das Murmeltier‹ ist typisch für Jonesy.

Zeitschleifen? Harald erinnert sich daran, in einem Buch über das Zeitempfinden früherer Kulturen gelesen zu haben. Das Buch hat er sogar noch irgendwo. Mal sehen …

Es gibt Menschen, die sich alles auf ihren E-Book-Reader ziehen. Dann gibt es Menschen, die lieber echte, gedruckte Bücher in die Hand nehmen und sie in Regale stellen, wenn sie sie gelesen haben. Und dann gibt es Harald, der in seinem Arbeitszimmer jeden vormals freien Platz mit Büchern und Manuskripten vollstapelt.

Ich sollte das alles mal ordnen, denkt sich Harald, aber den Gedanken hat er schon, seit er vor fast sechs Jahren hier eingezogen ist.

Wie heißt das Buch gleich wieder? Harald geht vor einem Stapel unter dem Fenster in die Knie und liest die Titel von den Buchrücken ab. Ah ja, hier: ›Die Erfindung der Zeit‹ von G. J. Withrow.

Harald zieht das Buch vorsichtig aus dem Stapel, der bis zum Fensterbrett reicht und deshalb bedrohlich schwankt, aber nicht einstürzt. Er blättert darin.

In dem Buch heißt es, dass frühere Kulturen ein zyklisches Zeitverständnis hatten, also davon ausgingen, dass sich alles immer wieder wiederholt. Erst mit der immer genauer werdenden Zeitmessung wurde dann nach und nach die Zeit ›entrollt‹ und linear.

Harald stutzt. Wenn man von einem programmiertechnischen Standpunkt ausgeht, ist eine zyklische Zeit viel einfacher zu erstellen und verbraucht auch weniger Speicher. Geht man dann noch davon aus, dass das Universum neu entsteht, wenn jemand hinter dessen Geheimnis kommt (die *Douglas-Adams-Theorie*, wie sie Sina genannt hat), dann wäre die Zeit tatsächlich erst dann linear, seit jemand die Uhr erfunden hat, oder besser: *weil* jemand die Uhr erfunden hat.

Das muss er unbedingt gleich mit Sina und Jonesy – halt, Jonesy ist krank – also nur mit Sina besprechen. Harald blickt auf die Uhr. Um halb drei bei ihr, jetzt ist es kurz vor zwei. Also los.

Er legt das Buch zuoberst auf den Stapel, der wieder leicht schwankt, aber auch diesmal ins Gleichgewicht findet.

14:43:05 »Hallo Harald!«

Sina hat den Türöffner gedrückt und steht in der Wohnungstür, während Harald in den Hausflur kommt.

»Wo hast du denn Martin gelassen? Ich dachte, ihr fahrt zusammen her?«

Martin! Erst jetzt fällt Harald ein, dass er ja Sina rechtzeitig Bescheid hätte geben sollen. Mist aber auch.

»Hallo Sina. Jonesy ist krank, der hat sich gestern beim Auftritt mit Hanna irgendwie den Magen verdorben – außerdem hat er sein Handy in seiner Kabeltasche liegenlassen, deshalb hat er sich nicht bei dir gemeldet. Mich hat er auf dem Festnetz angerufen und gebeten, dich rechtzeitig zu informieren. Ich hab's schlicht vergessen, sorry.«

»O je, armer Martin. Aber komm doch rein.«

Sina deutet in die Wohnung.

Nachdem Harald Jacke und Schuhe im Vorraum gelassen hat, sitzen sie nun an Sinas Esstisch. Eine Schale mit Keksen steht darauf, es duftet nach selbstgebackenem Kuchen. Harald zieht hörbar Luft durch die Nase ein.

»Das riecht sehr gut – hast du gebacken?«

»Ja, die Aniskekse auf dem Tisch und einen Kuchen! Das musst jetzt *du* alles essen, weil Martin nicht da ist.«

Sina grinst.

»Weil Martin nicht da ist«, murmelt Harald halblaut.

Er ist in Gedanken noch in seiner Theorie, zu deren neuesten Ansätzen Martin ihm unbeabsichtigt ein paar interessante Stichworte geliefert hat. Ob sich irgendwie anhand von alten Manuskripten nachprüfen ließe, ob die Zeit damals tatsächlich ...

»Du bist aber auch noch nicht ganz da, oder? An was denkst du gerade? Darf ich das wissen, oder ist es was privates?«

Sina blickt Harald neugierig, aber mit einem entwaffnenden Lächeln an.

»Entschuldige bitte, Sina. Jonesy hat am Telefon ein paar Bemerkungen gemacht, die mich auf neue Ideen gebracht haben. Ich habe dann noch schnell in einem Buch nachgelesen, bevor ich zu dir gekommen bin, und deshalb auch komplett vergessen, dich rechtzeitig zu informieren.«

»Wenn du willst, kannst du mich gerne auf den neuesten Stand bringen – sofern das alles noch für mich als Laie verständlich ist. Aber zuerst habe ich ein ganz dringendes Anliegen: Kaffee oder Tee?«

»Was? Äh, Kaffee bitte.«

»Alles klar.«

Sie geht in die Küche, setzt Wasser auf, füllt Kaffeebohnen in die Mühle und kommt damit wieder zurück.

»In der Küche ist es zu eng für einen Stuhl, und im Stehen die Kaffeemühle zu betätigen ist mir zu anstrengend. Sorry, jetzt wird es laut.«

Sina klemmt die Kaffeemühle zwischen die Oberschenkel und dreht an der Kurbel. Ein Krachen und Quietschen füllt den Raum. Harald schaut fasziniert zu. *Bei dem Krach kann man nicht mal mehr denken*, kommt ihm in den Sinn. Eigentlich schon fast meditativ, trotz des Lärms.

Als der Kaffee fertig gemahlen ist, meldet er sich zu Wort.

»Ich muss mich noch mal entschuldigen. Ich sitze nur herum und grüble vor mich hin, statt dir zu helfen. Was kann ich tun?«

Sina grinst.

»Naja, du bist ja Gast, daher ist das völlig in Ordnung. Aber wenn du willst, kannst du mir helfen, Teller, Tassen und den Kuchen zu holen, dann kümmere ich mich um den Kaffee.«

»Geht klar.«

Sinas Küche ist wirklich winzig – zu zweit wird es schon richtig eng. Der Kuchenduft ist in dem kleinen Raum noch viel intensiver.

»Hier, nimm bitte noch das große Messer mit, damit wir den Kuchen anschneiden können.«

Die Teller und Tassen sind schnell aufgedeckt, und während der Kaffee noch ein bisschen braucht, schneidet Sina den Kuchen auf. Sie reicht Harald ein Stück und legt sich selbst eines auf den Teller.

»Ach ja, Milch. Brauchst du Zucker?« Sina will aufstehen, doch Harald ist schneller.

»Warte, das kann ich machen. Milch ist im Kühlschrank, oder? Zucker brauche ich keinen, und du?«

»Nein, für mich auch nur Milch. Steht in der Kühlschranktür.«

Harald geht zum Kühlschrank und öffnet ihn. Keine Milch. Ah, doch, in einer Glasflasche.

»Darf ich?«

Er deutet mit der Flasche in die Richtung von Sinas Kaffeetasse.

»Klar, gerne. – Danke, das reicht.«

Er gießt sich selber Milch in seine Tasse.

»So, dann sind wir soweit. Der Kaffee braucht noch drei Minuten, aber jetzt erzähle mir von deiner Theorie.«

Sina blickt Harald gespannt an.

»Meine Theorie?«

Harald sammelt sich kurz. Momentan ist es ja eher noch ein Sammelsurium an halbausgegorenen Ideen, aber der Punkt, wo man das Ganze noch als völligen Blödsinn abtun und vergessen kann, ist für ihn längst überschritten, spätestens seit der Diskussion mit Jonesy und Sina an eben diesem Esstisch spätnachts.

»Also: die Grundidee kennst du ja schon. Es könnte sein, dass die Welt, in der wir leben, eine Simulation ist, die in einer Art Computer stattfindet, so wie bei ›Matrix‹. Der Unterschied ist der, dass es hier kein *Außen* gibt, wir liegen also nicht in einem Becken mit Nährflüssigkeit und haben ein dickes Kabel im Kopf. *Außen* gibt es uns gar nicht.«

»Genau. So weit waren wir beim letzten Mal.«

»Richtig. Du hast beim letzten Mal dann noch Douglas Adams zitiert, wonach das Universum sofort durch etwas viel komplizierteres ersetzt wird, wenn man hinter sein Geheimnis kommt.«

»Stimmt. *Eine andere Theorie besagt, dass das schon passiert ist*«, zitiert Sina sinngemäß die Passage aus dem Buch.

»Korrekt. Ich habe mir nun überlegt, dass das vielleicht schon viel öfter passiert ist und immer wieder passieren kann bzw. wird. Jonesy hat mich ja angerufen, und gesagt, dass er krank ist. Er läuft quasi ständig im Kreis, Toilette, Sofa, Küche. Am Schluss hat er dann auf ›Und täglich grüßt das Murmeltier‹ angespielt, weil er alles immer wieder durchläuft.«

»Ah ja. Hast du den Film gesehen?«, fragt Sina.

»Nein, ich kenne ihn nur vom Hörensagen. Als Physiker bin ich immer sehr skeptisch, was Zeitschleifen und Zeitreisen in Filmen betrifft. Das wird meiner Meinung nach immer falsch dargestellt. Daher schaue ich mir so etwas nicht gerne an. Hast du ihn gesehen?«

»Nein. Da spielt Bill Murray mit, oder? Der hat doch auch bei ›Ghostbusters‹ mitgemacht; *die* habe ich alle angeschaut.«

»Jedenfalls ist mir eingefallen, dass ich ein Buch über die Zeitvorstellung in der Antike, im Mittelalter und in der Neuzeit habe. Das habe ich gesucht und dabei vergessen, dich zu informieren, dass Jonesy nicht kommt – und einen echt leckeren Kuchen verpasst.«

»Vielen Dank! Freut mich, dass er dir schmeckt.«

Sina drückt die Stempelkanne und gießt Kaffee ein. Beide trinken vorsichtig, einen Moment lang herrscht fast andächtige Stille. Dann fährt Harald fort:

»Mir ist dann bewusst geworden, dass es früher vielleicht tatsächlich so war, dass die Zeit immer im Kreis lief – jetzt nicht nur einen Tag lang, sondern schon über einen größeren Zeitraum. Ein oder zwei Jahrhunderte, schätze ich. Jedenfalls lange genug, dass keiner mehr lebt, dem das auffallen würde. Und auch so lange, dass die Geschichten von damals oft genug weitererzählt und ausgeschmückt wurden, dass einem das, was gerade wieder passiert, höchstens *so ähnlich* wie damals vorkommt, aber nicht *genau so*.«

Harald nippt noch einmal vom Kaffee, der aber immer noch zu heiß ist.

»Aus programmiertechnischer Sicht wäre das einfacher, weil man von vorherein den Speicherplatzbedarf festlegen kann, denn man für die Simulation benötigt, ohne dass die Simulation irgendwann an ein Ende kommt.«

»Das leuchtet mir ein, aber warum wurde das dann geändert? Wenn es einfacher ist, sollte man es doch so lassen, oder nicht?«

»Nun, da kommt die ›Douglas-Adams‹-Theorie ins Spiel. Als die Menschen die Zeitmessung erfunden und den Lauf der Zeit genauer verstanden haben, musste dann auf lineare, also fortschreitende Zeit umgestellt werden, bevor die Menschen merken, dass sie in einer Schleife leben.«

»Wäre das so schlimm, wenn man in einer Schleife lebt?« fragt Sina.

»Ich glaube schon. Mal angenommen, du wüsstest, dass es nur eine Woche gäbe, die sich immer wiederholt. Am Anfang wäre das sicher lustig, weil man vieles ausprobieren könnte, was man ja wieder ungeschehen machen kann. Mit der Zeit aber würde Stillstand eintreten, eventuell sogar ein Rückschritt in der Entwicklung. Neue Ideen wären sinnlos, und ich fürchte, dass die Menschen nach kurzer Zeit aussterben oder sich gegenseitig auslöschen würden.«

»So drastisch?«

Sina überlegt einen Moment lang.

»Aber ja, ich glaube, du hast recht. Eine gewisse Regelmäßigkeit ist wichtig, aber wenn es nur noch gleichförmige Routine gibt, ohne Veränderung … das stelle ich mir schlimm vor.«

Sie trinkt noch einen Schluck und ergänzt dann:

»Im Grunde ist es das, was ich jeden Tag in der Arbeit beobachte. Die alten Menschen klammern sich an die Gleichförmigkeit der Tage, andererseits freuen sie sich immer, wenn mal was Neues passiert: der Sohn oder die Tochter kommt zu Besuch, jemand hat Geburtstag, ein neuer Bewohner zieht ein. Oberflächlich betrachtet wird jede Veränderung erst einmal argwöhnisch beobachtet, aber wenn alles immer gleich bleibt, kapseln sich die Menschen immer weiter ab, ziehen sich zurück, schrumpfen innerlich – weißt du, was ich meine?«

»Sehr schön beschrieben! Deshalb kam dann die lineare Zeit, die natürlich höhere Anforderungen an die Computer und die Programmierung mit sich bringt.«

»Aber sie hatten ja auch ein paar Jahrhunderte Zeit, da hat sich im *Außen* wohl auch die Computertechnologie weiterentwickelt«, wirft Sina ein.

»Vergiss nicht, dass die Zeit, wie wir sie empfinden, auch simuliert ist«, erwidert Harald schnell.

»Im *Außen* kann die Zeit schneller vergehen. Was für uns ein Jahr ist, kann dort vielleicht nur ein Tag oder wenige Stunden sein. Außerdem könnten sie die Simulation auch anhalten, Ergänzungen programmieren und dann weiterlaufen lassen. Oder die Daten auf einen anderen Computer übertragen. So einen Stopp würden wir gar nicht wahrnehmen.«

Sina bekommt große Augen. Harald stellt sich vor, was in ihrem Kopf wohl gerade vorgeht. Auch ihm wird die Tragweite dessen, was seine *Theorie* alles impliziert, erst dadurch so richtig bewusst, dass er sie Sina einigermaßen strukturiert zu erklären versucht. *Erst wenn man etwas auch erklären kann, hat man es richtig verstanden,* denkt er für sich. Das hat ein Prof an der Uni immer gesagt. So gesehen ist Sina der ideale Zuhörer. Harald muss versuchen, seine Gedanken möglichst ohne physikalische oder technische Fachbegriffe zu vermitteln. Gar nicht so einfach.

»Das ist ja ... komplett irre! Die Vorstellung, dass unsere Zeit einfach mal stehen bleiben kann, ohne dass wir es merken – es wird nicht dunkel, und wir sehen auch kein Standbild. Wir merken gar nichts davon! Wow.«

Sina deutet auf Haralds Tasse, die ebenso wie ihre mittlerweile leer ist.

»Auf diese Erkenntnis hin brauche ich erst mal noch eine Tasse Kaffee. Du auch?«

»Gerne. Darf ich mal deine Kaffeemühle ausprobieren?«

»Aber sicher!«

Sina befüllt die Mühle und reicht sie Harald.

Die Kurbel lässt sich schwerer drehen als vermutet. Das Rumpeln und Quietschen unterbindet wieder jegliches Gespräch und bläst die Gedanken aus dem Kopf.

»Das hat echt was meditatives, irgendwie«, meint Harald, als die Bohnen komplett vermahlen sind.

»Absolut! Ein kurzer Moment der ... naja, Stille ist jetzt nicht das richtige Wort bei dem Krach, den das Ding macht.«

»Innere Stille?«, wirft Harald ein.

»Das ist es: innere Stille. Der Kopf schaltet sich einen Moment lang aus, man dreht die Kurbel, und alles ist gut.« Sina denkt einen Augenblick lang nach. »Vielleicht sollte ich ein Buch schreiben, einen Ratgeber gegen den Stress des Alltags: Zen und der Weg der Kaffeemühle«.

»Das wäre in der Tat eine Marktlücke. Sicher lassen dann die Lifestyle-Kaffeemühlen nicht lange auf sich warten: Yin-Yang-Motive, eventuell einen Griff aus einem besonderen Stein, der die Energien bündelt.«

Ihm wird plötzlich bewusst, dass er da unbedacht ein heikles Thema angeschnitten hat. Was, wenn Sina ihre Wohnung nach Feng-Shui-Prinzipien einrichtet oder ihren Energie-Kristall neben sich auf dem Nachttisch aufbewahrt? So schätzt er Sina zwar nicht ein, aber das wäre nicht das erste Mal, dass er falsch liegt.

Sein Blick schweift besorgt durch die Wohnung. Die Bücher sind nach Farben sortiert, viele Bilder und Zeichnungen hängen an der Wand.

Nach Feng-Shui sieht es nicht aus, eher nach einem planvollen Durcheinander.

Sina scheint seine Gedanken zu lesen.

»Du muss keine Angst haben. Ich gehöre nicht zu den Leuten, die sich einen Amethyst ins Wasser legen, um ihr Nabel-Chakra mit Energie aufzuladen. Mein Horoskop rät mir nämlich dazu, nicht auf so einen Humbug hereinzufallen.«

Beide lachen.

»Aber mir ist ein Wort eingefallen, dass den meditativen Krach ganz gut beschreibt: *Kromm*.«

Sina spricht das ›Kr‹ sehr hart aus, und lässt das ›omm‹ weich nachklingen.

»Kromm? Kromm. Krommmm.«

Harald probiert das Wort ein paar Mal aus und lauscht dem Klang.

»Ja, könnte passen.«

Sina nimmt die Mühle und die Kaffeekanne in die Küche und bereitet neuen Kaffee.

»Noch ein Stück Kuchen, während wir auf den Kaffee warten?«

»Sehr gerne.«

Während sie vom Kuchen zwei Stücke abschneidet, fragt sie unvermittelt: »Glaubst du an Geister?«

Harald stutzt. Geister? Also doch esoterisch angehaucht?

»Mir fällt das gerade so ein, weil wir vorhin von den ›Ghostbusters‹ gesprochen haben.«

Gut. Entwarnung. Harald wird bewusst, das er Sina in einigen Bereichen ganz schwer einschätzen kann. Einerseits wirkt sie sehr objektiv und rational, hat aber dann doch eine ganz andere Seite, etwas – nicht direkt Irrationales, aber doch impulsiv, unvorhersehbar. Interessant. Verwirrend.

»An Geister? Offen gesagt nein. Wieso fragst du?«

»Eine Bewohnerin im Altenheim hat mir vor ein paar Wochen erzählt, dass ihr früher angeblich ein Geist erschienen sei. Immer um Mitternacht sei er zu ihr gekommen. Zuerst habe sie nur eine schemenhafte Gestalt wahrgenommen, die immer verschwunden ist, sobald sie sich ihr genähert hätte.

Nach und nach wurde die Gestalt klarer, und sie erkannte ihren verstorbenen Mann darin. Als sie seinen Namen aussprach, sei er eine Weile im Zimmer geblieben und hätte sie traurig angesehen. Das ging wieder ein paar Tage so. Es kam ihr so vor, als wolle ihr Mann ihr etwas mitteilen, und als er wieder erschien, fragte sie, ob er ihr etwas sagen wolle. Er nickte und deutete auf seinen Mund.

›Du kannst nicht sprechen?‹, fragte sie. Der Geist schüttelte den Kopf. ›Kannst du aufschreiben, was du mir sagen willst?‹, fragte sie. Wieder Kopfschütteln. Der Geist schwebte zu ihrem Tisch und griff durch ihn hindurch. Schreiben funktionierte also auch nicht.

Sie stellte ihm nach und nach verschiedene Fragen, und er nickte entweder oder schüttelte den Kopf. Er konnte auch auf Gegenstände deuten, aber trotzdem war es sehr mühsam und dauerte weit mehr als nur eine Nacht, um herauszufinden, welche Botschaft ihr der Geist unbedingt mitteilen wollte – immerhin hatte er ja auch nur eine Stunde Zeit, Punkt ein Uhr verschwand er immer.

Auf jeden Fall wollte der verstorbene Gatte die Frau vor ihrem Sohn warnen, der wohl vorhatte, die kostbare Taschenuhr zu stehlen, die die Frau von ihrem Mann geerbt hatte und die schon über einige Generationen weitergereicht worden war. So versteckte sie die Uhr an einem geheimen Ort und platzierte stattdessen eine Mausefalle in der Schublade, so wie ihr der Geist empfohlen hatte.

Ein paar Tage später kam sie mit dem Einkauf aus der Stadt zurück, und als sie beim Abendessen ihren Sohn zu Tisch rief, hatte dieser einen Verband an der rechten Hand. Er behauptete zwar, dass ihn in der Arbeit ein schwerer Gegenstand auf die Hand gefallen wäre, aber als die Frau später die Schublade überprüfte, lag die Mausefalle zwar immer noch in der Schublade, aber es waren ein paar kleine Blutstropfen daran, die vorher nicht da waren.

Seit diesem Tag ist der Geist nicht mehr erschienen. Sie hat mir dann sogar die Uhr gezeigt, die sie immer noch besitzt, und ganz offen und freimütig erzählt, dass ihr Sohn später wegen Diebstahls tatsächlich eine Zeitlang ins Gefängnis musste.«

Sina drückt den Stempel nach unten und gießt ein, während sie fortfährt:

»Solche Geschichten habe ich schon öfter gehört, aber weil diese gar so lebendig erzählt war, habe ich interessehalber mal im Internet ein bisschen recherchiert. Da sind natürlich die üblichen Erklärungsversuche aufgelistet, aber es war auch die Rede von *verselbständigten psychischen Anteilen*, also Teilen der Psyche, die unabhängig vom Rest existieren. Marie-Louise von Franz, die mit Carl Gustav Jung gearbeitet hat, hat diese Theorie aufgestellt. Ich habe mich gerade gefragt, ob sich das irgendwie in deine programmierte Wirklichkeit passen würde. Ein Fehler im Programm, der dafür sorgt, dass ein Toter nicht komplett verschwindet. Wäre so etwas möglich?«

»Klar wäre so etwas möglich. Interessanter Gedanke. Ein Fehler in der *garbage collection*, quasi.«

»Garbage collection? Das klingt in dem Zusammenhang ein bisschen pietätlos, findest du nicht?«

Sina zwinkert Harald zu.

»Ja, du hast recht, in dem Fall wäre das nicht unbedingt die ideale Bezeichnung.«

Harald schmunzelt.

»Der Begriff ›garbage collection‹ kommt aus der Informatik und beschreibt die Verfahren, die den Speicher bereinigen. Wenn ein Programmteil oder eine Ansammlung von Daten nicht mehr gebraucht wird, wird sie markiert und von anderen Programmen aus dem Speicher entfernt. Da können natürlich, wie in jedem Computerprogramm, Fehler passieren, so dass dann noch Fragmente im Speicher bleiben, die eigentlich nicht mehr da sein sollten.«

Harald wird still. Er überlegt. Eigentlich ein ganz interessanter Ansatz, Spukerscheinungen als Überbleibsel von einst lebenden Personen zu deuten. Wenn man den Gedanken weiterspinnt, könnte tatsächlich ein komplettes Bewusstsein weiterexistieren, das seinen Tod und den anschließenden Löschvorgang nicht vollständig durchlaufen hat.

Wie Bruce Willis in ›The Sixth Sense‹, fährt es ihm durch den Kopf.

»Somit wären sämtliche Spukerscheinungen im Grunde nichts weiter als Fehler im Programm? Weil die ›Müllabfuhr‹« – bei dem Wort deutet Sina grinsend Gänsefüßchen an – »den Speicher nicht richtig reinigt, ist ein Teil des verstorbenen Mannes dieser Bewohnerin immer noch da und versucht, mit ihr Kontakt aufzunehmen.«

»Wäre in der Tat möglich.«

»Das klingt total überzeugend für mich.«

Harald blickt in Sinas Gesicht und versucht, irgendwelche Anzeichen von Ironie oder Spott zu erkennen, aber Sina scheint es tatsächlich ernst zu meinen.

»Aber es nimmt den Geistergeschichten natürlich den ganzen Zauber, das Mystische. Daher werde ich dieser Dame besser nichts von deiner Theorie erzählen.«

Sie deutet auf den Kuchen.

»Noch ein Stück? Oder lieber einen Keks?«

»Für mich keinen Kuchen mehr, danke. Er ist echt lecker, aber ich kann nicht mehr. Vielleicht noch einen Keks, dann bin ich pappsatt.«

Während Harald den Keks isst, überlegt Sina laut.

»Apropos Zauber: wäre denn Magie in dem Modell grundsätzlich möglich?«

Magie und Zauberei? Prinzipiell ist in einer Softwaresimulation *alles* möglich, denkt Harald, aber er bleibt an dem Wort *Modell* hängen, das Sina gewählt hat. Dass sie dieses Wort benutzt hat, bedeutet doch, dass sie das nicht mehr als bloßes Hirngespinst betrachtet, sondern als etwas, das tatsächlich eine geeignete Beschreibung der Wirklichkeit sein könnte – oder denkt er einfach zu sehr in physikalischen Begriffen?

Ihm wird bewusst, dass Sina auf eine Antwort wartet.

»Magie wäre wohl grundsätzlich möglich, ja.«

Ein Gedanke durchzuckt ihn.

»Hast du schon mal irgendein Computerspiel gespielt?«, fragt er Sina unvermittelt.

»Ich? Nein.« Sina überlegt. »Naja, Tetris. Aber das ist schon lange her. Warum fragst du?«

»Tetris ist jetzt vielleicht ein schlechtes Beispiel, aber hast du schon mal was von *cheats* gehört?«

»Nein, da muss ich passen – *to cheat* heißt schummeln, das weiß ich.«

»Ja, genau. In manchen Spielen sind *cheats* eingebaut – kleine Schummeleien, wenn du es so nennen willst, die manchmal besondere Funktionen freischalten: mehr Punkte, ewiges Leben, eine andere Hintergrundmusik. Wobei letzteres dann eher unter *easter egg* laufen würde.«

»Du meinst, Magie ist wie schummeln?«

»Exakt. Wenn du in einem Computerspiel scheinbar sinnlose Aktionen ausführst, kannst du unter Umständen Dinge erreichen, die unter Normalbedingungen nicht möglich sind. Im Prinzip ist ein Zauberspruch ja nichts anderes als eine *nur scheinbar* sinnlose Aktion. Eine Beschwörung, bei der ein totes Huhn in einem Pentagramm liegt. Drei Tropfen Spinnenblut.«

»Okay.« Sina nickt langsam. »Das leuchtet mir ein. Die Analogie ist stimmig, sofern ich das als Nicht-Spieler beurteilen kann. Aber warum funktioniert die Magie dann heute nicht mehr? Alle Berichte von Zauberern sind entweder Humbug, oder sie liegen so weit zurück, dass sie den Sagen und Legenden zugeordnet werden. Merlin wurde im 8. oder 9. Jahrhundert erstmalig erwähnt. Meinst du, damals konnte man wirklich zaubern?«

Sinas Augen leuchten. Nachdem sie gerne Geschichten hört und liest, muss ihr Merlin natürlich vertraut sein. Dass er in besagter Zeit zum ersten Mal erwähnt wird, ist Harald neu. Er hat Merlin bisher immer in die Zeit um Artus eingeordnet, also eher 12. Jahrhundert.

»Ich weiß es nicht. Die Vorstellung ist sicher faszinierend, aber ob sie den Tatsachen entspricht, kann ich nicht sagen. In Computerspielen ist es ja so, dass die *cheats* zum Teil Sonderfunktionen für Entwickler sind, die zum Beispiel bestimmte Levels testen wollen, ohne das ganze

Spiel durchspielen zu müssen. Manche *cheats* fliegen dann auch wieder raus, wenn eine neue Version des Spiels veröffentlicht wird.«

Er trinkt einen Schluck Kaffee und fährt dann fort:

»Vielleicht wurde die Magie in einer späteren Version einfach nicht mehr zugelassen?«

»In einer späteren Version? Hm. Klingt logisch, aber ich glaube, das muss sich in meinem Kopf alles erst einmal setzen. So viel Input ...«

Sie blickt gedankenverloren aus dem Fenster, während sie an ihrer Tasse nippt. Sie murmelt halblaut vor sich hin: »Da gibt es doch ein altes Buch, das noch keiner so recht verstanden hat. Wie heißt das noch gleich?«

»Ein Buch?«, fragt Harald.

»Ja – aber mir fällt der Titel nicht mehr ein. Sobald du weg bist, weiß ich ihn sicher wieder. Das soll jetzt aber kein Rauswurf sein!« fügt sie noch hinzu.

Beide lachen.

»Nein, das geht mir oft auch so, dass mir die Sachen erst dann einfallen, wenn es zu spät ist.«

Zum Beispiel, wenn es um Ulla und die Einkäufe geht, fügt Harald in Gedanken hinzu.

17:17:42 »Ich helfe dir noch beim Abräumen, bevor ich gehe«.

Harald steht auf und nimmt die Teller und die Tassen.

»Das ist lieb von dir.«

Auch Sina ist aufgestanden und beginnt, die restlichen Sachen vom Tisch in die Küche zu tragen.

Als Harald die Milchflasche sieht, fällt ihm ein, dass er ja noch Milch einkaufen muss. Seine Schwester hat ihn extra noch einmal darum gebeten. Ach ja, einen Gruß von ihr soll er ja auch noch bestellen. Die beiden scheinen sich ja gut zu verstehen. Ulla wirkt irgendwie ... weniger angespannt, seit sie sich ab und zu mit Sina trifft.

»Apropos Milch: einen schönen Gruß von Ulla soll ich dir ausrichten. Hätte ich fast vergessen.«

»Vielen Dank! Richte ihr auch einen lieben Gruß von mir aus.«

Sina lächelt.

»Ich habe den Eindruck, dass es Ulla besser geht, seit sie dich kennt und ihr euch ab und zu trefft. Seit der Sache mit Robert und unseren Eltern – naja, sie ist viel allein, und ich bin zwar auch da, aber wohl nicht immer der beste Gesprächspartner für sie.«

Harald stockt kurz, dann fährt er fort:

»Ich will dich jetzt nicht darum bitten, dass du mehr mit Ulla unternimmst, das fühlt sich ja schon fast an wie die Helikoptereltern, die für ihre Kinder die Freunde aussuchen, aber es tut ihr gut, und ich ...«

Er bricht ab.

Sina blickt ihn an und legt ihre Hand auf seinen Unterarm.

»Ich finde es toll, dass du dich so um deine große Schwester sorgst. Ich mag Ulla gern, und wenn es mal wieder passt, machen wir auf jeden Fall mal wieder miteinander was aus. Ich habe da schon eine Idee.«

Sie zwinkert ihm verschwörerisch zu.

»Gut, dann ...« Harald atmet tief durch. »Vielen Dank für den schönen Nachmittag und den leckeren Kuchen! Wenn dir das Buch einfallen sollte, schreib mir einfach kurz.«

»Schön, dass du da warst! Ja, bestimmt fällt es mir in den nächsten paar Minuten wieder ein. Bis bald mal wieder!«

»Bis bald!«

Harald geht ganz in Gedanken aus dem Haus. Das mit Ulla kam irgendwie blöd rüber, aber er hofft, dass Sina ihn nicht falsch verstanden hat. Manchmal ist er nicht ganz bei der Sache, das stimmt schon, und Ulla hat es dann nicht leicht, für ihn auch mitzudenken. Apropos mitdenken: was sollte er auf dem Heimweg besorgen? Ach ja, Milch.

Er biegt um die nächste Seitenstraße und steuert einen Supermarkt an. Da vibriert sein Handy in der Tasche. Eine Nachricht von Sina: ›Ich weiß es wieder: Voynich-Skript!‹

Sina Keske, 2019-03-08

Als Sina in die WunderBar kommt, sitzt Ulla schon an einem Tisch und spielt nervös mit einer Rose. Diesmal ein heller Pullover, der ihre schlanke Figur betont, dazu um den Hals ein Tuch mit Rot- und Gelbtönen, durchzogen von goldenen Linien. Könnte Seide sein. Dazu Jeans und flache, schwarze Schuhe. Passend zu einem lockeren Abend, aber trotzdem elegant. Die Lippen haben ein etwas kräftigeres Rot als sonst.

Ulla schminkt sich selten – zumindest hat Sina sie fast immer ohne Make-Up gesehen. Für heute Abend hat sie aber eine Ausnahme gemacht. Nicht sehr auffällig, das würde zu ihr auch gar nicht passen, aber es sieht gut aus. Der feine Lidstrich bringt die Augen noch etwas mehr zum Leuchten.

»Hallo Ulla! Ich glaube, ich werde es nie schaffen, vor dir bei einer Verabredung aufzutauchen, oder?«

»Hallo Sina! Ich bin auch erst vor zwei Minuten zur Tür herein.«

Sina hat die WunderBar als Startpunkt für einen ›Mädelsabend‹ vorgeschlagen. Die Einrichtung ist bunt zusammengewürfelt: alte Ledersofas, schwarz oder dunkelbraun, dazu Tische mit dicken Holzplatten und intensiven Gebrauchsspuren. Die Lampen über den Tischen sind auch alles Einzelstücke.

Über dem Tisch, an dem Ulla sitzt, hängt ein altes, weiß emailliertes Nudelsieb an einem apfelgrünen Textilkabel, in das eine schwarze Fassung montiert worden ist. Die Lampe wirft helle Lichtpunkte an die dunkle Holzdecke und die rau verputzte Wand.

Kaum hat Sina Platz genommen, kommt auch schon die Bedienung: ein Mann Anfang zwanzig, mit dunklen Haaren und einem Vollbart, den Sina noch nicht kennt. Er hat eine Rose und ein Glasgefäß in der Hand und wendet sich an Sina.

»Hallo, die Dame! Eine Rose von der WunderBar zum internationalen Frauentag!«

Der Mann deutet eine leichte Verneigung an und lächelt Sina zu.

»Oh, vielen Dank!«

Sina grinst zurück und nimmt die Rose entgegen. Sie duftet angenehm und intensiv. Sie schließt kurz die Augen und lässt den Duft auf sich wirken.

Für Gerüche gibt es viel zu wenig Worte. Schon als Kind hat Sina sich daher eigene Worte einfallen lassen müssen. Eine Rose riecht *blürosiv* – diese hier besonders.

»Und hier eine Vase, damit die Rosen einstweilen nicht verdursten.«

Er stellt das Gefäß in die Mitte des Tisches.

»Was darf ich euch bringen, damit *ihr* nicht verdurstet?«

Sina bestellt einen Gin Tonic, Ulla einen Aperol Spritz. Nachdem sie ihre Rosen in die Vase gestellt haben, betrachtet Sina das Gefäß genauer. Um eine geriffelte Flasche mit weiter Öffnung ist eine rosa Papierbanderole geklebt, auf die in kalligraphischer Schrift *Rosenparkplatz* gedruckt ist.

»Eine nette Idee«, pflichtet Ulla bei.

»Mir gefällt es hier. Die Bedienungen sind freundlich, und ich mag die Einrichtung. Ich vermute aber, das ist jetzt nicht so dein Stil?«

Ulla lässt den Blick durch den Raum schweifen, bevor sie antwortet.

»Ich würde meine Wohnung nicht so einrichten – aber es ist stimmig und es wirkt trotz des Durcheinanders gemütlich und nicht überladen.«

Als die Getränke gebracht werden, nimmt Sina ihr Glas in die Hand und prostet Ulla zu.

»Also dann: auf uns Frauen!«

»Auf uns Frauen!«

Es ist schon eine Weile her, dass Sina einen Gin Tonic getrunken hat. Sie mag den herben, bitteren Geschmack. Ulla nimmt einen kräftigen Zug aus ihrem Glas.

»Kommst du oft hierher?«

»Ab und zu«, antwortet Sina. »Durch meine Arbeit, die Schichten und den Wochenenddienst komme ich nicht regelmäßig unter die Leute. Gehst du öfter mal abends aus?«

Ulla nippt noch einmal an ihrem Aperol.

»Nein, in letzter Zeit kaum. Nach dem Unfall war mir einfach nicht danach, unter Leute zu gehen, und es gab auch so viel zu tun – gibt es eigentlich immer noch. Die Hausverwaltung nimmt viel Zeit in Anspruch, und ich arbeite ja auch noch halbtags in einem Büro. Da sind die Arbeitszeiten zwar deutlich angenehmer als bei dir, aber am Abend bin ich dann doch meistens so geschafft, dass ich mich selten dazu aufraffen kann, etwas zu unternehmen.«

Sina nickt. Das Gefühl ist ihr vertraut.

»Martin und Harald nehmen mich manchmal mit, damit ich wenigstens ab und zu mal rauskomme. Viele Freunde oder Bekannte habe ich nicht in der Stadt. Als mein Mann noch gelebt hat, hatten wir einen größeren Freundeskreis, aber der Kontakt ist in den meisten Fällen eingeschlafen, und ehrlich gesagt ist mir das ganz recht.«

Ulla grinst ein bisschen hilflos.

Das ist gut verständlich, denkt sich Sina, sagt aber nichts.

»Und du?«, fragt Ulla. »Hast du Freunde und Bekannte in der Stadt?«

»Ich bin vor gut einem halben Jahr hergezogen, weil meine vorige Arbeitsstelle dicht gemacht hat und ich mir eine neue Stelle suchen musste. Ich kenne mittlerweile schon ein paar Leute hier, aber einen festen Freundeskreis habe ich eigentlich nicht – wenn man von euch mal absieht«, fügt Sina hinzu.

»Du und dein Bruder – und natürlich Martin – seid eigentlich die einzigen, mit denen ich mich halbwegs regelmäßig treffe, ansonsten gibt es natürlich ein paar lose Bekanntschaften, mit denen ich sporadisch mal was unternehme. Wenn die mir eine Zeitlang nicht über den Weg laufen, ist es auch okay für mich.«

»Das wundert mich eigentlich – du wirkst eigentlich sehr kontaktfreudig und unkompliziert, da müsstest du doch leicht irgendwo Anschluss finden, sollte man denken«, erwidert Ulla, nachdem sie ihr Glas abgesetzt hat.

Sina zögert kurz. Wie kann man jemandem etwas erklären, was man selbst nicht genau begreift?

»Ich bin da ein bisschen ... vorsichtig geworden. Das hängt vielleicht auch mit meinem Beruf zusammen. Mit älteren Menschen komme ich gut klar –« Sina unterbricht sich. »Damit meine ich nicht euch drei, entschuldige bitte, das war jetzt blöd formuliert.«

»So habe ich das jetzt auch nicht interpretiert«, antwortet Ulla grinsend. »Bis zur Rente und zum Altenheim habe ich ja schon noch eine ganze Weile hin.«

»Gut. Was ich sagen wollte: ich knüpfe sehr schnell Kontakte, das ist richtig, aber gleichzeitig möchte ich die Menschen nicht *zu nahe* an mich heranlassen, dazu brauche ich mehr Zeit. Ich glaube, dass das an meiner Arbeit liegt. Alle Menschen, die ich im Altenheim kennenlerne, sterben irgendwann und hinterlassen eine Lücke. Je stärker die Beziehung war, um so größer das Loch, das in einem entsteht, weil der Mensch ja jetzt fehlt.«

Ulla nickt wissend. Natürlich, das hat sie ja am eigenen Leib erfahren, und nach dem, was sie gerade zum Thema Privatleben erzählt hat, hängt ihr das immer noch nach. Sina beschließt, auf diesen Punkt nicht weiter einzugehen, und fährt fort:

»In der Altenpflege muss man natürlich eine Beziehung zu demjenigen aufbauen, den man betreut, aber – und das klingt jetzt hart – es ist von vornherein klar, dass diese Beziehung nicht ewig Bestand haben wird. Manchmal sterben die Menschen, manchmal – und das ist für mich noch schlimmer – werden sie dement, vergessen, wer sie sind und wer sie waren, erkennen die eigenen Kinder oder Enkel nicht mehr, und natürlich auch nicht mehr die Betreuungspersonen. Und zu beobachten und mitzuerleben, wie eine Persönlichkeit sich langsam auflöst, bis nur noch eine hilflose Hülle zurückbleibt, die in hellen Momenten noch eine Ahnung davon hat, dass es da früher viel mehr gab, an das man sich erinnern könnte, das aber unwiederbringlich verschwunden ist – das tut weh.«

Ulla nickt wieder.

»Ich glaube, das ist schlimmer als Sterben«, sagt sie.

»Das denke ich auch.«

Eigentlich wollte Sina den Abend nicht mit so ernsten Themen einleiten. Andererseits ist Ulla genau die richtige Person, um sich über so etwas auszutauschen, weil sie weiß, wie sehr ein Verlust schmerzt.

Sie hat in der Vergangenheit öfter versucht, mit Arbeitskollegen darüber zu sprechen – und hat verwundert feststellen müssen, dass viele entweder von vornherein die Heimbewohner eher als ›Betreuungsobjekte‹ wahrnehmen und nur ganz oberflächliche Beziehungen zu ihnen aufbauen – oder aber durch den immer wiederkehrenden Verlust verhärmt sind und gar keine Gefühle mehr zulassen. Manchmal kommt dann Alkohol dazu, der die Probleme aber auch nicht löst, sondern nur neue aufhäuft.

Mit Ekel denkt Sina an den Stationsleiter an ihrer vorletzten Arbeitsstelle, der während der Arbeit regelmäßig getrunken hat. Einmal ist er ihr ins Zimmer einer alten Frau gefolgt, die nach einem Schlaganfall nur noch in ihrem Bett dahinvegetiert hat. Sie erinnert sich noch daran, dass er plötzlich hinter ihr aufgetaucht ist, sie an der Hüfte gepackt und an sich gezogen hat, seinen ekelhaften Atem, als er ihr irgendwelche Obszönitäten halb flüsternd, halb grunzend ins Ohr haucht, seine kalten, feuchten Hände, die sie umdrehen und ihre Oberarme festhalten, sein Versuch, sie auf den Mund zu küssen und –

»Hallo ihr beiden, so sieht man sich wieder!«

Sina fährt aus ihren Gedanken hoch. Vor ihnen steht Ben. Allerdings nicht im Bedienungsoutfit, sondern mit hellblauem Hemd und dunkelblauer Jacke.

»Oh, hallo Ben – hast du heute frei?«

»Ich habe bis 17 Uhr im Café *ab:neun* bedient, und jetzt werde ich es genießen, *mich* bedienen zu lassen.«

Er grinst und blickt kurz auf sein Telefon.

»Ist bei euch beiden denn noch frei? Ich warte auf Jo, aber der kommt wohl etwas später. Sobald er da ist, würde ich euch in Ruhe lassen.«

»Kein Problem, gerne!« antwortet Ulla, bevor Sina reagieren kann. Die Erinnerung an die grässlichen Ereignisse damals lähmen sie noch immer. Aber heute wird sie Ulla nicht davon erzählen. Ein andermal. *Vielleicht.*

»Vielen Dank!« Ben deutet eine kleine Verbeugung an und setzt sich an den Tisch. Er entdeckt die Rosen.

»Oh, die sind aber schön.«

Er liest die Aufschrift auf der Vase.

»Ja, die haben wir bekommen – heute ist internationaler Frauentag!«, erklärt Sina.

Ben schnuppert vorsichtig an den Blütenköpfen.

»Wie die duften ... Schade, dass ich keine Frau bin. Ich stehe voll auf Rosen.«

Er stellt die Vase wieder zurück.

Die bärtige Bedienung kommt an den Tisch.

»Hallo! Darf ich schon was zu trinken bringen?«

»Sehr gerne! Ich nehme ...«

Ben lässt seinen Blick kurz über den Tisch schweifen.

»... einen Aperol Spritz.«

»Für mich bitte auch noch einen!«, fügt Ulla hinzu und saugt den Rest ihres Getränks schnell durch den Trinkhalm, bevor sie der Bedienung das leere Glas reicht.

»Du gehst aber flott ran!«, meint Sina, die immer noch bei einem gut halbvollen Glas Gin Tonic sitzt.

»Heute ist doch Frauentag! Da lassen wir's krachen!«

Ulla grinst und hat schon leicht gerötete Wangen.

Ein großer, schlanker Mann nähert sich ihrem Tisch. Sina schätzt ihn auf Ende zwanzig, Anfang dreißig. Seine schwarzen Haare sind schon von grauen Strähnen durchzogen, ebenso sein Dreitagebart. Die Augen sind hellblau, fast grau. Das anthrazitfarbene Hemd und die tiefschwarze Lederjacke intensivieren noch das Leuchten, das von den Augen auszugehen scheint.

»Hallo Ben! Sorry, ich habe mich verspätet.«

Ben steht auf, beide umarmen sich herzlich. Sina glaubt, ein angedeutetes Küsschen auf Jos Wange erahnt zu haben. *Die beiden würden auch echt gut zusammenpassen*, schießt es ihr durch den Kopf.

»Hallo Jo – gar kein Problem, ich hatte einstweilen eine sehr angenehme Gesellschaft.«

Ben deutet auf Ulla und Sina.

»Sina ist ab und zu im Café *ab:neun*, und das letzte Mal war auch Ulla mit dabei.«

Er weist auf Jo.

»Das ist Jo, und dass er zu spät kommt, war bisher *noch nie* der Fall.«

Er grinst spitzbübisch und zwinkert Jo an.

Jo schüttelt Sinas Hand. Er hat große, warme Hände und einen angenehm festen Händedruck.

»Sehr erfreut«. Seine Stimme ist tief, aber nicht rau.

Er wendet sich Ulla zu, begrüßt auch sie. Dann erklärt er: »Stimmt. Dass ich es nicht ganz pünktlich geschafft habe, ist echt die Ausnahme. Sonst kann man die Uhr nach mir stellen!«

Er versucht ernst zu bleiben, aber es gelingt ihm nicht.

»Dann suchen wir uns einen anderen Tisch und lassen die beiden alleine«, setzt Ben an, aber Sina und Ulla widersprechen fast zeitgleich, also setzt sich Jo mit an den Tisch.

»Das sind aber schöne Rosen!« Auch er riecht an den Blütenköpfen, nickt anerkennend.

»Internationaler Frauentag, also nicht für uns«, erklärt Ben.

»Sehr schade. Ich mag Rosen total gerne.«

Dann wendet er sich Sina und Ulla zu.

»Seid ihr beiden auch …?«

Sina reagiert, noch bevor er seinen Satz vollenden muss:

»… ein Paar? Nein, nur sehr gut befreundet. Wir kennen uns eigentlich noch gar nicht so lange, aber wir kommen gut miteinander klar. Stimmt's?«

Ulla blickt Sina verwundert an, scheint erst jetzt zu begreifen, worauf Jos Frage abgezielt hat. Sie wirkt noch nicht betrunken, aber auf alle Fälle angeheitert, daher dauert es einen Augenblick länger, bis sie Sinas Aussage bestätigt.

»Ja, das würde ich auch sagen.«

Die Bedienung kommt noch einmal an den Tisch. Jo bestellt ein Glas Merlot.

»Nachdem du das so offen ansprichst – wie lange seid ihr denn schon zusammen?« will Sina wissen. »Immerhin kenne ich Ben schon eine Weile, habe dich aber noch nie im Café getroffen.«

Hier meldet sich Ben zu Wort.

»Eigentlich schon fast ein Jahr, aber der Betreiber vom *ab:neun* hat wohl ein Problem mit Leuten wie uns.«

Er deutet auf sich und Jo.

»Mir wurde von Nina nahegelegt, hier während der Arbeit die Beziehung – *diese Beziehung* – besser außen vor zu lassen. Sie bedient schon länger im Café und kennt den Chef und seine Einstellungen wohl recht gut. Eine Bedienung wurde schon rausgeworfen. *Weil sie zu den Leuten so unfreundlich war*, das war die offizielle Begründung, aber der eigentliche Grund …«

Ben schnauft frustriert und spricht den Satz nicht zu Ende.

»Boah, in welchem Jahrhundert leben wir denn? Dass sie Leute immer noch so engstirnig sind!« ereifert sich Sina entrüstet.

Nun ist es Jo, der antwortet.

»Ja, es ist immer noch schwierig. Offiziell wird zwar suggeriert, dass *alles* kein Problem ist.« Er macht eine ausladende Geste mit den Armen.

»Toleranz ist in aller Munde – aber trotzdem wird dir nahegelegt, beim Bewerbungsgespräch deine Beziehung zu verschweigen, dein Septum besser nicht zu tragen und ein langärmliges Hemd anzuziehen.«

»Septum?«, fragt Ulla.

»Ein Piercing«, erklärt Jo. »Nicht am Nasenflügel, sondern *hier*.«

Er deutet auf die betreffende Stelle.

Nach intensiven Gesprächen über Piercings, Tattoos, mangelnder Akzeptanz von gleichgeschlechtlichen Partnerschaften – und einigen Getränken – herrscht Aufbruchstimmung.

»Wir wollen in die Karaoke-Bar am Ende der Straße. Kommt ihr mit?« fragt Sina die beiden Männer.

Die beiden tauschen Blicke aus, die Sina als eindeutig einschätzt. Die beiden haben noch was vor, brauchen aber dazu definitiv keine angeheiterten Mädels in einer Karaoke-Bar. Daher grinst sie innerlich schon, als Jo zu einer entschuldigenden Antwort ansetzt:

»Wir haben – andere Pläne.«

»Ja, und außerdem: wenn ich anfange zu singen, ist die Bar leer«, ergänzt Ben.

Die beiden sind total süß, denkt Sina, und bevor sie sich noch weiter winden und nach Entschuldigungen suchen, ergreift sie das Wort:

»Ist in Ordnung. Dann bleibt es an uns beiden, die Bar zu leeren«, erwidert sie grinsend und zwinkert erst zu den beiden, dann zu Ulla, die die Bemerkung aber wohl gar nicht wahrgenommen hat. Jedenfalls protestiert sie nicht, obwohl es hauptsächlich ihr Vorschlag war, eine Karaoke-Bar zu besuchen.

Nachdem jeder gezahlt hat, stehen die vier nun vor der WunderBar.

»Also dann, viel Spaß beim Singen!«, setzt Ben an.

Sina hält den beiden ihre Rose hin.

»Darf ich euch die schenken? Wir sind noch länger unterwegs, da machen die Rosen vermutlich eher schlapp als wir, und das wäre schade.«

Ulla reagiert schnell, bietet auch ihre Rose an und ergänzt: »Außerdem: wenn alle Männer so verständnisvoll wären wie ihr, bräuchte es keinen Frauentag mehr – somit habt ihr euch die auch verdient.«

Ben und Jo sind tatsächlich gerührt, und in Bens Augenwinkel glitzert es.

Die sind echt total süß, fährt es Sina durch den Kopf. Die beiden bedanken sich herzlich und überschwänglich. Die beiden Frauen werden umarmt, dann verschwinden die beiden Männer Händchen haltend in der Nacht.

»Die beiden sind ja echt süß, irgendwie«, bemerkt Ulla.

2019-03-09 00:19:55 Weil Ulla eher für die Rockklassiker schwärmt, ist sie schon vor einiger Zeit von den Cocktails auf Bier umgestiegen. Nun steht sie auf der Bühne und singt ›Like the way I do‹ von Melissa Etheridge. Das Rauchige in Melissas Stimme bekommt Ulla echt gut hin – textsicher ist sie sowieso.

Als Ulla nach dem Song von der Bühne geht, bekommt sie großen Applaus aus dem Publikum. Auch Sina johlt und pfeift.

»Hey, das war echt gut«, meint sie anerkennend. »Den Klang der Stimme kriegst du täuschend echt hin – Wahnsinn!«

»Danke!«

Ulla ist ein bisschen aus der Puste, aber sie grinst wie ein Honigkuchenpferd und scheint fast zu leuchten.

»Singen macht durstig«, ergänzt sie und nimmt einen tiefen Schluck aus ihrem Glas.

01:02:23 »... for a destination, uhuhhh.«

Das Publikum tobt und applaudiert frenetisch. Ulla reißt Sinas Hand mit in die Höhe, die beiden verbeugen sich.

What's Up ist wirklich verdammt hoch, denkt Sina. Die beiden gehen an ihren Tisch zurück, prosten sich zu.

»Auf uns!«, sagt Sina.

»Auf uns! Danke, dass du mitgesungen hast«, erwidert Ulla.

»Hat Spaß gemacht!«

Während Ulla sich der Bühne zuwendet und im Takt der Darbietung mitwippt, betrachtet Sina das Glas, dass sie mit beiden Händen hält und hin und her dreht. Auch sie ist aufgekratzt und schon leicht beduselt vom Alkohol. Wenn sie ruhig da sitzt, ist alles in Ordnung, aber die zwei Stufen runter von der Bühne waren schon nicht mehr so ganz trittsicher. Aber die Aussicht auf ein freies Wochenende wischt mögliche Bedenken weg. Dass sie sich mit Ulla gut versteht, hat sie ja schon vorher gewusst, aber dass der Abend so lustig werden würde, das hat sie nicht erwartet.

Sie sitzt eine Weile sinnend da, als sie plötzlich von Ulla angestupst wird.

»Was ist los mit dir? Du bist so still.«

»Alles in bester Ordnung bei mir. Aber wir könnten mal kurz rausgehen, was meinst du? Die Luft hier drin ist schon recht verbraucht.«

»Einverstanden.«

Ulla leert den Rest ihres Glases und steht schwankend auf.

Die kalte Luft trifft Sina fast wie ein Schlag ins Gesicht. Mit einem Mal scheint der Alkohol zu wirken, fährt ihr in die Beine, macht sie weich, fährt ihr in die Zunge, die schwer zu werden scheint. Auch Ulla scheint kurz zu taumeln, dann atmet sie tief durch.

»Kalt«, stöhnt sie.

»Ja, aber die Luft ist angenehm.«

Sina deutet in die sternenklare Nacht.

»Schau mal, die Sterne! Manchmal stelle ich mir vor, wie es wäre, zu fremden Sternen und Planeten zu reisen, neue Welten kennenzulernen. Was man sich da für neue Wörter ausdenken könnte.«

»Neue Wörter?«, fragt Ulla.

»Ja klar! Das ist doch das Beste daran: du landest auf einem fernen Planeten, über dir geht der Mond auf, vielleicht noch einer, du stehst am felsigen Ufer eines türkisfarbenen Sees mit spiegelglatter Oberfläche. Es ist windstill. Du bist ganz allein, und noch nie war jemand vor dir hier. Der Planet ist vermutlich unbewohnt. Das heißt, er hat noch keinen Namen, und auch nicht die Monde, und der See, und der Krater, dessen Rand du in der Ferne aufragen siehst. Alles namenlos! Ich könnte vermutlich stundenlang am Ufer stehen und mir Namen ausdenken.«

Sina blickt sehnsüchtig in den Himmel. In Gedanken steht sie gerade vor einem solchen See, wartet darauf, dass er ihr seinen Namen zu erkennen gibt, damit sie ihn zu ersten Mal aussprechen darf.

Ihr Berufswunsch als Kind: Astronautin. In der Grundschule hat sie von den Klassenkameradinnen und -kameraden den einen oder anderen schiefen Blick dafür bekommen, aber das ist ihr egal gewesen.

Leider stellt man sich das als Kind leichter vor, als es dann in Wirklichkeit ist. Aber in Gedanken kann man immer noch die eine oder andere Reise antreten und namenlose Welten entdecken.

Nach einer Weile meldet sich Ulla zu Wort.

»Es ist komisch, aber in deiner Gegenwart fühle ich mich immer ... jünger. Nicht nur ein bisschen, sondern so richtig jung: ein Schulkind vielleicht, das mit großen Augen zu einem Lehrer aufschaut, der ihr von den Geheimnissen der Welt berichtet – oder zum Opa, der tolle Geschichten von früher erzählt, als alles noch ganz anders war, so anders, dass man sich gar nicht vorstellen kann, dass es wirklich einmal so gewesen ist. Verstehst du, was ich meine?«

Sina nickt langsam.

»Ich glaube schon.«

»Ich komme mir dann klein vor, weil ich merke, dass es so viel gibt, was ich noch nicht weiß. Als Kind habe ich mir immer gedacht, dass ich, wenn ich mal groß bin, auch so viel weiß und auch tolle Geschichten erzählen kann. Aber ich bin *groß* und erwachsen, fast doppelt so alt wie du –«

»Jetzt übertreib mal nicht! Wenn ich noch richtig rechnen kann, sind es sechzehn Jahre zwischen uns, keine neunundzwanzig!«, widerspricht Sina lachend.

»Ja, aber es geht doch ums Prinzip. Vor sechzehn Jahren war ich so alt wie du, und du warst ein Kind mit dreizehn Jahren. Okay, kein Kind mehr. Teenager. Damals habe ich aber noch weniger gewusst als jetzt, und jetzt habe ich das Gefühl, dass ich immer noch nichts weiß.«

Sina überlegt. Auch sie hat manchmal das Gefühl, dass es etwas gibt, was sie noch nicht kennt, aber dabei geht es nicht um ferne, namenlose Welten, sondern etwas *in* der Welt, das sich – bewusst oder nicht – ihrem Interesse, ihrer Wissbegierde widersetzt. Das zu verschwinden scheint, wenn man es näher betrachten will, aber gleichzeitig Spuren auslegt, wie um sie zu necken. *Schau her, hier war ich, aber du hast mich nicht verstanden.*

»Aber egal«, platzt es plötzlich aus Ulla heraus. »Heute wollen wir keinen tiefsinnigen Gedanken nachhängen. In unserem Zustand können wir die Probleme sowieso nicht lösen, oder?«

»Vielleicht hast du recht«, antwortet Sina, zögerlich, weil sie den Gedanken an das Namenlose nicht leichtfertig abschütteln kann.

»Und ohne dich wäre ich nicht in dieser Bar hier gelandet und hätte mich auch nicht daran erinnert, wie viel Spaß mir doch das Singen macht.«

»Manchmal braucht es nur einen keinen Schubser in die richtige Richtung. Und ich glaube, man denkt oft zu viel über etwas nach, anstatt es einfach mal zu tun. Bis man dann die Entscheidung getroffen hat, ist die Gelegenheit vorbei. Sei spontan!«

»Sei spontan!«, wiederholt Ulla, ruft es in den Nachthimmel.

»Genau. Lass es zu!«, ergänzt Sina.

»Sei spontan! Lass es zu!«

Ulla beginnt, auf dem Platz hinter der Bar zu tanzen. Sie packt Sina bei den Händen, dreht sie mit sich im Kreis und singt: »Sei spontan! Lass es zu!«

Plötzlich hält sie inne. Sina ist schwindlig, und auch Ulla schwankt gefährlich.

»Aber wenn ich den anderen mit meinem Spontan-Sein überrumple? Etwas tue, womit er oder sie nicht rechnet?«, fragt Ulla. Ihre Stimme hat einen lauernden Unterton, oder ist das der Alkohol, der in der Zunge sitzt?

»Solange du ihm – oder ihr – nicht weh tust, ist alles in Or–«

Sina kommt nicht dazu, den Satz zu Ende zu bringen, weil Ulla sie plötzlich wild an sich zieht und ungestüm auf den Mund küsst.

Ursula Stein-Schrag, 2019-03-09

Ein gedämpftes Krachen und Quietschen holt Ulla aus ihrem traumlosen Schlaf. In ihrem Kopf pocht und dröhnt es. Sie öffnet die Augen. 09:53:46 Sonnenschein dringt gefiltert durch die zugezogenen Vorhänge in ein ihr unbekanntes Zimmer.

Sie liegt in einem fremden Bett. Rechts neben ihr hat jemand geschlafen, das Kopfkissen ist verdrückt, die Bettdecke in Falten und halb zurückgeklappt.

Links neben dem Bett steht ein Stuhl, über dessen Rückenlehne Ullas Kleidung sorgfältig abgelegt worden ist: Hose, Bluse, BH ... BH? Ulla schlägt ihre Bettdecke zurück. Ihre Unterhose hat sie noch an. Darüber ein T-Shirt, das ihr aber nicht gehört.

Erinnerungsfetzen kämpfen sich durch das Chaos in ihrem Kopf. Sina. Der gestrige Abend. Ben und Jo in der Bar. Dann sind sie zu zweit weiter, aber wohin?

Plötzlich schießt Ulla das Blut in den Kopf. Hat sie Sina wirklich geküsst? Hat ihre Zunge wirklich nach der von Sina gesucht? Ja. Das war kein unschuldiges Küsschen, definitiv nicht.

Und jetzt liegt sie in Sinas Bett und erinnert sich an nichts mehr. *Was ist danach passiert?*

Ulla steht langsam auf. Das Zimmer folgt ihren Bewegungen langsam, zeitverzögert. Sie tappt zur Tür, legt die Hand auf die Klinke. *Was ist passiert? Und was wird jetzt passieren, wenn ich da raus gehe?*

Sie zögert, schwankend, dann öffnet sie langsam die Tür. Sina sitzt am Eßtisch und kippt frisch gemahlenes Kaffeepulver in die Stempelkanne. Auch sie hat nur ein T-Shirt und einen Slip an. Sie blickt auf.

»Guten Morgen Ulla. Wie geht es dir?«

Ulla will den Morgengruß erwidern, doch sie bringt nur ein unartikuliertes Krächzen hervor. Sie räuspert sich.

»Oh je, deine Stimme scheint ziemlich angeschlagen zu sein. Naja, kein Wunder, du hast aus Leibeskräften gesungen gestern Nacht. Magst du einen Kaffee, oder lieber Tee?«

»Kaffee bitte.«

Die Stimme wird langsam verständlicher. Ulla räuspert sich noch einmal.

»Gesungen? Ich?« Keine Erinnerung daran.

»Ja, nachdem sich Ben und Jo verabschiedet haben, sind wir beide noch in die Karaoke-Bar. Du hast ›Like the way I do‹ von Melissa Etheridge gesungen, und zu zweit haben wir ›What's Up‹ auf die Bühne gebracht – der Refrain ist echt hoch.«

Sina grinst.

Ulla lehnt sich an den Türrahmen. Die Beine sind schwach und zittrig. Dunkel und verschwommen taucht eine Bühne in ihrer Erinnerung auf. Stimmt, sie ist mit Sina tatsächlich dort oben gestanden.

Sina hat mittlerweile den Wasserkocher aus der Küche geholt und füllt nun die Stempelkanne mit dem dampfenden Wasser.

»Aber setz' dich doch. Du siehst nicht ganz fit aus, wenn ich das sagen darf.«

Ulla setzt sich an den Tisch.

»Ich – erinnere mich daran, jetzt, wo du es sagst. Die Karaoke-Bar. Wir sind dann nach draußen gegangen, weil es drin so warm und stickig war, und draußen habe ich ... «

Ulla spürt, wie sie errötet.

»Mich geküsst. Ja.«

Sina lächelt Ulla an.

»Danach weißt du nichts mehr?«

Ulla schüttelt den Kopf und blickt zu Boden, verschämt, unsicher.

»Was war danach? Haben wir ...?«

Ulla spricht den Gedanken nicht vollends aus.

Weil Sina nicht sofort antwortet, hebt Ulla den Kopf. Sina sieht sie an. Ulla versucht, ihren Blick zu entschlüsseln, aber es bleibt rätselhaft.

»Wäre das schlimm für dich?«

»Ich ... ich glaube nicht, aber ... ich weiß von nichts mehr, und das macht mir Angst.«

Ulla schluckt. Die Stimme wird wieder brüchig.

»Nein, es war nichts mehr danach. Nach dem Kuss hast du dich übergeben müssen. Du wolltest zwar wieder in die Bar zurück, aber ich habe dich dazu überreden können, dass wir uns ein Taxi holen. Nachdem du im Auto immer noch gesungen hast, habe ich es für das Beste gehalten, dich nicht bei dir zu Hause abzusetzen. Erstens hätten deine Mieter nachts um halb drei deine Performance nicht wirklich gebührend gewürdigt –«, hier zwinkert Sina Ulla zu, »– und außerdem hätte ich kein gutes Gefühl dabei gehabt, dich alleine zu lassen in deinem Zustand. Deshalb habe ich dich zu mir genommen.«

Keine Erinnerung mehr daran. Im Taxi gesungen? Oh nein!

»Wie sich herausgestellt hat, war das eine gute Entscheidung. Auf dem Grünstreifen vor dem Haus hast du dich dann noch mal übergeben und bist dann regelrecht zusammengeklappt. In den fünften Stock hätte ich dich nicht mehr bringen können, aber nachdem ich im Erdgeschoss wohne, war es dann einfacher. Wir haben es in die Wohnung geschafft, ohne die Nachbarn zu wecken, und du bist sofort eingeschlafen. Ich habe dir noch die Sachen ausgezogen und dir ein Kissen und eine Decke gebracht, das war alles.«

Sina blickt Ulla an. In ihren Augen ist kein Spott zu erkennen, eher ein Gefühl des Bedauerns.

»So ein Filmriss ist eine unangenehme Sache. Das hat mit Kontrollverlust zu tun. Fühlt sich nicht gut an. Tut mir leid, dass es dich erwischt hat.«

Ulla spürt ihr Blut in den Wangen. Vermutlich leuchtet sie wie eine rote Ampel.

»Danke, dass du dich um mich gekümmert hast.«

Sina lächelt.

»Milch, Zucker?«

»Was?«

»In deinen Kaffee.«

Sie presst den Stempel nach unten und geht in die Küche.

»Nur Milch bitte.«

Sina kommt mit zwei Tassen und einer Glasflasche mit Milch zurück. Sie füllt etwas Milch in jede der Tassen und gießt dann den Kaffee darauf. Eine Tasse schiebt sie zu Ulla.

»Danke.«

Ulla nippt vorsichtig daran. Der Kaffee ist zwar noch zu heiß, aber sie braucht trotzdem dringend einen Schluck, um ihren Kreislauf ein bisschen in Schwung zu bringen. Und um den sauren Geschmack im Mund loszuwerden.

»Aber ich kann dich beruhigen. Du hast nichts angestellt, wofür du dich schämen müsstest. Der Taxifahrer hat sogar deine Singstimme gelobt. Und du hast auch keine heiße Liebesnacht hinter dir, von der du nichts mehr weißt. Alles im grünen Bereich.« Sina zwinkert Ulla zu.

In Ulla wirbeln die Gedanken, angefacht durch den Schluck Kaffee. Sie hat sich zweimal übergeben, im Taxi laut gesungen, Sina geküsst … hat sie Sinas Gefühle verletzt, weil sie ihr doch recht eindeutig Signale übermittelt hat?

»Was den Kuss betrifft, muss ich mich wohl entschuldigen. Ich weiß nicht, was genau da über mich gekommen ist.«

Ulla hat wieder das Gefühl, von innen zu leuchten. Ihre Schamesröte scheint selbst zu erröten.

»Dafür musst du dich nicht entschuldigen. Ich war – überrascht, aber es war ja nicht unangenehm. Ein Kuss ist besser als ein Messer«, erwidert Sina grinsend.

Ulla stutzt einen Moment, dann versteht sie die Anspielung. Ist dann Elif, Ullas Imp, dafür verantwortlich gewesen? Oder steckt mehr dahinter?

»Du küsst übrigens sehr gut, wenn ich das sagen darf.«

»Ich habe noch nie eine Frau geküsst. Ich meine, *so* geküsst. Hast du das schon mal ... ich meine, bist du schon ...«

Ulla schlägt die Augen nieder.

»Entschuldige, das geht mich eigentlich nichts an.«

Sina lächelt wieder. In ihrem Blick liegt etwas Geheimnisvolles.

»Das geht schon in Ordnung. Ich finde, dass Homo- und Heterosexualität nur die beiden Pole sind in einem Kontinuum, so wie Schwarz und Weiß die Grenzen sind für alle Grauabstufungen dazwischen. Im Einzelfall geht es doch um den anderen Menschen. Wenn man etwas für den empfindet, ist es doch im Grunde egal, ob er schwarz ist oder weiß, groß oder klein, Mann oder Frau.«

Sina trinkt einen Schluck Kaffee, dann spricht sie weiter.

»Und abgesehen davon ist es auch völlig in Ordnung, wenn man einfach mal Lust auf Sex hat. Wenn man dann noch jemanden findet, den man gut leiden kann – perfekt! Auch das ist in meinen Augen ganz natürlich und nichts Verwerfliches. Wichtig ist doch, dass beide sich einvernehmlich auf die Sache einlassen und den anderen nicht zu etwas nötigen, das er oder sie gar nicht will.«

»Bei dir klingt das alles so – einfach.«

Ulla bewundert Sinas Einstellung und die unbefangene Art und Weise, mit der sie darüber spricht. Wenn sie doch damals auch so unverkrampft an diese Themen herangegangen wäre! Ihre Mutter hatte da ganz andere Vorstellungen vermittelt. Regeln, Vorschriften, unausgesprochene Verbote, die sich ins Unterbewusstsein eingebrannt haben und immer wieder an die Oberfläche kommen, selbst wenn man mittlerweile eine eigene Meinung zu diesen Dingen hat.

»Ist es doch auch. Alles ist einfach, wenn man den anderen respektiert. Wenn ich nicht einverstanden gewesen wäre mit dem Kuss, hätte ich dir das gesagt. Aber ich mag dich gern, Ulla, und daher ist das für mich in Ordnung.«

Dass Sina sie gern hat, tut gut. Ulla ist froh darüber, dass sie Sina nicht vor der Kopf gestoßen hat. Aber – warum hat sie sie geküsst? War es nur der Alkohol? Ein an sich harmloses Zeichen der Zuneigung, das irgendwie über das Ziel hinausgeschossen ist im alkoholgelösten Zustand? Lust auf Sex? Neugier, angestachelt durch die beiden Männer, die in der Bar miteinander geturtelt haben? Oder ist sie gar verliebt in Sina?

»Ich weiß gerade nicht, was ich sagen soll. In meinem Kopf geht es gerade kreuz und quer durcheinander. Außerdem brummt er fürchterlich, das macht es nicht einfacher.«

Ulla ist verwirrt und überfordert mit ihren Gedanken und Gefühlen.

»Mach dir nicht zu viele Gedanken. Alles wird gut – du wirst es sehen.«

Sina steht auf.

»Soll ich dir eine Kopfschmerztablette bringen? Oder ein Glas Wasser?«

»Wasser wäre gut, bitte.«

Sina geht in die Küche und füllt eine Karaffe mit Wasser. Ulla blickt ihr nach, betrachtet Sinas Po, der unter dem T-Shirt hervorblitzt und vom Slip kaum verdeckt wird. *Vielleicht ist es von allem etwas,* denkt Ulla. Wann hatte sie das letzte Mal einen Po gestreichelt, fremde Finger auf ihrer eigenen Haut gespürt?

Sina greift nach einem Glas im Hängeschrank. Unter ihrem T-Shirt zeichnen sich die Brüste ab. Nicht sonderlich groß, aber auch ohne Push-BH schön in Form. Ulla blickt an sich herunter. Ohne BH fühlt sie sich in ihrem äußeren Erscheinungsbild gar nicht wohl, selbst wenn sie jetzt nicht komplett verkatert wäre.

Das Gefühl, das sich ihrer bemächtigt, kennt sie nur zu gut aus ihrer Pubertät. Der eigene Körper, der immer mehr Fehler, Mängel und Unzulänglichkeiten hat als die Körper der Klassenkameradinnen. Alle hatten schöneres Haar, größere Brüste, weniger Pickel.

Mit zunehmendem Alter hat sich das dann gelegt, und mit Robert hat sie sich wirklich als Frau geliebt und akzeptiert gefühlt, hat endlich Frieden geschlossen mit sich und ihrem Körper. Wobei sie trotzdem noch chemisch an der Haarfarbe herumgedoktert hat, als die ersten grauen Strähnchen aufgeblitzt sind. Eigentlich sogar schon davor. *Kein Frieden, aber Waffenstillstand.*

Und jetzt? Würde eine junge, attraktive Frau wie Sina sie denn wirklich lieben können? Mit ihren grauen Haaren, Falten und Hängebrüsten?

Sina bringt das Glas mit, gießt ein und reicht es Ulla.

»Danke.«

Ulla trinkt und hat das Gefühl, dass das Wasser tatsächlich einen Teil der Verwirrung wegspült.

Sina steht immer noch neben ihr.

»Ich kann dir deinen Nacken massieren, wenn du möchtest. Das löst die Verspannungen und fördert die Durchblutung. Vielleicht hilft das gegen den dicken Kopf. Soll ich?«

Ulla lächelt Sina an, blickt in ihre freundlichen, dunkelbraunen Augen. Sie sagt nichts, beugt stattdessen den Kopf zur Antwort leicht nach unten. Alles wird gut.

Lass es zu.

Sinas Hände packen kräftig zu. Ein wohliger Schauer rieselt vom Halsansatz aus den Rücken entlang. *Lass es zu.* Wie ein Mantra kreist dieser Satz in Ullas Gedanken. Ulla entspannt sich. *Vielleicht sollte ich das tatsächlich mal versuchen.*

Teil II.

verstehen

Martin Jone, 2019-03-16

Das Telefon klingelt. 15:33:02

»Hallo?«

»Hallo, Jonesy, ich bin's.«

Hari ist dran.

»Hör zu, du musst unbedingt vorbeikommen. Ich hab' da was, das dich interessieren wird.«

»Hast du auch gerade ein *Déjà-vu*, Zweistein?«

Klick.

Habe ich schon erwähnt, das Hari es gar nicht mag, wenn man ihn Zweistein nennt?

Keine zwanzig Minuten später stehe ich in seinem Zimmer. Es sieht 15:51:03 aus wie immer. Fast. Die Bücherstapel scheinen in letzter Zeit häufiger umgeschichtet worden zu sein. Sieht so aus, als hätte Hari nach bestimmten Büchern gesucht. Ein neuer Stapel ist auf seinem Schreibtisch aufgetaucht, aber bevor ich genauer sehen kann, was das für Bücher sind, deutet Hari auf seinen Bildschirm.

»Hast du schon mal vom *Voynich-Manuskript* gehört?«

»Voynich? Nein, sagt mir nichts.«

Ich blicke auf eine eingescannte Seite auf dem Bildschirm, die eine gemalte Pflanze zeigt. Daneben sind Schriftzeichen, die ich nicht entziffern kann.

»Was ist das?«

»Das Voynich-Manuskript ist ein Buch, dessen Entstehung auf den Anfang des 15. Jahrhunderts datiert wird. Es zeigt Menschen und Pflanzen, aber auch grafische Muster. Der Text ist in einer bislang unidentifizierten Sprache verfasst.«

Er steht auf und deutet auf seinen Stuhl.

»Kannst du dir ruhig mal in Ruhe ansehen.«

Ich setze mich und klicke durch ein paar Seiten. Anfangs Zeichnungen von Pflanzen, später Frauen, meistens nackt, mit gewölbtem Bauch, im Wasser sitzend oder in kreisförmigen Rosetten angeordnet. Dazwischen mit akkurater Handschrift Worte, Sätze. Alles in einer unleserlichen Sprache.

»Wie bist du da drauf gestoßen?«, frage ich Hari nach einer Weile.

»Sina hat mir davon erzählt. Schon vor zwei Wochen oder so. Ulla kam vorhin kurz rein und hat etwas von Sina und einem Buch gesagt, und da ist es mir wieder eingefallen.«

»Wie kommt Ulla zu diesem Buch?«

»Wie? Nein, es ging wohl um ein anderes Buch – keine Ahnung.«

Hari zuckt entschuldigend mit den Achseln.

»Mir ist nur durch die Kombi Sina/Buch wieder eingefallen, dass sie mir von *diesem* Buch erzählt hat.«

Typisch Hari. Er vergisst irgendwelche Dinge, aber irgendein Stichwort triggert dann wieder die Erinnerung daran. Was Ulla eigentlich gemeint hat, fällt ihm sicher in einem Monat wieder ein. Falls sie ihn nicht früher darauf anspricht.

In diesem Moment klopft es an der Tür, und fast zeitgleich fliegt sie auf, bevor Hari reagieren kann. Ulla kommt herein, ihre Haare wie immer zu einem Pferdeschwanz gebunden.

»Oh, hallo Martin. Habe gar nicht mitbekommen, dass du da bist. Aber das trifft sich gut. Wir haben Kaffee gekocht, willst du auch eine Tasse?«

Ulla wirkt irgendwie lockerer. Entspannter. Einige Haarsträhnen sind dem Zopfgummi entkommen. Sie streicht sie hinters Ohr. *Grau ist sie geworden*, denke ich, aber irgendwie sieht sie jünger aus, weniger verhärmt, weniger gestresst.

»Hallo Ulla. Gerne! Freut mich, dass ihr Kaffee im Haus habt, ich habe diesmal keinen dabei.«

Ich zwinkere ihr zu, sie grinst zurück. Hari scheint das gar nicht mitzubekommen. Er hat wieder an seinem Bildschirm Platz genommen und betrachtet die Scans.

»Harald, kommst du auch?«, fragt Ulla.

»Was? Ich? Ach so, Kaffee, gerne!«

Er steht auf und folgt uns ins Esszimmer. Auf einem Stuhl sitzt Sina. Auf dem Tisch stehen drei Tassen und drei Teller, in der Mitte eine Schale mit Keksen. Es duftet nach Anis.

»Hallo Harald, hallo Martin! Wir haben uns ja schon lang nicht mehr gesehen.«

Wir begrüßen uns. Hari wirkt überrascht. Ulla kommt mit einem zusätzlichen Gedeck für mich aus der Küche. Sie scheint seinen verwirrten Blick richtig zu deuten.

»Du schaust so, als würde ein Geist da sitzen. Ich habe dir doch vorhin gesagt, dass Sina vorbeikommt, um mir mein Buch zu bringen.«

Sie deutet auf ein Buch, das auf dem Wohnzimmertisch liegt.

Man kann fast hören, wie es in Haris Kopf ›Klick‹ macht, während die Wortkombination ›Sina/Buch‹ an der richtigen Stelle andockt. Ich beiße mir auf die Zunge und verkneife mir eine passende Bemerkung.

»Darf ich?«

Ich nehme das Buch zur Hand. Ein Gedichtband. Marcel Cavel. Oho.

»Interessanter Titel: *Verdichteten Gedanken verdanken wir Gedichte*«.

Ich blättere darin herum.

»Das habe ich im öffentlichen Bücherregal in der Stadt gefunden. Sina kennt den Autor, hat dieses Buch aber noch nicht gelesen«, erklärt Ulla.

»Cavel sagt mir nichts, aber scheint interessant zu sein. Ein bisschen schwermütig, zumindest die Textstellen, die ich überflogen habe«, entgegne ich und lege das Buch zurück.

»Ja, leichte Lektüre ist das nicht unbedingt, aber ich mag seinen Stil«, wirft Sina ein.

Sie wendet sich Hari zu.

»*Geist* ist aber ein gutes Stichwort – was macht die Theorie? Hast du schon mal zum Thema Voynich-Manuskript recherchiert?«

»Ja, aber erst gerade vorhin. Ich hatte das total vergessen, und erst Ulla hat mir unabsichtlich das Stichwort dazu gegeben«, antwortet Hari verlegen.

Ich blicke zu Ulla, die ein bisschen skeptisch dreinblickt. *Da muss sie jetzt durch,* denke ich und frage:

»Was hat das Skript mit der Theorie zu tun? Ich bin nicht mehr ganz auf dem Laufenden.«

In letzter Zeit bin ich selten bei Hari gewesen. Beruflich ist zur Zeit eine Menge los: zwei Tagungstermine, ein Projekt, das schon überfällig ist. Die Hardware-Abteilung kriegt ihre Sachen nicht rechtzeitig gebacken, und wir in der Software müssen dann die verlorene Zeit aufholen und Programme für Geräte schreiben, die noch gar nicht existieren. Abgabetermin? Gestern.

Hari erklärt die wichtigsten Punkte, und beim Thema ›Geister‹ steigt auch Sina mit ein. Ulla hört neugierig zu und meldet sich zu Wort:

»Also wären mit dieser ›Theorie‹ tatsächlich auch Spukerscheinungen erklärbar? Das ist ... interessant.«

Man hört die Gänsefüßchen um das Wort *Theorie*, aber auch sie scheint gefesselt zu sein. Geister als Fehler bei der Speicherverwaltung, das hat schon was.

»Und wie hängt das mit dem Voynich-Manuskript zusammen?«, frage ich. »Wie seid ihr darauf gekommen?«

»Das ist mir eingefallen«, sagt Sina. »Ich weiß nicht mehr genau, warum, aber als Harald von verschiedenen Versionen unserer Welt erzählt hat, ist mir das Buch eingefallen.«

Ich hake nach:

»Meint ihr, das Buch ist ein Überbleibsel aus einer anderen, einer früheren Version unserer Welt? Das beim Update auf den neuen Release irgendwie nicht überschrieben wurde?«

Einerseits finde ich den Gedanken absurd, dass es eine frühere Version unserer Welt gegeben haben soll, aber andererseits: wenn man den Gedanken mal als gegeben hinnimmt, würde das tatsächlich zusammenpassen. *Gedankenexperiment.*

»Das kann gut sein. Es sind Menschen abgebildet, und es ist Schrift enthalten. Alles wirkt irgendwie vertraut, aber der Inhalt ist komplett unverständlich und konnte bisher auch nicht ansatzweise entschlüsselt werden. Statistische Aussagen zu Worthäufigkeiten stimmen mit denen von echten Sprachen aber überein«, erklärt Hari.

»Was ist das für ein Manuskript? Wie sieht es aus?«, fragt Ulla.

Ihre Skepsis scheint langsam echter Neugier zu weichen.

»Ich habe es auf dem Computer, kommt mit.«

Wir stehen auf und versammeln uns um Haralds Bildschirm. Ulla bekommt den Platz auf dem Stuhl, dahinter steht Sina. Hari und ich stehen daneben. Ulla klickt sich durch einige Bilder, versucht den Text zu entziffern, betrachtet die Bilder und Zeichnungen.

»Faszinierend«, sagt sie nach einiger Zeit mehr zu sich selbst, wendet sich dann aber an ihren Bruder. »Und das wurde nie entschlüsselt oder übersetzt?«

»Bis jetzt noch nicht, soweit ich weiß. Es gibt ein paar Erklärungsversuche, aber die sind sehr widersprüchlich.«

»Und jetzt haben wir einen weiteren Erklärungsversuch gefunden. Einen, der mir eigentlich ganz logisch erscheint.« Sina scheint tatsächlich Gefallen an Haris Gedankengebäude zu finden.

Ulla klickt noch ein bisschen weiter. Scheinbar ist sie mit der Maus ein bisschen daneben, denn plötzlich schiebt sich ein anderes Fenster in den Vordergrund.

»Ups, Entschuldigung. Was habe ich jetzt angerichtet?«

Der normale Computer-User wechselt in solchen Situationen gewöhnlich in den Panik-Modus. So auch Ulla.

»Alles in Ordnung, du hast nur versehentlich auf ein Fenster im Hintergrund geklickt«, beruhigt Hari.

Sina blickt interessiert auf die Zeichen, die auf dem Bildschirm zu sehen sind. Sie erinnern zum Teil an Ornamente, zum Teil an verschnörkelte Buchstaben: ein A mit einem zusätzlichen Mittelstrich, ein B mit drei Bögen, dazwischen sonderbar geometrische Formen. Darunter ist in kleinerer Schrift die Übersetzung angefügt.

»Was ist das?«, fragt sie.

»Das ist die Schrift der Mi'kmaq«, erklärt Hari, als sei damit alles gesagt. *Klar, wer kennt sie nicht.*

Als Hari nach einer gefühlten Ewigkeit immer noch keinerlei Anstalten macht, das genauer auszuführen, frage ich:

»Ich bin jetzt nicht über den Kenntnisstand der hier Anwesenden im Hinblick auf fremde Schriften und Kulturen auf dem Laufenden, aber für mich als Laien: wer sind die Mi'kmaq?«

»Die Mi'kmaq leben heute hauptsächlich noch in Kanada, ein Indianerstamm«, antwortet Hari.

Dann wieder Stille.

Oh Mann. Heute muss man Hari alles aus der Nase ziehen.

»Ja?«, entgegne ich vorsichtig.

»Im 17. Jahrhundert hat ein katholischer Missionar eine Schrift für sie entwickelt, um Gebete und Lieder in für sie verständlicher Form aufzuschreiben, hier zum Beispiel das Vaterunser. Interessanterweise verwendet er für das Wort *Name* ein Gebilde –«, er deutet auf den Bildschirm, »das dem sehr ähnelt, das die Ägypter in ihren Hieroglyphen verwendet haben. Der Stein von Rosetta wurde aber erst 1822 übersetzt.«

»Hat das auch mit deiner Theorie zu tun?«, fragt Ulla.

»In gewisser Weise ja – mir ist aufgefallen, dass es in der Geschichte immer wieder unerklärliche Synchronizitäten gab, also Ereignisse, die scheinbar unabhängig voneinander fast gleichzeitig passiert sind. Einige Erfindungen sind zum Beispiel von zwei Leuten unabhängig voneinander gemacht worden«, erläutert Hari.

»Das muss nicht unbedingt eine *übernatürliche* Ursache haben«, werfe ich ein. »Für manche Erfindungen oder Entdeckungen war einfach die Zeit reif, um es mal salopp auszudrücken. Wenn sich viele Forscher auf der Welt zum Beispiel mit Elektrizität beschäftigen, entdecken sie über kurz oder lang unabhängig voneinander dieselben Phänomene.«

»Das stimmt, aber diese Erklärung funktioniert nicht für *alle* Zufälle und Übereinstimmungen. Ich habe lange recherchiert, und zum Beispiel diese Schrift hier entdeckt. Manche Zeichen sind irgendwelche Schnörkel oder Abwandlungen von bereits bestehenden Buchstaben, andere sind symbolisch, wie das Pentagramm, das für *Himmel* steht – aber das hier ist eigentlich recht komplex aufgebaut, noch dazu für ein so einfaches Wort wie *Name*«.

Er deutet wieder auf das betreffende Zeichen.

»Es sieht aus wie eine Rakete – oder wie ein U-Boot«, wirft Ulla ein.

»Ich finde, es hat was von einem Fisch, obwohl es sehr eckig gezeichnet ist. Da sind auch kleine Wellen«, entgegnet Sina.

»Ja, aber die Wellen sind *im* Fisch, das ist doch eigentlich falsch«, widerspreche ich. Für mich sieht das Ding tatsächlich eher nach U-Boot aus. Der Schnörkel rechts könnte ein Propeller sein.

»Vielleicht ist er durchsichtig?« Sina lässt nicht locker.

»Aber selbst dann sollte das Wasser doch nicht *im* Fisch sein«, insistiere ich.

»Hm.«

Sina scheint nicht überzeugt zu sein, schweigt aber zu meinem Argument.

»Solche Synchronizitäten wirken manchmal wie ein neues Feature, das jetzt im Programm zur Verfügung steht und nun an vielen Stellen eingepflegt wird – je nachdem, wo es gerade gut passt und praktisch erscheint«, sagt Hari, mehr zu sich selber als zu den Umstehenden.

Entweder hat er die Diskussion mit dem U-Boot-Fisch gar nicht richtig mitbekommen, oder er hat sie als unwichtig ignoriert. Aber als Erklärungsversuch ist seine Idee erst einmal nicht von der Hand zu weisen. *UniversumOS Version X – jetzt mit Elektrizität! Installieren Sie noch heute die aktuellste Version und sparen Sie 20 Prozent (auf alles außer Tiernahrung).* Naja.

»Lasst uns drüben weiter diskutieren – der Kaffee wird kalt!«, erinnert Ulla.

Wir wechseln wieder an den Esstisch und stärken uns mit Kaffee und Keksen.

»Ich habe noch ein bisschen überlegt«, meint Sina plötzlich. »Vielleicht kann man bestimmte Spukerscheinungen tatsächlich mit Fehlern bei der Müllabfuhr im Speicher erklären, aber wäre es nicht auch möglich, dass jemand von *Außen* in unsere Welt kommt? Sich das mal nicht nur am Bildschirm anschauen möchte – oder was auch immer die für Geräte haben – sondern mal eintauchen will in die Welt?«

»Ein Programmierer, der nach dem Rechten sehen will? Ob noch alles gut läuft in seiner Welt?«, entgegne ich, halb im Scherz.

»Ein virtueller Hausmeister«, klinkt sich Hari ein.

»Die weiße Frau, die zum Saubermachen kommt«, hake ich nach.

Gelächter in der Runde.

»Bei euch weiß man nie, ob ihr das ernst meint, was ihr sagt«, meint Ulla.

»Tja, das wissen wir manchmal selber nicht«, entgegne ich.

Tatsächlich bin ich mit Hari – was den Humor betrifft – auf einer Wellenlänge. Für Außenstehende ist es nur schwer bis unmöglich, herauszufinden, was wir ernst meinen und was ironisch ist. *Ich* weiß es, und Hari auch. Meistens.

Sina scheint intensiv zu überlegen, dann setzt sie an:

»Klar, so was wäre denkbar.«

Sie macht eine kurze Pause.

»Meint ihr, es gäbe auch Besucher? Jemand von *Außen*, der sich das mal aus der Nähe ansehen will, aber unerkannt bleiben will?«

Immer, wenn Sina ›außen‹ sagt, hat ihre Stimme diesen besonderen Klang – so, als wäre das, was außen ist, eine besondere Welt. Gut, das wäre sie sicher auch, wenn es sie gäbe – unerreichbar für uns, und natürlich unvorstellbar. Nur dass wir Menschen immer versuchen, uns das Unmögliche vorzustellen. Das klappt auch ganz gut, wenn man zum Beispiel mal an Quantenmechanik denkt.

»Spaß beiseite«, entgegnet Hari. »Ich glaube ernsthaft, dass das tatsächlich möglich wäre. Vielleicht ist das sogar die beste Möglichkeit, uns eingehend zu studieren.«

Ich muss an unseren ›Feldversuch‹ denken. Vielleicht haben wir nicht nur die falschen Personen befragt, sondern nach den falschen Personen gesucht? Keine *unechten* Menschen, sondern solche, die von außerhalb kommen, sich in unsere Welt einklinken und irgendwann wieder spurlos verschwinden.

Sina bekommt leuchtende Augen.

»Stellt euch das mal vor! Eine fremde Welt besuchen, die vielleicht ganz anders ist als die eigene – eintauchen und alles aus eigener Erfahrung miterleben. Wie ein Tiefseetaucher!«

»Oder ein Astronaut«, wirft Ulla ein.

»Ja, genau, ein Astronaut. Nur, dass er sich nicht im Weltraum bewegt, sondern in einer Simulation. Ein Simulanaut!«

»Das klingt sehr sperrig, irgendwie. Simulanaut ... Simulnaut ... Simunaut«, probiert Ulla aus.

»Warum nicht gleich *Sina*ut?«, entgegne ich im Spaß, als Anspielung auf Sinas Namen.

Sina wirft mir einen seltsamen Blick zu – sie grinst, aber in ihren Augen scheint von weit her ein schwaches Leuchten zu kommen. Liegt es daran, dass sie sich gerade vorstellt, in eine fremde Welt einzutauchen? Oder bilde ich mir das nur ein?

Ulla schenkt Sina ebenfalls einen erstaunten, fast erschrockenen Blick. Habe ich wieder mal was falsches gesagt?

Hari hebt die Kaffeekanne und reißt mich aus meinen Gedanken.

»Oh, leer. Soll ich ...?«

Ulla springt auf.

»Ich mach das schon«, sagt sie und geht mit der Kanne in die Küche.

»Ihr seid ja ein gutes Stück vorangekommen mit eurer Theorie«, sage ich, um das Gespräch wieder in Gang zu bringen.

»*Unsere* Theorie? Da hängst *du* jetzt auch mit drin, Martin. Aber das bleibt unter uns«, ergänzt sie verschwörerisch, »unser Geheimnis«.

Sie zwinkert mir zu, und das schwache Leuchten ist verschwunden.

»Genau«, pflichtet Hari ihr bei. »Du bist jetzt einer von uns – und du weißt, was mit Verrätern passiert«.

Wir lachen – während ich Sina nicht komplett deuten kann, weiß ich, wie Hari seine Warnung gemeint hat. Ironie auf 100 Prozent.

Ulla kommt zurück.

»Was lacht ihr so? Erzählt ihr euch Witze, während ich nicht da bin?« Auch sie grinst.

»Wir haben nur Martin klargemacht, dass er jetzt ein Mitverschwörer ist – es gibt kein Zurück mehr, übrigens auch nicht für dich.«

Sina grinst und deutet auf Ulla.

»Dann fehlt eigentlich nur noch Gerd!«, sagt Ulla.

Gerd? Ich blicke verdutzt zu Hari, der die Augen verdreht.

»Oh nein, bitte nicht. Ich war letztens bei ihm, weil die Heizung doch nicht richtig funktioniert hat. Und da hat er doch steif und fest behauptet, dass er manchmal nachts hören kann, wie sich die Erde dreht.«

Hari schüttelt den Kopf.

Ulla ergänzt: »Gerd, also Gerd Hunder, ist der Busfahrer, der direkt unter uns wohnt.«

Sie deutet nach unten.

»Ich weiß nicht, ob es an den langen Fahrten liegt, oder am Kontakt mit so vielen verschiedenen Menschen, aber irgendwie hat er ... komische Ideen«.

»Maschinen, die aus dem Nichts Energie erzeugen, und nur deshalb als Humbug abgetan werden, damit die Regierung uns unterdrücken kann. Mit Steuern auf Energie! Und die Außerirdischen nutzen das natürlich und haben uns besucht, aber das dürfen wir nicht wissen, weil ja dann auch der Schwindel mit der Energie aufgedeckt wird. Mit unbegrenzter Energie kann man ja auch mit Überlichtgeschwindigkeit reisen – alles kein Problem.«

Harald greift sich an die Stirn.

»Ich wette, er schläft mit einem selbstgebastelten Helm aus Alufolie«, fügt er hinzu.

»War ja nur Spaß – wir erzählen ihm nichts davon«, beschwichtigt Ulla.

Sie gießt allen frischen Kaffee ein, dann hebt sie die Tasse:

»Also dann, auf uns Verschwörer – auf die Theorie!«

»Halt!«, ruft Sina – so plötzlich, dass Ulla zusammenzuckt und fast den Kaffee verschüttet.

»Es ist Licht, kein Wasser.«

Ich weiß nicht, worauf Sina hinauswill, bin aber sicher nicht der einzige in dieser Runde. Auch Hari und Ulla blicken verständnislos.

»Der Fisch! Er leuchtet! Es ist ein *Lichtfisch*!«, ergänzt sie und strahlt selbst, als würde sie leuchten.

Während ich immer noch auf dem Schlauch stehe, scheint Hari begriffen zu haben:

»Du meinst das Symbol für *Name*?«

»Ja klar! Licht ist doch eine Welle, oder?«, erklärt Sina.

Ich glaube, ich fange jetzt besser nicht an, einen ausgedehnten Vortrag über den Welle-Teilchen-Dualismus zu halten. Licht ist nicht immer eine Welle, aber in vielen Fällen schon, und vermutlich auch im Inneren eines durchsichtigen Fisches.

Hari scheint den gleichen Gedanken zu haben und murmelt: »Manchmal schon.«

Sina geht auf diese Relativierung ihrer Aussage gar nicht ein. Auch sie hebt nun die Tasse und deklamiert feierlich:

»Wir nennen sie deshalb: die *Lichtfisch*-Theorie.«

Warum auch nicht? Mir fällt ein, dass der Fisch ja auch schon im frühen Christentum als Symbol im Untergrund verwendet worden ist. Interessanter Gedanke, wobei unsere Theorie vermutlich niemals den Charakter einer Sekte oder gar Religion annehmen wird.

Andererseits gibt es wahrscheinlich genügend Verschwörungstheoretiker, die diese Theorie mit Handkuss entgegennehmen und sich gleich mal prophylaktisch ein bisschen Alufolie um den Kopf wickeln würden, damit die Idee frisch bleibt – und nicht vom Geheimdienst mit Tachyonen aus dem Kopf gesaugt wird.

Ich hebe also meine Tasse und schließe mich an: »Auf die Theorie! Auf die Lichtfische!«

Alle stimmen ein: »Auf die Lichtfische!«

Wir stoßen mit unseren Kaffeetassen an. Ich frage mich, ob schon jemals eine Verschwörung an einem Kaffeetisch besiegelt wurde.

Nachdem dieser Bund besiegelt wurde, herrscht Stille. Jeder trinkt und stärkt sich mit einem Keks.

Ich blicke vorsichtig in die Runde. Alle scheinen gerade ihre persönliche Variante der Lichtfisch-Theorie gedanklich durchzuspielen.

Eine interessante Truppe, die da am Tisch sitzt. Hari scheint die Sache sehr ernst zu nehmen, zumindest sind seine Recherchen in Bereiche vorgedrungen, die mit anfänglicher *was-wäre-wenn*-Begeisterung nicht mehr abgetan werden können. Geister, Updates in der Welt, zunehmende Komplexität – vielleicht ist deswegen auch Ulla mit an Bord. Es ist ja nicht mehr ›nur‹ eine Computergeschichte, sondern betrifft und verändert die Sichtweise auf alles.

Und Sina? Ihr Faible für Geschichten, Neues, Unentdecktes fällt hier auf einen fruchtbaren Boden, aber ich habe das Gefühl, da ist noch mehr … irgendwas, was ich noch nicht benennen kann.

Und wo stehe ich? Klar, die Theorie hat eine spezielle Anziehungskraft und ist deutlich ausgereifter und in sich konsistenter als das Meiste, was sich bisher aus irgendwelchen Hirngespinsten entwickelt hat. Fast alles ist nach und nach wieder in der Versenkung verschwunden. Meine I-Ging-Musikbox ist gedanklich mittlerweile auch schon wieder unter ›Nette Idee, aber ...‹ abgelegt und wird wohl nicht den Weg in unsere Realität finden.

Eine Bürokraft, eine Altenpflegerin und zwei Physiker, die irgendwo in der Informatik hängengeblieben sind: ich fürchte fast, dass auch die ›Lichtfische‹ irgendwann wieder ins Dunkel des Vergessens abtauchen: Nette Idee, aber das Leben geht weiter.

Eine halbe Tasse Kaffee und ein, zwei Kekse später ergreift Sina das Wort.

»Es gibt da eine Geschichte von einem Traum, die ich vor einiger Zeit mal gehört habe. Mir geht die Sache seitdem nicht mehr aus dem Kopf, und ich frage mich, ob es da irgendwelche Zusammenhänge gibt, und ob sich das irgendwie mit unserer Theorie verbinden lässt.«

In Sachen Gedankensprünge scheint mir Sina Hari fast ebenbürtig zu sein. Aber Sinas Geschichten sind klasse. Ich rutsche ein bisschen nach hinten und lehne mich zurück.

»Von Zhuang Zhou, einem chinesischen Philosophen, der vor gut 2000 Jahren gelebt hat, gibt es ein Gleichnis, den *Schmetterlingstraum*. Ein Mann träumt, er sei ein Schmetterling, der glücklich von Blüte zu Blüte flattert und nicht weiß, dass er ein Mensch ist. Plötzlich wacht dieser Mann auf und erinnert sich an den Traum. Nun stellt sich ihm die Frage, ob er ein Mann ist, der sich als Schmetterling geträumt hat, oder ob es nicht umgekehrt sein könnte: er ist in Wirklichkeit ein Schmetterling und träumt nur davon, ein Mann zu sein.«

Ulla blickt auf. Sie spricht leise und zögerlich:

»Darüber habe ich auch schon nachgedacht, als Kind eigentlich schon. Wäre es möglich, dass man jemand anders ist, der zum Beispiel im Koma liegt und mein Leben nur träumt? Was wäre, wenn die Ärzte diesen träumenden Körper irgendwann so weit heilen, dass die Träumende wieder wach wird? Wenn mein ganzes bisheriges Leben nur ein Traum war und ich in einer völlig anderen Welt aufwache? Als Kind fand ich die Vorstellung furchteinflößend, dass dann meine Eltern und meine Freunde ja nur geträumt waren. Ich wache plötzlich in einem Krankenhaus auf, und neben mir stehen meine *richtigen* Eltern, die ich vielleicht gar nicht mehr erkenne, weil ich ja so lange im Koma gelegen habe. Und alles, was ich erlebt habe, war nur ein Traum und ist unwiederbringlich verloren.«

Ich nicke bestätigend, denn tatsächlich habe ich als Kind – wie vermutlich jeder – darüber nachgedacht, ob ich wirklich *ich* bin, oder ob alles nur ein Traum ist. Ich habe darüber aber nie mit jemandem geredet. Erstens bin ich immer der Meinung gewesen, dass sich alle anderen keine Gedanken über so etwas machen, und zweitens, dass man eventuell aufwacht, wenn man zu viel darüber nachdenkt, dass man vielleicht träumt.

Auch Hari nickt. Mit ihm hätte ich darüber reden können, aber ich habe Hari erst im Studium kennengelernt, und da haben wir dann über andere Themen, andere Sorgen, andere Hirngespinste gesprochen. Viel Blödsinn, meistens.

Er meldet sich zu Wort:

»Ich glaube, ein Schmetterling und ein Mensch sind zu grundverschieden, als dass sie wirklich voneinander träumen könnten, wie es im Körper des jeweils anderen wäre. Genauso gut kann es ja auch sein, dass Wale oder Delfine so intelligent sind wie wir, aber eben so andersartig, dass wir ihre Intelligenz nicht erkennen, und sie unsere nicht. Aber bei zwei Menschen oder zumindest menschenähnlichen Wesen …«

Er lässt das Ende des Satzes unausgesprochen im Raum hängen. Sina greift den Faden auf:

»Wenn man ein Besucher von *Außen* wäre, der sich irgendwie in die Simulation einklinken kann und so eintauchen kann, dass er nicht mehr weiß, dass er jemand anders ist, sondern glaubt, er sei ein ganz normaler Mensch – wisst ihr, was ich meine? Wäre das möglich?«

»Ganz dabei sein, nicht nur zuschauen?«, werfe ich ein. »Ich glaube schon, dass das möglich wäre. Als Kind und auch als Erwachsener kann man sich ja im wahrsten Sinne *selbstvergessen* mit irgendetwas beschäftigen. Im Kindergarten eher mit Wachsmalkreiden, als Erwachsener in meinem Fall zum Beispiel mit Musik.«

Eins werden mit dem, was man tut. Instrument und Finger verschmelzen zu einem größeren Ganzen. Der Kopf schaltet um vom bewussten ›was mache ich gerade‹ zu einer unbewussten Reaktion von dem, was man hört, auf das, was man tut, zu dem, was daraus wieder an Klängen entsteht. Ein ewiger Kreislauf aus Hören und Spielen. Die Zeit schrumpft zu einem endlosen Moment, einem im positiven Sinne unpersönlichen Jetzt.

Und dann klingelt der Paketbote an der Haustür ...

»Guter Vergleich. Meistens fühlt es sich *richtig* an, der richtige Körper, das richtige Leben, man ist *drin*. Aber es gibt Momente, in denen man sich von außerhalb beobachtet und sich nicht sicher ist, ob as alles hier wirklich *echt* ist? Ob man selber *echt* ist?«, fragt Sina.

»Meinst du wirklich, dass das Gefühl irgendetwas mit Besuchern von *Außen* zu tun hat? Ich glaube, solche Gedanken hat doch jeder irgendwann einmal.«

Ulla stutzt und macht eine kurze Pause, bevor sie weiterspricht.

»Wobei es im Prinzip ja tatsächlich sein könnte, dass man so in seiner *Besucherrolle* aufgeht, dass man vergisst, woher man eigentlich kommt. So wie Martins Beispiel mit dem Kind und den Wachsmalkreiden«, fährt sie fort, eher an sich selbst gerichtet. »Aber das glaube ich nicht, das kann ich mir nicht vorstellen.«

Ich nicke und erinnere mich an den Blick von Sina bei meiner Anspielung mit den Sinauten. Sina ist von unserer Truppe tatsächlich diejenige, bei der ich mir am ehesten vorstellen könnte, dass sie von *Außen* zu uns kommt. Einerseits steht sie mit beiden Beiden im Leben, aber es schwingt tatsächlich noch etwas anderes mit, etwas Unerklärliches, etwas, das *nicht von dieser Welt* zu sein scheint.

Andererseits: kennt nicht jeder das Gefühl, dass man neben sich steht, dass man manchmal nicht reinpasst in die Welt?

Mit fällt Charlie Brown ein.

»Vielleicht ist es auch ganz anders, viel einfacher. Es gibt einen Comicstrip von den *Peanuts*, in dem Charlie Brown sinngemäß sagt, dass es Tage gibt, die zu eng sind. Man kommt einfach nicht richtig rein in den Tag.«

»Wie eine Hose, die zu eng ist und ständig zwickt?«, ergänzt Ulla.

»Ja, genau. Dann gehst du zum Einkaufen und denkst aber dauernd an die Hose. Vielleicht ist es das?«

»Das könnte schon sein«, sagt Sina, aber sie klingt nicht vollends überzeugt.

Ursula Stein-Schrag, 2019-03-16

Ulla und Harald sitzen im Esszimmer. Obwohl sie sich eine Wohnung teilen, kommt es selten vor, dass sie gemeinsam zu Abend essen. Oft ist abends noch irgendwas zu tun, zu erledigen, und so hat sich die tägliche Routine von einem Miteinander zu einem Nebeneinander verschoben. Eigentlich sehr schade.

»Warum hast du bisher nie von der Theorie erzählt? Ich fand das heute sehr spannend, was da alles besprochen wurde.«

Harald überlegt.

»Ich war mir nicht sicher, ob das nicht nur ein Hirngespinst ist. Ganz sicher bin ich mir immer noch nicht, aber durch die Vorschläge und Ideen der anderen fügt sich das Ganze tatsächlich zu einem plausiblen Konstrukt zusammen.«

»Was mich erstaunt hat: die Erklärung für die Geistererscheinungen oder auch das Voynich-Manuskript lassen sich offenbar mit Fehlern im Programm erklären. Ich dachte immer, die Fehler macht der Nutzer? Computer sind doch unfehlbar, oder?«

»O nein, Software ist fast nie fehlerfrei. Computer arbeiten im Binärsystem, da gibt es nur Eins und Null, Strom oder kein Strom, das ist tatsächlich exakt – zumindest im Prinzip. Aber jedes Computerprogramm, das eine gewisse Komplexitätsstufe überschreitet, hat eigentlich immer Fehler.«

Harald lehnt sich zurück und seufzt.

»Das ist ein Großteil meiner täglichen Arbeit. Kunden rufen an, weil irgendwas nicht funktioniert. In vielen Fällen sitzt der Fehler vor dem Computer, aber ab und zu liegt es tatsächlich am Programm selbst. Und jetzt handelt es sich in meinem Fall nur um eine Vereinsverwaltung und nicht um eine komplexe Simulation.«

Er betrachtet geistesabwesend sein Wasserglas, das er in der Hand hält und hin und her dreht.

In Haralds Stimme schwingt ein bisschen Frustration mit, die Ulla hellhörig werden lässt.

Als Kind hat Harald sehr schnell den Spitznamen ›Einstein‹ abbekommen, was zu einem Teil sicher mit seinem Nachnamen zu tun hat, zum anderen aber mit seinem ungebremsten Forscherdrang. Er hat allen ständig Löcher in den Bauch gefragt, hat alles genau wissen und verstehen wollen. Die Eltern haben immer gesagt, dass er mal ein berühmter Professor wird und den Nobelpreis bekommen wird. Natürlich war das nicht ganz ernst gemeint, aber vor ihrem inneren Auge hat sich eine erfolgreiche Forscherkarriere mehr oder weniger deutlich abgezeichnet.

Was sie wohl sagen würden, wenn sie uns beide jetzt sehen könnten? Wären sie enttäuscht, oder hätten sie Verständnis? Wäre es denn überhaupt so weit gekommen, wenn der Unfall nicht passiert wäre? Schwer zu sagen.

»Bist du denn zufrieden mit deiner Arbeit?«, fragt Ulla.

Harald blickt auf.

»Zufrieden? Ich glaube schon. Ich meine: es ist ein Job, er ist ganz gut bezahlt, ich habe relativ viele Freiheiten in der Arbeitszeitgestaltung – und ich kann nebenbei irrwitzige Theorien entwickeln.«

Er grinst etwas hilflos.

»Ob es in der Forschung besser gelaufen wäre, weiß ich nicht. Mittlerweile sind die Bedingungen anders geworden. Die Physiker sind sich uneins, ob die Stringtheorie wirklich funktioniert, die große Vereinheitlichung lässt auf sich warten, die Teilchenbeschleuniger werden immer größer und teurer, die Ergebnisse der Experimente dort aber immer enttäuschender.«

Sein Atem klingt wie ein Seufzer.

»Früher wäre es echt spannend gewesen, Physiker zu sein, aber jetzt? Einsteins Relativitätstheorie ist schon hundert Jahre alt, und die Quantenmechanik gibt es auch schon fast so lange. Man hat momentan den Eindruck, dass sich die Physiker krampfhaft an Ideen klammern, die so komplex sind, dass sie vielleicht nie nachweisbar sind. Paralleluniversen sind so ein Fall.«

»Paralleluniversen?«, fragt Ulla.

Sie ist sich nicht sicher, ob sie dem Rest noch folgen können wird, will es aber diesmal tapfer versuchen. So viel hat Harald schon lange nicht mehr zu ihr im Bezug auf seine Arbeit gesagt, da will sie nun nicht gleich wieder das Thema abblocken.

»Du musst dir vorstellen, dass es verschiedene Naturgesetze gibt: die Schwerkraft, den Magnetismus, die elektrische Anziehungskraft und so weiter. In den Atomen gibt es noch die starke und die schwache Wechselwirkung, aber darauf kommt es jetzt nicht an. Dann hast du irgendwelche Teilchen: Elektronen, Protonen, Neutronen. Die bilden zusammen die Atome.«

»Ja, soweit kann ich dir folgen.«

Zumindest so ungefähr.

»Bei der Schwerkraft ist es so, dass die mit dem Quadrat des Abstandes zusammenhängt. Wenn du den Abstand von zwei Körpern verdoppelst, sinkt die Anziehungskraft auf ein Viertel. Das hängt mit dem Raum zusammen, der ja bekanntermaßen dreidimensional ist. Aber warum ist er dreidimensional?«

»Wie soll er denn sonst sein?«

»Wenn er nulldimensional wäre, wäre alles auf einem Punkt konzentriert, das ergibt wenig Sinn, ebenso eindimensional, da würde alles auf einer Linie existieren. Zwei Dimensionen wären schon eher denkbar, dann wären wir flach wie diese Tischplatte hier. Komplexes Leben wäre dann aber sicher nicht möglich.«

Vor Ullas innerem Auge erscheint eine endlos ausgedehnte Tischplatte, auf der kleine, flache, käferähnliche Wesen herumkrabbeln.

»Wieso nicht?«

»Du darfst nicht an Insekten oder so etwas denken, eher an eine Zeichnung auf einem Blatt Papier. Warte mal.«

Harald steht auf und kommt mit Papier und Bleistift aus dem Arbeitszimmer zurück. Er schiebt seinen Teller zur Seite und malt einen Kreis aufs Papier.

»Das ist ein zweidimensionales Lebewesen. Es braucht vielleicht noch Augen, um sich zu orientieren.«

Er malt zwei dicke schwarze Punkte an den Kreis.

»Dann braucht es einen Mund, um sich zu ernähren, den malen wir mal zwischen die Augen. Und hier kommt das Problem. Wenn der Mund in einen Magen führt, dann ist das ja noch in Ordnung, aber wohin mit dem unverdaulichen Rest?«

Er blickt Ulla erwartungsvoll an.

»Naja, ich würde hinten eine Öffnung für den Rest ansetzen«, erwidert sie.

Harald grinst.

»Wenn ich das mache ...«

Er zeichnet ausgehend vom Mund eine sackförmige Erweiterung, die dann zum gegenüberliegenden Teil des Kreises führt. Dann dreht er den Bleistift um und radiert beide Öffnungen frei.

»... dann zerfällt mein Lebewesen in zwei Teile.«

Er schraffiert die beiden Körperhälften mit dem Bleistift, um seinen Punkt zu verdeutlichen.

»Stimmt«, sagt Ulla. »Dann habe ich zwei halbe Wesen. Das würde also nur funktionieren, wenn der Mund gleichzeitig der Enddarm wäre. Keine besonders appetitliche Vorstellung.«

»Genau. Also drei Dimensionen, das ist definitiv besser. Aber warum nicht vier oder fünf?«

»Wie sehen denn vier Dimensionen aus?«

»Wir sind drei Dimensionen gewöhnt und können daher vierdimensionale Objekte berechnen und eine dreidimensionale Ansicht davon generieren, aber richtig vorstellen können wir uns so etwas nicht. Es gab mal einen Mann, der das versucht hat: Charles Howard Hinton hat es angeblich mit Modellen und Zeichnungen geschafft, sich einen vierdimensionalen Gegenstand vorzustellen. Ich persönlich glaube das nicht, aber genau so, wie man einen dreidimensionalen Würfel auf ein zweidimensionales Blatt Papier malen kann, so kann man einen vierdimensionalen Würfel in drei Dimensionen darstellen.«

»Irre.«

»Schau mal unter ›Tesserakt‹ im Internet.«

Harald grinst.

»Aber zurück zum Thema: wir haben nun die Festlegung von drei Dimensionen, warum auch immer. Dann gibt es diese Teilchen. Das Elektron ist fast 2000 Mal leichter als das Proton. Warum? Wer hat das festgelegt? Dann die ganzen Kräfte: warum ist die Gravitation, also die Kraft, die uns auf der Erde hält, so schwach?«

»Schwach? Immerhin hält sie uns doch am Boden fest!«, widerspricht Ulla.

»Das liegt daran, dass die Erde so riesig ist. Wenn ich ein kleines Papierkügelchen hier auf den Tisch lege, bleibt es natürlich liegen. Aber nehme ich einen Luftballon und reibe den an einem Wollpulli oder an den Haaren, ist die elektrische Kraft stärker und zieht das Kügelchen nach oben.«

In Haralds Augen leuchtet es. Ulla ist fasziniert davon, wie gut und anschaulich ihr Bruder erklären kann. Okay, die Sache mit den vier Dimensionen ist ihr jetzt nicht ganz klar geworden, aber den Trick mit dem Luftballon haben sie als Kinder öfter gemacht. Harald hat den Ballon natürlich immer an Ulla Haaren gerieben, worauf ihre Haare in alle Richtungen abgestanden sind, und dann entweder Papierkügelchen springen lassen oder den Ballon an die Zimmerdecke gehalten, wo er dann eine ganze Weile hängengeblieben ist.

»Ich erinnere mich. Bitte keine Demonstration!« lacht Ulla und hebt die Hände schützend über ihren Kopf.

»Ok, keine Angst, ich lasse deine Frisur in Ruhe«, erwidert Harald und muss ebenfalls lachen. Er fährt fort:

»Aber der Punkt ist der: warum sind die Naturgesetze so, wie sie sind? Könnte es nicht auch anders sein? Und genau da setzen die Paralleluniversen an, genauer gesagt: die eine Art von Paralleluniversen.«

Gibt es denn mehrere Arten? Ulla fürchtet, dass sie irgendwann den Anschluss verlieren wird, aber eigentlich genießt sie den Moment, die Zeit mit ihrem Bruder, der so nah ist und doch oft so fern wirkt. Sie lauscht seinen Erklärungen, spürt seine Begeisterung. Man muss vielleicht ja nicht alles im Detail verstehen.

»Eine Theorie besagt nämlich, dass sämtliche Naturgesetze, sämtliche Konstanten jeden beliebigen Wert annehmen können und ein eigenes Universum bilden, das in sich abgeschlossen ist. Bei manchen verhindert die spezielle Konstellation, das etwas aufregendes passiert, sie bleiben klein und ziehen sich schnell wieder zusammen, andere dehnen sich viel zu schnell aus und bleiben leer. Wieder andere können keine stabilen Atome bilden und so weiter.«

Er deutet mit einer großen Armbewegung um sich.

»Wir leben zufällig in einem Universum, in dem alles so aufeinander abgestimmt ist, dass sich Leben entwickeln konnte. Wäre es nicht so, gäbe es uns nicht und wir könnten das Universum folglich auch nicht beobachten.«

»Kann man denn diese anderen Universen besuchen? Ich meine, wenn sie groß genug sind und auch sonst alles – passt?«

Ulla ist sich nicht sicher, ob sie das mit den Naturgesetzen richtig verstanden hat, aber sie hat eine vage Vorstellung von riesigen schwarzen Blasen, manche größer, manche kleiner, die nebeneinander in einem – ja, was eigentlich? – vermutlich noch größeren schwarzen Raum schweben.

»Nein, jedes Universum ist in sich geschlossen. Es gibt keine Grenze, die man passieren könnte, um aus einem Universum herauszukommen. Raum und Zeit entstehen erst in jedem Universum, und genau da liegt meiner Meinung nach das Problem: ich weiß nicht, warum die Naturkonstanten so und so festgelegt sind, also behaupte ich, dass jede Kombination irgendwie möglich ist und auch ausprobiert wird. Aber damit schiebt man das Grundproblem nur eine Stufe höher hinauf. Wo ist den dieser ›Raum‹, in dem die verschiedenen Universen entstehen? Und warum entstehen sie? Gibt es ein ›Über-Naturgesetz‹, das die Bildung von Universen vorschreibt? Und wenn ja: wie lautet es?«

Harald gießt sich noch Wasser nach, trinkt einen Schluck und fährt dann fort:

»Es gibt dann noch eine weitere Art von Paralleluniversen. Ist jetzt auf die Schnelle vielleicht ein bisschen schwer zu erklären, aber du hast sicher schon mal von Schrödingers Katze gehört.«

Ulla nickt. Sie erinnert sich daran, dass ihr Harald während seines Studiums davon erzählt hat. Irgendwas mit Radioaktivität und Gift und einer Katze in einer Box, die gleichzeitig lebendig und tot ist, bis jemand nachsieht …

»Das mit der Katze würde so nicht funktionieren, aber mit kleinen Teilchen geht das tatsächlich, dass die zwei Eigenschaften gleichzeitig haben. Solange niemand hinsieht, hat ein Elektron sowohl spin up als auch spin down, und erst beim Beobachten legt es sich fest.«

»Spin up?«

»Okay, das ist jetzt zu kompliziert. Stell dir stattdessen vor, es könnte schwarz oder weiß sein. Solange keiner hinschaut, ist es irgendwie gleichzeitig schwarz und weiß.«

»Also grau?«

Ulla merkt, wie ihr das Thema langsam, aber sicher entgleitet.

»Ja, das heißt, nein.«

Harald scheint Ullas verständnislosen Blick richtig zu deuten und erklärt:

»Ein Elektron in unserem Farbmodell kann schwarz oder weiß oder beides zur selben Zeit sein, aber nicht grau als Zustand oder Farbe, wenn man so will, sondern immer als Überlagerung von schwarz und weiß gedacht. Wie die Katze, die ist ja gleichzeitig tot und lebendig, aber es gibt ja keinen eigenständigen Zwischenzustand – so etwas wie zweidritteltot.«

Scheintot, fährt es Ulla durch den Kopf, aber sie bleibt lieber still.

»Nachdem keiner versteht, wie das Elektron sich beim Beobachten entscheidet, ob es schwarz oder weiß sein will und dieser ganze Beobachtungsprozess irgendwie nicht in die trockenen Formeln passt, weil *beobachten* ja auch *verstehen* beinhaltet, ist irgendwer auf die Idee gekommen, dass sich in dem Moment, in dem sich das Elektron festlegt, sich das komplette Universum in zwei Kopien aufteilt: in einem Universum ist alles wie vorher und das Elektron weiß, im anderen ist auch alles wie vorher, aber das Elektron schwarz.«

»Und in welchem Universum sind dann wir?«

»In beiden. Uns gibt es dann zwei Mal.«

Zwei Mal? Wie soll das funktionieren? In Ulla regt sich Widerspruch.

»Aber mich als denkende Person gibt es doch nur einmal, ich spüre ja nichts von meiner Doppelgängerin. Woher weiß dann mein *ich*, auf welche Seite es wechseln muss?«

»Das fragt genau im selben Moment dein *alter ego* auch.«

Das muss Ulla erst einmal in Ruhe gedanklich sortieren.

Wenn ich mich aufteile und alles um mich herum auch, dann gibt es plötzlich zwei ›ichs‹, die aber ab dann nichts mehr miteinander zu tun haben. Eins davon bin ich, so wie ich hier sitze, und das andere ich sitzt hier und denkt vermutlich genau das gleiche wie ich. Ein Doppelgänger, von dem man weiß, dass es ihn gibt, den man aber nicht mehr erreichen kann – seltsamer Gedanke.

»Passiert das oft? Also nach der Theorie? Dass sich das Universum dupliziert?«

»Ständig. So oft, dass man mit dem Zählen nicht hinterherkommt, weil auf atomarer Ebene ja ständig quantenmechanische Entscheidungen getroffen werden. Und das passiert in jedem geteilten Universum. Aus eins wird zwei, aus zwei werden vier, acht, sechzehn und so weiter.«

Ulla versucht, sich das vorzustellen, aber der Kopf weigert sich, sich Tausende, vielleicht Millionen oder Milliarden von Ullas zu vergegenwärtigen, die alle an diesem Tisch (oder einem von Milliarden Parallel-Tischen) sitzen und an ihrer Unterlippe kauen.

Und ein paar davon haben damals zugestochen, schießt es ihr durch den Kopf.

»Auch das lässt sich eigentlich nicht nachprüfen, weil es keine Möglichkeit gibt, in ein Paralleluniversum zu reisen. Also ›löst‹ man ein Problem, indem man es in einen Bereich schiebt, der per Definition unzugänglich ist. Ein Beweis ist daher niemals möglich, und das finde ich aus wissenschaftlicher Sicht äußerst unbefriedigend.«

»Das klingt eher nach einer Verdrängungstaktik, irgendwie«, murmelt Ulla und versucht, das Messer aus ihren Gedanken zu verbannen.

»Richtig. Die Wissenschaftler gehen hier zwar eher von Prinzipien wie Symmetrie, Ästhetik und so weiter aus, aber im Grunde genommen wird das Problem immer nur auf die nächste Ebene weitergereicht. Und weil diese Art von Theorien schon aus Prinzip nicht beweisbar sind, stützt man sich auf Argumente wie Einfachheit, Schönheit und so weiter. Als ob eine Theorie nur deshalb richtig sein muss, weil sie mathematisch besonders elegant und formal einfach beschrieben werden kann.«

Ästhetik als mathematisches Entscheidungskriterium? Ulla war in Mathe nie schlecht, aber trotzdem würde sie nie freiwillig Formeln und Schönheit in einem Atemzug nennen.

Die Verschiebung der eigentlichen Problematik leuchtet ihr dagegen ein. Ob es jetzt ›nur‹ ein Universum oder unendlich viele davon gibt – einen Grund dafür, *warum* es so ist wie es ist, liefern beide Ansätze nicht.

Aber ist Haralds Ansatz nicht auch einfach eine Verschiebung des Problems auf eine andere Ebene, in dem Fall nach *Außen*?

»Deine, beziehungsweise unsere Theorie« – Ulla muss an den ›Schwur‹ mit erhobener Kaffeetasse denken und grinst innerlich – »verschiebt aber die Frage nach dem *Warum* auch aus unserer Welt, oder nicht? Wo steht denn der Computer, auf dem wir simuliert werden? Wer hat unsere Welt programmiert?«

Harald sitzt eine Zeitlang schweigend da. Er scheint zu überlegen, mit sich zu ringen. Ulla blickt ihn gespannt an.

Möchte wissen, was in seinem Kopf vorgeht. Obwohl wir Geschwister sind, ticken wir in bestimmten Bereichen doch ganz unterschiedlich.

»Das ist nicht ganz richtig«, erwidert Harald schließlich, »und das ist ein Bereich meiner – sorry – unserer Theorie, den ich noch nicht mit den anderen geteilt habe. Mir wäre es lieb, wenn du das folgende deshalb vorerst für dich behältst, einverstanden?«

Harald blickt Ulla fast flehentlich in die Augen. Die ganze Szene hat etwas ungewollt Komisches, weil sich Ulla an ähnliche Situationen aus ihrer Kindheit erinnert.

Auch damals hatte Harald schon Geheimnisse, in die er seine große Schwester hin und wieder eingeweiht hat. Einmal ist es eine tote Katze gewesen, die er im Wald gefunden hat, einmal ein Kuss, den ihm ein Mädchen aus seiner Kindergartengruppe auf die Backe gegeben hat. Ulla hat auch damals versprechen müssen, niemandem davon zu erzählen – und sie hat ihr Versprechen immer gehalten.

Ulla nickt. »Einverstanden.«

»Theoretisch könnte es sein, dass wir Avatare in dieser Simulation wären, also Spielfiguren, die von außen gesteuert werden. Alles, was wir aus freien Stücken heraus zu tun scheinen, wird in Wirklichkeit von *Außen* gesteuert.«

Ein erschreckender Gedanke, findet Ulla.

»Ich glaube das aber nicht«, fährt Harald fort. »Wenn die Simulation komplex genug ist, dann könnten wir als eigenständige Wesen darin existieren und frei und selbständig handeln – natürlich im Rahmen der vorgegebenen Naturgesetze. Sofern jemand von *Außen* ab und zu nach dem Rechten sieht und uns entweder beobachtet oder aber als Besucher in unsere Welt tritt, sollte es im Prinzip möglich sein, mit jemandem von *Außen* zu kommunizieren.«

»Wie meinst du das? Wir können doch nicht raus, oder?«

»Nein, wir können nicht raus. Aber sie könnten uns Botschaften in unsere Welt setzen. Ganz harmlose, unauffällige Dinge: eine Textpassage in einem Buch, ein Brief per Post. Oder eben als Simulnauten in unsere Welt kommen und direkt mit uns reden.«

»Hm. Ich überlege gerade, was ich machen würde, wenn ich einen Brief bekommen würde, in dem mir unsere Theorie erklärt wird, ohne dass wir vorher drüber gesprochen haben. Und selbst wenn *ich* es glaube: man würde mich vermutlich für verrückt erklären.«

»Ganz genau.«

Er nickt zur Bestätigung.

»Ich frage mich auch, *warum* diese Simulation existiert. Was für einen Zweck hat sie? Ist das ein Spaßprojekt eines Programmierers? Dient es der wissenschaftlichen Forschung da *draußen*? Ich persönlich glaube eher Letzteres. Selbst wenn *die da* solche Technologien beherrschen, um unsere Welt zu simulieren, dann hat die vermutlich nicht jeder auf seinem Schreibtisch stehen – oder was auch immer die für Möbel verwenden. Also scheint mir ein Forschungsprojekt wahrscheinlicher.

Dann aber würde ein Kontakt von uns mit dem *Außen* die Ergebnisse verfälschen, daher wäre das vermutlich gar nicht erwünscht. Ich glaube allerdings auch, dass es in jedem Forschungsteam mindestens einen gibt, der so neugierig ist, dass er auf die strengen Regeln pfeift und sich zu erkennen gibt, ein bisschen *Gott* spielt oder auch ernsthaft an einem Kontakt mit uns interessiert ist. Vielleicht jemand, der ein bisschen wie Elif Bekievit ist: der sich uns zwar nicht ausdenkt, aber aus anderen Gründen mit uns Kontakt aufnehmen will.

Daher sollten wir vorerst nicht zu viel Wirbel um das Ganze machen. Die Theorie an sich ist ungefährlich, denn sonst wäre ›Matrix‹ nie gedreht worden. Was die Kontaktaufnahme betrifft – da will ich vorerst nicht zu viel darüber reden. Ich glaube nicht, dass sie unsere Gedanken scannen, zumindest nicht dauernd – aber sicher ist sicher.«

Die letzte Wendung des Gesprächs kommt extrem überraschend. Kontaktaufnahme nach *Außen*? Das wäre ein echter Beweis – wenn man demjenigen Glauben schenkt, der davon berichtet, und ihn nicht in die Klapsmühle steckt. Ist das vielleicht sogar schon mal passiert?

Und *Gedanken scannen*? Der Gedanken daran fühlt sich absolut unangenehm an, wie eine Mischung aus nackt in der Öffentlichkeit zu stehen und als Ratte in einem Laborexperiment durch ein Labyrinth zu laufen.

Eine Frage drängt sich Ulla auf.

»Was glaubst du, was passiert, wenn es so wäre, wie du beschrieben hast: es ist ein Versuch, und einer von uns hätte Kontakt nach draußen – absichtlich oder unabsichtlich?«

»Vermutlich wird er gelöscht, mit allen Spuren, die er in der simulierten Welt hinterlassen hat.«

»Gelöscht?«

Der technische Begriff in diesem Zusammenhang erschreckt Ulla zutiefst. Jemanden nicht zu töten oder umzubringen, sondern einfach auszu*löschen* klingt noch viel kälter und herzloser. Also doch eher Ratte im Labor?

»Ist meiner Meinung nach einfacher, als das Programm noch mal neu zu starten.«

Martin Jone, 2019-04-04

»Trotzdem: wenn ein Typ eine Frau fragt, ob sie noch ›auf einen Kaffee‹ zu ihm reinkommen will, dann will er was von ihr«, insistiert Hanna.

Ich packe meine Aufzeichnungen zu den neu geprobten Songs in die Gitarrentasche und wickle die Kabel zusammen.

»Hm. Ich bin mir nach wie vor nicht sicher. In den meisten Fällen wirst du wohl recht haben, aber es gibt sicher Ausnahmen.«

Effektgerät und Gitarre sind nun auch verstaut.

»Und was ist im umgekehrten Fall? Wenn eine Frau einem Mann die Frage stellt? Will *sie* dann auch was von *ihm*?«, frage ich.

»Ich denke schon. Klar.«

»Ich kenne ein Gegenbeispiel: Sina. Als wir sie kennengelernt haben, du weißt schon, nach dem Weihnachtsmarktgig mit der Befragung, haben wir sie doch angequatscht, und sie ist sofort darauf eingestiegen. Irgendwann sind wir in einer Kneipe gelandet. Als Hari und ich dann tatsächlich irgendwann aufbrechen wollten, hat sie uns noch auf einen Kaffee zu sich eingeladen. Dann war der letzte Bus weg, und wir haben bei ihr im Wohnzimmer gepennt.«

Hanna schaut mich mit großen Augen an.

»Und da lief nichts? Kein flotter Dreier?«

Hanna grinst schelmisch, und sie würde uns vermutlich auch tatsächlich eine wilde Nacht zu dritt unterstellen.

»Nein! Wir haben noch diskutiert, bis spät in die Nacht, und sind dann schlafen gegangen.«

»*Jeder für sich!*«, füge ich noch hinzu, weil Hanna schon wieder anzüglich grinst.

»Ist ja gut, lass dich doch ein bisschen ärgern. Aber findest du Sina nicht attraktiv? Wenn Hari nicht dabei gewesen wäre – meinst du, es wäre dann anders verlaufen?«

Ich überlege kurz, stelle mir Sina vor meinem geistigen Auge vor.

»Also erstens wäre die Befragung ohne Hari nicht zustande gekommen, daher hätte ich Sina ohne Hari nicht kennengelernt, und zweitens: ja, Sina ist schon attraktiv, und ich mag sie sehr gerne – aber sie ist ja noch keine dreißig, das ist doch zu jung.«

»Ich kenne genügend alte Säcke, die mit Frauen rummachen, die ihre Töchter sein könnten, und du ziehst hier eine rote Linie, weil sie dreizehn Jahre jünger ist als du?«, stichelt Hanna.

»Danke für den Hinweis mit dem alten Sack, und es sind *zwölf* Jahre. Trotzdem: ich persönlich finde, man sollte altersmäßig in etwa auf dem gleichen Stand sein. Fünf Jahre hin oder her ist okay, aber mehr als zehn ist mir zu weit. Wenn ich mal fünfzig bin und immer noch Single, lasse ich mit mir neu verhandeln. Und bevor du jetzt mit Gegenargumenten kommst: wenn ich jemanden kennenlerne, der absolut passt, bei dem es sofort klickt, dann werde ich *nicht* zuerst den Altersunterschied nachrechnen.«

»Also hat es bei Sina nicht geklickt?«

Hanna blickt mich herausfordernd an.

»Nein, hat es nicht. Ich mag sie total gern, aber wir sind wesensmäßig zu unterschiedlich. Sie hat etwas Faszinierendes an sich, und gleichzeitig – wie soll ich es formulieren?«

Ja, was ist es eigentlich, was Sina so *anders* macht? Sie wirkt manchmal total kindisch, wobei das eigentlich zu negativ besetzt ist. Die Aktion mit den aufgeklebten Kulleraugen zum Beispiel. Ist cool gewesen, irgendwie. Lustig. Ein harmloser Spaß. Aber in anderen Situationen wirkt sie auf mich wie ein alter Zen-Meister, der in sich ruht und genau weiß, was er tut.

»Sie wirkt gleichzeitig jung und übermütig, aber auch wieder erfahren und, naja, alt – nein, reif. Erwachsen. Weißt du, was ich meine?«

Hanna nickt.

»Ja, ich weiß, was du meinst, den Eindruck hatte ich auch. Sie wirkt auf mich, als hätte sie viel mehr Lebenserfahrung als eine normale knapp Dreißigjährige. Obwohl ich ein paar Jahre älter bin, kommt es mir in Sinas Gegenwart oft so vor, als wäre ich die Jüngere. Ist seltsam.«

Hanna grinst. Ich nicke.

»So gesehen wäre sie dann natürlich schon wieder zu alt für dich.«

»Hm. Aber zumindest ist damit deine These widerlegt, dass ›auf einen Kaffee raufkommen‹ immer eine eindeutige Aufforderung ist.«

»Okay, einverstanden. Apropos: willst du noch auf einen Kaffee raufkommen?«

Hanna grinst anzüglich, aber ich weiß, wie sie es meint. Wir werden bei Auftritten ab und zu darauf angesprochen, ob wir auch privat ein Paar sind, und ab und zu spielen wir den Leuten was vor. Andi weiß davon und kommt damit klar, wenn mich Hanna gespielt verliebt anhimmelt.

»Sehr gerne. Ich würde nur noch schnell eure sanitären Einrichtungen aufsuchen und dir dann unauffällig nach oben folgen.«

»Geht klar, ist setze schon mal den Kaffee auf.«

Ich gehe auf die Toilette im Keller. Der Partyraum, in dem wir proben, ist früher eine Werkstatt von Andis Vater gewesen, und gleich nebenan hat er sich eine Toilette eingerichtet, damit er nicht immer durchs Haus laufen muss. Der Partykeller selbst erinnert nicht mehr an eine Werkstatt, aber die Toilette hat noch ihren ursprünglichen Charme: über dem Spiegel, dem die linke untere Ecke fehlt, hängt eine Leuchtstofflampe. Das grelle Licht wird durch die hellbeigen Fliesen kaum gefiltert.

Ich betrachte mich im Spiegel. Das harte Licht betont einige Details eher unvorteilhaft: ein paar Falten um die Augen, ein paar graue Haare, die ein Eigenleben zu führen scheinen und in markanten Winkeln von den Schläfen abstehen. Ich versuche, sie mit den nassen Fingern ein bisschen zu bändigen, aber das funktioniert nicht.

Wenn ich mit Hari zusammen bin, fühlt es sich so an, als wäre das Studium erst kürzlich abgeschlossen, aber tatsächlich sind zwei Jahrzehnte ins Land gegangen, die natürlich ihre Spuren hinterlassen haben.

Ich muss an das Gespräch von gerade eben denken und frage mich, ob Sina mich denn prinzipiell in die Liste der potentiellen Partner aufnehmen würde, oder ob ich schon zu alt für sie bin? Hat sie uns beide deshalb zu sich in die Wohnung aufgenommen, weil wir schon jenseits der imaginären Altersgrenze waren, die für sie in Frage käme, sodass für sie klar war, dass hier keine amourösen Fallstricke lauern? Zwei harmlose, ältere Nerds, die mit ihren wirren Ideen Stoff für einen netten langen Abend liefern?

Ich schüttle den Kopf und versuche, die seltsamen Gedanken zu vertreiben. Dann drehe ich noch mal den Wasserhahn auf und wasche mein Gesicht mit viel kaltem Wasser ab. Ich reibe mein Gesicht mit dem Handtuch trocken, kneife die Augen ein bisschen zusammen und betrachte mich noch einmal im Spiegel. Ok, so fallen die Fältchen und die grauen Haare nicht auf.

Ich knipse die Neonröhre aus, nehme Gitarre und Kabeltasche und gehe nach oben.

Sina Keske, 2019-04-16

Sina sitzt an ihrem Esstisch und trinkt Tee. Normalerweise ist eine schöne Tasse Tee nach der Spät- und Nachtschicht das Signal an den Körper, herunterzufahren und in den Schlafmodus zu wechseln. Mit diesem kleinen Ritual klappt das Einschlafen meistens prima, trotz der wechselnden Schichten. Kaffee nach dem Aufstehen, Tee vor dem Ins-Bett-Gehen.

Heute ist aber wieder einer der seltenen Tage, an denen sie seltsam aufgekratzt ist. Die Nachtschicht ist ruhig verlaufen, mal abgesehen von Frau Bronsch in Zimmer 24, die aber zu jeder Tages- und Nachtzeit nach dem Personal läutet, meistens wegen irgendwelcher Belanglosigkeiten.

Frau Bronsch hat Multiple Sklerose und ist deshalb auf Hilfe rund um die Uhr angewiesen. Weil sie sich aber nicht damit abfinden will oder kann, unheilbar krank zu sein, macht sie ihr Umfeld für ihren Zustand verantwortlich. Von der Verwandtschaft lässt sich deshalb nur noch selten jemand blicken, und das ständige Alleinsein sieht sie im Grunde als Bestätigung dafür, dass die anderen schuld sind an ihrer Misere.

Auch das Personal hat unter der notorisch schlechten Laune von Frau Bronsch zu leiden, und es findet sich im ganzen Haus niemand, der freudig aufspringt, wenn über der Tür von Zimmer 24 das rote Licht angeht.

Was sich bei durchwachten Nächten oft seltsam anfühlt, ist der Wechsel, der Übergang von einem Tag in den anderen. Natürlich beginnt um Mitternacht ein neuer Tag, zumindest formal gesehen. Aber wie ist es mit der eigenen Wahrnehmung?

Geht man abends ins Bett und wacht am nächsten Morgen auf, sind *heute* und *gestern* gefühlsmäßig klar getrennt. Wenn man nicht schläft, ist das anders.

Klar ist, dass Sina *gestern* Abend in die Arbeit gegangen ist und sie *heute* heimgekommen ist. Aber welche Teile der Nacht gehören noch zum *Gestern*, und welche zum *Heute*?

Sina geht alles in Gedanken durch. Arbeitsbeginn: gestern. Übergabe: gestern. Medikamente für die Frühschicht vorbereiten: gestern. Erstes Läuten von Frau Bronsch: gestern. Das letzte Mal Läuten: auf jeden Fall heute, da ist es schon hell geworden, und das Gezwitscher der Vögel war ihr zu laut.

Aber alles dazwischen?

Das ist schwerer einzuordnen. Die Übergänge sind fließend, und je genauer man darüber nachdenkt, um so diffuser wird die gefühlte Grenze zwischen den beiden Tagen. Ja, sie scheint sich absichtlich zu verschleiern, wird um so unklarer, je präziser man sie festlegen will.

Sina trinkt noch einen Schluck Tee.

Im Grunde ist es mit dem Leben nicht anders, denkt sie. Wann ist die Kindheit zu Ende? Ab wann ist man erwachsen? Je genauer man das Vergangene betrachtet, um so schwerer wird es, hier feste Grenzen zu ziehen, und in der Erinnerung wird sowieso vieles ganz anders. Manches wird stärker, intensiver, anderes tritt in den Hintergrund und verblasst, obwohl es zu dem Zeitpunkt vielleicht das wichtigste auf Erden war.

Und was wäre, wenn die Welt erst seit Mitternacht existiert und man mit der eingepflanzten Erinnerung an eine nicht erlebte Vergangenheit aufwacht? Gäbe es eine Möglichkeit, diesen Zustand als *falsch* zu erkennen?

Sina erinnert sich noch deutlich an ihr erstes Fahrrad, ihren ersten Sturz, das Blut am Knie und wie ihre Mutter sie damals getröstet und die Wunde versorgt hat. Sie war damals *dabei* und hat das alles *wirklich* erlebt, daran kann sie sich doch deutlich erinnern – aber wäre das anders, wenn diese Erinnerung zusammen mit ihrer Welt vor knapp sieben Stunden entstanden wäre?

Sina steht auf, streckt sich, geht zum Bücherregal. Sie weiß nicht mehr, in welchem Buch sie zum ersten Mal von diesem Gedankenspiel gelesen hat und ob sie das Buch überhaupt besitzt oder nur irgendwann einmal ausgeliehen hat.

Ihr Blick wandert über Gedichtbände, Belletristik, Fachbücher über Altenpflege – und bleibt an einem antiquierten Buch über Astronomie hängen.

Vor ein paar Tagen ist das erste Foto von einem schwarzen Loch im Netz veröffentlicht worden. Sie muss unbedingt bei der Gelegenheit mal mit Harald oder Martin darüber reden. *Ist ganz praktisch, wenn man zwei Physiker im Bekanntenkreis hat*, denkt Sina.

Sie beschließt, sich ins Bett zu legen, der Schlaf wird schon irgendwann kommen. Vorher räumt sie noch die Kanne und die Tasse zurück in die Küche, trinkt ein Glas Wasser und geht dann ins Schlafzimmer. Dort schlüpft sie schnell aus ihrer Kleidung und holt sich dann eins von den T-Shirts aus dem Schrank, die sie gerne zum Schlafen trägt.

Ihr Blick fällt in den großen Spiegel an der Wand. Sie bleibt stehen und betrachtet sich darin. *Wer bin ich wirklich?*, schießt ihr durch den Kopf. Sie muss an die Geschichte mit Emire denken, die sich damals ebenfalls nackt im Spiegel angesehen hat. Ohne sich dessen bewusst zu sein, wandern ihre Hände in Richtung ihrer Brüste.

Plötzlich hat sie das Gefühl, nicht allein zu sein. Sie blickt sich schnell um, aber alles sieht so aus wie immer. Sina schüttelt den Kopf und versucht, den Gedanken daran, von jemandem beobachtet zu werden, aus ihrem Kopf zu vertreiben. Immer noch unter dem Eindruck, gerade inspiziert zu werden, streift sie schnell ihr Oberteil über. Panisch eilt sie zum Fenster. Obwohl sie normalerweise auch bei Tageslicht gut schlafen kann und deshalb die Jalousien nie ganz schließt, schaltet sie nun die Nachttischlampe an und lässt das Rollo ganz herunter.

Sie schlüpft in ihr Bett und macht das Licht aus. Im Dunkeln beobachtet sie die Gedanken, die ihr durch den Kopf gehen. Meldet sich jemand von *außen*? Nein. Alles ist still, ihr Herz schlägt nun wieder im gewohnten Tempo. Was für ein surreales Erlebnis. Der Gedanke von vorhin meldet sich zurück.

Wer bin ich wirklich?

Sina versucht, den Gedanken zu verdrängen und lauscht ihren eigenen Atemzügen.

Einatmen, Pause, ausatmen.

Wer bin ich?

Ein, Pause, aus. Ein, Pause, aus.

Bin ich wirklich?

Ein, Pause, aus.

Ihr Körper scheint sich verspätet daran zu erinnern, dass es höchste Zeit zum Schlafen ist. Mit einem Mal, als hätte jemand einen Schalter umgelegt, durchströmt Sina eine bleierne Müdigkeit, auf die sie so lange gewartet hat.

Ein, Pause, aus.

Wer?

Ein, Pause ...

Sina schläft.

14:02:02 Als Sina erwacht, ist alles dunkel. Ein kurzer Moment der Panik, bis ihr einfällt, dass sie die Rollos geschlossen hat. Sie knipst die Nachttischlampe an und richtet sich auf.

Was für ein seltsamer Traum! Sie ist mit Martin und Harald in ihrer Wohnung gewesen, und sie haben sich über schwarze Löcher unterhalten. Plötzlich sind sie in Haralds Arbeitszimmer gestanden und haben das Voynich-Manuskript betrachtet. Die Schriftzeichen auf dem Bildschirm haben aber ausgesehen wie die Mi'kmaq-Zeichen: sehr geometrisch, verschnörkelt, komplex.

Sina hat sich dann an den Computer gesetzt und plötzlich die Zeichen lesen können: eine Nachricht von ihrer Mutter, die sie bald besuchen will. Sina ist aufgestanden und aus dem Arbeitszimmer gegangen, und auf dem Sofa sitzt eine Frau, die aber nicht so aussieht wie ihre Mutter. Sie begrüßt Sina freudig und umarmt sie, und sie weiß, dass das ihre *echte* Mutter ist, die von *außen* kommt und sie zurückholen will.

Sina möchte sich noch von allen verabschieden, aber Harald und Martin sind auf einmal weg, nur Ulla steht da und möchte, dass Sina ihrem Robert einen schönen Gruß bestellt, denn sie glaubt, dass alle Menschen nach *draußen* kommen, wenn sie in unserer Welt sterben.

Sina atmet tief ein.

Der Traum beginnt, auseinanderzufallen. Alles, was während des Träumens und auch kurz nach dem Aufwachen noch absolut sinnvoll erscheint, wird zunehmend unlogisch. Das Gehirn scheint den Traum systematisch zu zerlegen und aktiv aus dem Bewusstsein zu löschen.

Sina versucht, ihre Antwort auf Ullas Bitte zu behalten, aber die ist schon weg. Eine vage Erinnerung an ein weißes Licht hinter der Wohnungstür, und auch das verblasst bereits und löst sich auf.

Sina muss an Harald denken. *Garbage collection.*

Harald Stein, 2019-04-25

Oder ist das alles nur Blödsinn?   16:38:21

Harald betrachtet das Blatt, das vor ihm liegt. Er hat versucht, seine Gedanken zu ordnen, ein System in seine Theorie zu bringen. Er steht auf und geht in seinem Arbeitszimmer auf und ab.

Ist er zu paranoid? Er hätte alles in seinen Computer füttern können, aber zum einen sind ihm in vielen Fällen Papier und Bleistift lieber.

Auf seinem Schreibtisch und mittlerweile im ganzen Raum sind wohl ein Dutzend Bleistifte der Härte 2B verteilt – weich genug, dass man schreiben kann, ohne dass sich das Geschriebene gleich auf die darunterliegende Seite durchdrückt (was in seinem Fall ein weiteres Blatt Papier, eine Fachzeitschrift, ein Fachbuch oder die Post von letzter Woche sein kann); gleichzeitig aber auch noch so hart, dass man eine DIN-A4-Seite füllen kann, ohne nachspitzen zu müssen.

Es gibt aber noch einen anderen Grund, warum Harald in diesem Fall traditionelle Methoden vorzieht. Im Computer liegen die Daten binär vor, leicht zu finden und auszulesen. *Wenn sie außen eine Suchmaschine haben, ist alles Digitale leicht zu finden.* Alles, was in seinem Kopf passiert, ist in einem neuronalen Netz gespeichert – seinem Gehirn. Das sollte nicht so leicht auszulesen sein, obwohl man da ja nie sicher sein kann. Eine Technologie, die ein Universum simuliert, kann vielleicht auch Gehirne einfach lesen.

Erster Klärungspunkt: wird das Universum vollständig und komplett seit dem Urknall simuliert, oder ist es mit einer einfachen, kleinen Welt und ein paar Menschen losgegangen?

Harald muss an James Ussher denken, der den Beginn der Schöpfung berechnet hat. Er ist zu dem Ergebnis gekommen, dass die Welt im Jahre 4004 vor Christus erschaffen worden ist. Die Kreationisten würden sich vor Freude die Hände reiben, wenn es tatsächlich so wäre. Aber diesen ganzen Unfug mal beiseite: wenn die ›Douglas Adams‹-These hier greift, könnte die erste Welt tatsächlich relativ einfach aufgebaut gewesen sein. Vielleicht sogar paradiesisch.

Je mehr die Menschen ihre Umwelt hinterfragt haben, um so komplexer hat sie dann werden müssen, um die Menschen davon abzuhalten, hinter das Geheimnis der Welt zu kommen. Natürlich kann der Mensch mittlerweile entfernte Galaxien untersuchen, aber gibt es die wirklich, oder werden die Beobachtungsdaten eher zeitnah generiert, um mit dem Wissenstand der Menschen konform zu laufen?

Immerhin waren die Daten von Messier 87 etwa 55 Millionen Jahre lang unterwegs, um zu uns zu gelangen und zum ersten Bild eines schwarzen Lochs zusammengerechnet zu werden. Also entweder gibt es tatsächlich das ganze Universum, oder wir leben in einer Blase, auf deren Außenhaut der Rest des Ganzen projiziert wird, um uns beschäftigt zu halten.

Hinter dem Punkt 1 ist ein großes Fragezeichen. Wie lässt sich so etwas überprüfen?

Harald seufzt. Der derzeitige Zustand des Standardmodells mit 18 derzeit willkürlichen Parametern deutet eigentlich darauf hin, dass hier sukzessive ›nachgebessert‹ wurde. Und im CERN liefern die Teilchenbeschleuniger auch keine neuen Daten. Aber ein Beweis ist das nicht. Eher ein Indiz.

Zweiter Klärungspunkt: was ist der Sinn des Ganzen? Warum sollte jemand sich die Mühe machen, die Menschheit zu simulieren? Es könnte sich um ein Forschungsprojekt im *Außen* handeln – oder um den Versuch, seinen eigenen Ursprung zu verstehen?

Dieser Punkt beschäftigt Harald am meisten, deshalb sind in der letzten halben Stunde immer mehr Rahmen aus dicken Bleistiftstrichen um diesen Punkt gezeichnet worden.

Die Physik ist für Harald immer ein Weg gewesen, die letzten Geheimnisse der Welt zu entschlüsseln und zu verstehen, *warum* die Welt so ist, wie sie nun mal ist. Angefixt mit den phantastischen Aussagen der populärwissenschaftlichen Literatur und dem immer dahinter durchscheinenden Versprechen, dass sich bald alles lösen könnte, ist sein

Wunsch erwacht, selbst dabei zu sein, wenn die letzten Geheimnisse gelüftet werden.

Das Studium selbst ist allerdings eher ernüchternd gewesen, denn anstelle des *Warum* steht nur das *Wie* im Vordergrund. Wie lassen sich Atome beschreiben, wie quantenmechanische Zustände in erster Näherung ausrechnen?

Schlimmer noch: die Frage nach dem *Warum* wird in die Ecke der Philosophie bzw. Religion geschoben und damit in Bereiche, die einer *exakten* Wissenschaft wie der Physik nicht das Wasser reichen können und daher von vorneherein uninteressant sind. Das entbehrt nicht einer gewissen Ironie, weil die Physik nur unter ganz abstrakten Voraussetzungen (und manchmal nicht einmal dann) ein Problem *exakt* lösen bzw. beschreiben kann.

Dazu kommt, dass die aktuellsten Ideen der theoretischen Physiker, die sie lang, breit und gewinnbringend in der populärwissenschaftlichen Literatur ausführen, zum Teil die Züge einer Religion haben. Paralleluniversen, die *jede* Lebensform – also auch uns – abertausendfach in sich tragen, mit allen möglichen Entscheidungen, die wir je treffen (oder auch nicht) und auf diese Art und Weise ewiges Leben versprechen. Simulation allen Lebens mit Von-Neumann-Sonden, die sich über das ganze Universum ausbreiten und am Ende der Zeit selbst ein Schnippchen schlagen, in dem in immer kürzerer Zeit immer mehr gleichzeitig passiert, sodass die Unendlichkeit eintritt, bevor das Universum kollabiert.

Die Liste lässt sich beliebig fortsetzen. Abgesehen davon, dass die Herleitung dieser abstrusen Ideen auf Annahmen beruht, die nicht nachprüfbar sind und diese daher eher unter Fiktion einsortiert werden müssten, erkennt man noch etwas anderes: den verzweifelten Versuch, dem Leben einen Sinn und/oder gar eine Weiterführung über den Tod hinaus zu geben – einen theoretisch fundierten Strohhalm, an den sich der aufgeklärte Wissenschaftler klammern kann, ohne philosophisch oder gar religiös werden zu müssen.

Grundsätzlich ist die *Lichtfisch*-Theorie hier nicht besser, denn auch sie kann das *Warum* nicht beantworten – es sei denn, man könnte Kontakt aufnehmen nach *außen* ...

Das ist Klärungspunkt 3 auf Haralds Zettel.

Ihm ist bewusst, dass er hier extrem vorsichtig sein muss. Egal, ob die Simulation nur ein Spaßprojekt oder ein ernsthaftes wissenschaftliches Forschungsprojekt von *außen* ist: wenn er zu viel Wirbel veranstaltet, ist er entweder Spaßbremse oder ein systematischer Fehler und wird im schlimmsten Fall ›einfach so‹ herausgenommen.

Andererseits: wenn es ihm gelingen würde, Kontakt nach *außen* herzustellen, zu bestätigen, dass die Lichtfisch-Theorie stimmt – dann wäre eine Löschung im Grunde gleichbedeutend mit dem buddhistischen Nirvana, in das der Mensch eintritt, wenn er alle Zyklen durchlaufen und nahezu göttliche Einsicht erworben hat.

Das wäre es wert, denkt Harald.

Nach dem Gespräch mit Ulla hat er viel über seine derzeitige Situation nachgedacht, seinen Job, seine Ziele … die Theorie leuchtet momentan sehr hell, zieht ihn fast magisch an, verleiht seinem Tun einen Sinn.

Aber hier muss jeder Schritt wohlüberlegt sein. Er müsste erst einmal im Verborgenen weiterforschen, mögliche Schnittstellen oder Portale ausfindig machen und dann hoffen, dass das Wesen von *außen*, das auf ihn aufmerksam wird, in irgendeiner Weise in Kontakt mit ihm treten wi–

Drrring.

Harald schreckt panisch aus seinen Überlegungen auf. Für einen kurzen Moment glaubt er, entdeckt worden zu sein. Kontaktaufnahme? Jetzt schon?

Sinas Nummer ist auf dem Display.

»Hallo Sina.«

Seine Stimme klingt enttäuschter als beabsichtigt.

»Hallo Harald. Störe ich dich gerade?«

»Nein, nein, es ist nur – Nein. Alles in Ordnung.«

Eine kleine Pause.

»Gut. Ich bräuchte deinen physikalischen Rat. Es geht um Schwarze Löcher. Und um einen Traum von mir, der mich beschäftigt und in irgendeiner Verbindung zu den Lichtfischen steht.«

»Ich weiß nicht, ob meine Kenntnisse zu den Schwarzen Löchern noch auf dem aktuellsten Stand sind, und als Traumdeuter habe ich mich noch nicht versucht. Aber klar, gerne. Komm' mal vorbei, wenn es dir passt.«

»Geht es jetzt gleich?«

Sina klingt ein bisschen – angespannt. Vermutlich aber nicht wegen der Vorfreude auf die ultimative Erklärung über Schwarze Löcher und Ereignishorizonte.

»Von mir aus. Ich – äh ...«

»Ja?«

»Ich weiß nur nicht, ob noch Kaffee im Haus ist.«

Das ergibt für sich genommen keinen Sinn. Harald versucht, den Satz irgendwie zu erklären.

»Äh, ich meine: falls du einen willst.«

»Das macht nichts. Dann mache ich mich mal auf den Weg und bin so um halb sechs bei dir, wenn's recht ist?«

»Klar. Dann bis dann.«

»Bis dann, Harald. Danke.«

Harald überlegt. Sina hat doch schon vor einiger Zeit Träume erwähnt: die Geschichte mit dem Schmetterling. Sie hat dann auch über Besucher von *außen* gesprochen.

Er setzt sich wieder an seinen Arbeitsplatz und tippt mit dem Bleistift gegen seine Handfläche. Ulla hat ihn ein bisschen über Sina ausgefragt und wissen wollen, was er über sie denkt. Und auch Ulla hat das Gefühl bestätigt, dass Sina – wie hat es Ulla formuliert? *Wie ein alter Weiser in einem jungen Körper.* Da ist tatsächlich was dran.

Aber Sina, ein Spion von *außen*? Unwahrscheinlich. Oder?

Immerhin hat sie ja ein gutes Stück zur Theorie beigetragen – sollte sie dann nicht eher versuchen, allen auszureden, dass es *außen* gibt?

Was aber, wenn sie tatsächlich nicht mehr sicher weiß, dass sie von *außen* kommt – könnte das sein?

Vermutlich müssen die Lebensformen zumindest einigermaßen kompatibel sein. Ein Mensch und ein Schmetterling? Unmöglich.

Aber wenn sie ähnliche Sinne haben wie wir?

Harald spinnt den Gedanken weiter. Vielleicht ist es gerade der krasse Unterschied zwischen den beiden Lebensformen, der dazu führt, dass die Erinnerung an das alte Leben erst einmal verblasst, weil die neuen Eindrücke so komplett *anders* sind?

Harald hat nie aktiv Musik gemacht, aber aus den vielen Gesprächen mit Jonesy hat er den Eindruck gewonnen, dass man ein Instrument erst dann beherrscht, wenn man nicht mehr darüber nachdenkt, was man eigentlich machen will. Die Verbindung vom Kopf zum Instrument über die Hände läuft quasi automatisch.

Oder Autofahren. Harald ist früher weite Strecken zur Arbeit gefahren, und gerade spät nachts, wenn die Autobahnen leer werden, verschwimmt die Trennung zwischen Auto und Fahrer. Die Füße bedienen die Pedale, die Augen achten auf die Fahrbahn und alles, was sich im Scheinwerferlicht so tut, aber im Grunde ist alles eins: man verschmilzt ein Stück weit mit dem Fahrzeug, denkt nicht mehr ans Schalten oder ans Blinken, alles ist im Fluss, alles ist Bewegung. Die Wahrnehmung passiert nicht mehr nur im Körper, sondern ist auf das ganze Fahrzeug ausgedehnt: das Gefühl der Reifen auf nasser Fahrbahn, der Rundumblick durch die Spiegel, das sonore Brummen des Motors, dessen Tonhöhe den Schaltvorgang ganz automatisch veranlasst.

Ein Klopfen an der Zimmertür unterbricht seine Gedankengänge. Es ist Ulla.

»Harald, du hast Besuch. Sina ist da.«

»Ich habe die Klingel gar nicht gehört.«

»Sina hat auch nicht geklingelt. *Ich* habe den Müll rausgebracht -«

Eine winzige Pause, die den Sachverhalt betont und darauf hinweist, dass das eigentlich seine Aufgabe gewesen wäre und gerade lang genug, damit auch Harald sie bemerkt.

»– und da ist sie gerade hergekommen. Übrigens: wir *haben* Kaffee daheim, den hast du gestern selbst gekauft!«

»Kaffee? Wieso ...«

»Sina hat extra welchen gekauft, weil du wohl am Telefon angedeutet hast, wir hätten keinen mehr.«

Stimmt. Er war gestern tatsächlich extra noch mal losgegangen, um Kaffee und Brot zu besorgen. Komplett vergessen.

Sinas Gesicht taucht hinter Ulla auf. Sie wirkt müde.

»Hallo Harald! Kein Problem mit dem Kaffee – ich habe selber kaum mehr welchen daheim, daher habe ich ihn nicht umsonst gekauft.«

Sie grinst. Die Müdigkeit verschwindet fast.

»Hallo Sina. Tut mir leid, ich hab' das wohl vergessen, das mit dem Kaffee.«

»Dann setze ich mal Wasser auf. Trinkt ihr alle mit?«, fragt Ulla.

»Sehr gerne!«, antwortet Sina mit einem entwaffnenden Lächeln.

Auch Harald nickt. Ulla geht an Sina vorbei in Richtung Küche.

»Darf ich reinkommen? Oder bist du gerade noch beschäftigt? Ich warte gerne draußen.«

»Nein, nein, komm rein, ist halt immer noch ein bisschen unordentlich.«

Harald macht eine ausladende Geste und deutet auf die Stapel aus Büchern und Zeitschriften in seinem Arbeitszimmer. Sina kommt herein.

»Du feilst weiter an unserer Theorie?«

Sina hat den Zettel auf seinem Schreibtisch entdeckt. Mist, den wollte er eigentlich nicht so offensichtlich herumliegen lassen.

»Äh – ja, aber ist alles noch nicht wirklich spruchreif. Wenn es Neuigkeiten gibt, werde ich euch auf alle Fälle Bescheid geben.«

Er versucht, das so beiläufig wie möglich zu sagen, aber seine Stimme ist ein bisschen zu laut, zu schnell und eine Spur zu hell, um wirklich überzeugend zu klingen.

Sina blickt zu ihm auf. Liegt eine Spur Skepsis in ihrem Blick? Oder ist das nur die Müdigkeit? Schwer zu sagen.

Sie wirft noch einen kurzen Blick auf das Blatt. Es jetzt wegzuziehen würde die Unglaubwürdigkeit des Ganzen noch verstärken.

»Ist in Ordnung«, erwidert sie.

Sie grinst ihn an und macht ein, zwei Schritte weg vom Schreibtisch.

»Ich bin ja zuerst einmal wegen der Schwarzen Löcher da und hätte da ein paar Fragen an den Fachmann.«

18:21:22 »Also ich hätte jetzt Hunger. Wie sieht es mit euch aus? Sina, magst du zum Abendessen bleiben? Es gibt nichts Besonderes, aber wenn nicht gerade ein Schwarzes Loch vorbeikommt, ist genug für alle da«, erklärt Ulla und erhebt sich vom Sofa.

»Das ist lieb von euch! Wenn ich darf, bleibe ich gerne. Soll ich mithelfen?«, fragt Sina.

»Nein, das kriege ich schon hin, bleibt ruhig einstweilen sitzen, ich gebe euch dann Bescheid«, antwortet Ulla. »Soll ich den Kaffee noch stehen lassen?«

»O ja, bitte. Ist noch was in der Kanne?«, fragt Sina fast flehentlich.

Harald hebt die Kanne hoch und schwenkt sie prüfend.

»Ja, sollten noch ein, zwei Tassen werden. Darf ich?«

Sina nickt. Harald gießt nach.

Ulla ist in die Küche gegangen, man hört das Klappern von Besteck und Tellern. Sina trinkt einen großen Schluck und setzt dann die Tasse ab.

»Das mit den Schwarzen Löchern habe ich glaube ich ganz gut begriffen«, setzt sie an. »Aber ich habe ja noch ein Anliegen: die Sache mit dem Traum beziehungsweise den Träumen. Das klingt jetzt vielleicht ein bisschen blöd, und ich weiß nicht so recht, wo ich anfangen soll.«

In solchen Situationen fühlt sich Harald immer ein bisschen unbehaglich. Vielleicht sind ihm auch deshalb die Naturwissenschaften schon immer lieber gewesen: klare Vorgaben, klare Aussagen, richtig oder falsch. Okay, in manchen Fällen vielleicht auch nur näherungsweise richtig, aber: jedes Problem lässt sich mathematisch angehen – und man hat Zeit! In den Klausuren zwar oftmals ein bisschen zu wenig davon, aber Prüfungssituationen mal außen vor gelassen. Ein mathematisches Problem wartet geduldig darauf, dass man sich ihm widmet.

Interaktion mit Menschen ist da ganz anders: zuerst einmal warten die nicht ewig auf Antwort, und zum Teil ist auch das Mikrotiming essentiell: mit Ulla gibt es immer wieder Situationen, in denen die eigentlich richtige Antwort falsch ist, weil sie eine halbe Sekunde zu spät kommt. Oder zu früh. Und dann gibt es Fragen, auf die *jede* Antwort falsch ist – und auch und erst recht die Option, *keine* Antwort zu geben.

Harald setzt an, aber seine Frage beginnt erst einmal mit einem Krächzen.

»Um was geht es denn in deinen Träumen?«

»Seit ein paar Tagen träume ich von deinem Arbeitszimmer, von dir, von Martin, von Ulla. Wir sprechen immer über die Lichtfisch-Theorie. In manchen Träumen zeigst du uns das Voynich-Manuskript, und das kann ich plötzlich lesen. Der Text ist mir vertraut, aber wenn ich aufwache, habe ich vergessen, um was es darin geht. Aber es scheint mit einer Art Übergang zu tun zu haben, denn wenn ich es gelesen habe, ist eure Wohnungstür eine Art ... Portal, ein Weg nach *Außen*.«

Sina blickt Harald an, dann Ulla, die in der Zwischenzeit zurückgekommen ist und nun am Türrahmen lehnt.

»Ich habe dann so ein Gefühl – ich *weiß*, was kommt, wenn ich durch die Tür gehe, und es fühlt sich vertraut an. Gleichzeitig ist mir dann bewusst, dass ich diese Welt verlasse, und zwar für immer. Sobald ich *außen* bin, kann ich nicht mehr zurück, zumindest nicht in der jetzigen Form. Ich spüre, dass ich euch alle vergessen werde, vergessen *muss*, um nach *Außen* zu kommen.«

Sina greift zu ihrer Tasse, will einen Schluck trinken, zögert aber.

»Und die Vorstellung macht mir Angst. Ich will nicht weg.«

Sie lässt die Tasse sinken und starrt ins Leere. Sie wirkt verzweifelt und traurig.

Ulla stellt sich hinter Sina legt die Hand auf ihre Schulter.

»Und was passiert in deinem Traum, wenn du durch die Tür gehst?«, fragt sie.

»Ich gehe nicht durch. Ich sehe das helle Licht und weiß, dass jemand dahinter auf mich wartet. Und dann wache ich auf.«

Eine kurze Pause entsteht. Harald ist froh, dass Ulla da ist und Sina tröstet, auch das ist etwas, womit er nur schwer klarkommt.

In seinem Hinterkopf meldet sich ein dumpfes Drücken. *Bitte nicht*, denkt Harald. Morgen muss das laufende Projekt fertig werden, eine erweiterte Kalenderansicht, die alles beinhaltet. Alles. Außer Kaffeekochen. Einen Migräneschub kann er eigentlich nie brauchen, aber jetzt ist der absolut unpassendste Moment.

Er trinkt noch einen Schluck Kaffee. Vielleicht hilft das Koffein.

»Mittlerweile fürchte ich mich davor, diesen Traum jede Nacht zu träumen. Ich mag mich gar nicht schlafen legen. Und sobald ich aus dem Schlaf aufgeschreckt bin, kann ich nicht mehr einschlafen«, fährt Sina fort.

Ulla beginnt, mit weichen Bewegungen Sinas Nacken zu massieren. Sina entspannt sich ein wenig.

»Seit wann hast du diese Träume?«, fragt Harald.

»Anfang letzter Woche ist es losgegangen. Am Montag hatte ich meine erste Nachtschicht und bin Dienstag früh heimgekommen. Normalerweise habe ich wenig Schwierigkeiten mit dem Schichtwechsel, aber an dem Morgen … war es irgendwie anders.«

»Was war anders?«, fragt Ulla.

Sie massiert weiter.

»Ich war gar nicht müde, mir ging alles Mögliche durch den Kopf, Erinnerungen an die Kindheit und so weiter. Irgendwann bin ich dann doch ins Schlafzimmer. Und dort hatte ich das Gefühl, beobachtet zu werden.«

»Hat jemand von draußen in deine Wohnung geschaut?«

Unwillkürlich muss Harald an die alte Frau von gegenüber denken, die mit dem Fernglas hinter ihrer Scheibengardine sitzt und wohl den ganzen Tag damit verbringt, alles zu beobachten, was in ihrer Nachbarschaft passiert.

Manchmal ist Harald kurz davor, der Frau zu winken, wenn er zum Einkaufen geht. Bisher hat er sich das aber noch immer verkneifen können.

»Nein, es war eher so, als wäre noch jemand im Zimmer, ganz nah bei mir. Ein sehr unangenehmes Gefühl.«

»Kann ich mir vorstellen«, entgegnet Ulla. »Hast du das Gefühl jetzt immer noch, wenn du in deiner Wohnung bist?«

»Nein, überhaupt nicht. Aber seitdem habe ich diese seltsamen Träume.«

Einen Moment lang sagt niemand etwas.

Harald überlegt, in wie weit sich Sinas Träume mit seinen Überlegungen zum *Außen* decken. Es wäre aber vermutlich falsch, zum jetzigen Zeitpunkt mit Sina darüber zu sprechen.

Erstens will er sie nicht darin bestärken, zu glauben, dass sie tatsächlich ein *Besucher* ist. Vielleicht sind die Träume nur eine Auswirkung des Eindrucks, den die Lichtfisch-Theorie auf Sina macht und haben keine tiefere Bedeutung.

Und zweitens: wenn Sina tatsächlich von *außen* wäre, sollte er zum jetzigen Zeitpunkt noch nicht zu sehr auf sich aufmerksam machen. Das wäre gefährlich. Hoffentlich hat Sina nicht zu viel von seinen Aufzeichnungen in diesem Sinne interpretiert. Weil er auch immer alles herumliegen lässt. Ulla hat schon recht, ein bisschen mehr Ordnung wäre manchmal echt nicht verkehrt.

Ulla meldet sich zu Wort.

»Als ich nach dem Unfall in Krankenhaus lag und noch nicht wusste, dass mein Mann und meine ...«

Sie blickt Harald an.

»... unsere Eltern tot waren, hatte ich eine Zeitlang auch immer wieder den selben Traum. Eine fremde Person, die mir aber seltsam vertraut vorkam, obwohl sie mit niemandem Ähnlichkeit hatte, den ich kenne, ist mir immer wieder begegnet. Im Wald, in der Stadt, in der Wohnung – auch im Krankenzimmer. Sie sprach mit mir über meine Familie und deutete immer auf eine dunkle Tür neben sich, die plötzlich da war. Die Gestalt forderte mich auf, ich solle durch die Tür gehen. Neben mir waren Robert und die Eltern, und ich spürte und wusste, dass ich nicht zurückkommen könnte, wenn ich durch diese Tür gehen würde.«

Harald blickt Ulla mit großen Augen an. Von diesem Traum hört auch er nun zum ersten Mal.

»Bist du – durch die Tür gegangen?«, fragt Sina vorsichtig und dreht sich halb zu Ulla um.

»Irgendwann habe ich erfahren, dass alle außer mir bei dem Unfall ums Leben gekommen sind, und ich war völlig verzweifelt. Ich glaube, ich habe mich an diesem Tag in den Schlaf geweint und hatte wieder diesen Traum. Diesmal habe ich mich von allen verabschiedet und ihnen versprochen, bald wiederzukommen. Irgendwie wusste ich nun, dass sich die Tür doch in beide Richtungen öffnen lässt. Dann habe ich die Tür geöffnet und bin hindurchgegangen.«

Ulla atmet hörbar ein und aus, dann ergänzt sie:

»Seitdem hatte ich diesen Traum nie wieder – und die Tür habe ich seitdem auch noch nicht geöffnet, sonst wäre ich ja nicht mehr hier.«

Sina legt ihre Hände auf Ullas Hände, die immer noch auf ihren Schultern ruhen. Sie legt den Kopf schräg und schmiegt ihre Wange an Ullas Hand.

Harald beobachtet die beiden. Eine seltsame Vertrautheit scheint zwischen den beiden zu herrschen, und es ist gut, dass Ulla da ist, um Sina zu trösten. Und es ist gut, dass Sina da ist, um Ulla zu trösten.

Er fühlt sich wieder wie der kleine Bruder von früher, der irgendwie spürt, dass seine große Schwester sich verändert. Nicht nur die Brüste, die sich anfangs nur ganz verstohlen, mit der Zeit aber immer deutlicher abgezeichnet haben, auch ihr Wesen hat sich verändert. Sie ist plötzlich größer, älter, reifer, erwachsener – fremder, unnahbarer, unverständlicher.

Ihre gemeinsamen Freizeitbeschäftigungen sind für Ulla zunehmend uninteressant geworden. Und umgekehrt. Sich mit Jungs zu treffen, okay, aber nur herumzusitzen und zu reden und sie komisch anzusehen – das hat er lange Zeit überhaupt nicht verstanden. Die Jungs sind auch alle viel älter als er und auch als seine Schwester gewesen.

Nach einer Weile löst Ulla ihre Hände von Sinas Schultern und dreht sich zum Bücherregal.

»Ich habe übrigens vor ein paar Tagen ein Gedicht zum Thema ›Traum‹ gefunden, das mich sehr berührt hat.«

Sie holt ein graues Buch aus dem Regal, schlägt es auf, sucht kurz darin und reicht es dann Sina. Sina liest und lässt dann das Buch sinken.

»Das ist schön! Aber das Buch hatte ich doch schon von dir ausgeliehen.«

Sie dreht es noch einmal um, um sich zu vergewissern.

»Damals ist mir das Gedicht gar nicht aufgefallen«, ergänzt sie.

»Die beiden Seiten waren irgendwie zusammengeklebt, man sieht hier noch einen Fleck. Könnte Marmelade sein«, erwidert Ulla.

»Darf ich auch mal?«, fragt Harald.

Sina reicht ihm das Buch. Ah ja, Marcel Cavel. An den oberen Ecken sind spiegelbildlich zwei rötlichbraune, nahezu spiegelsymmetrische Flecken zu sehen. Er liest halblaut vor:

Am Morgen

Am Morgen
kommt es mir so vor
als sei die Welt ganz neu
gerade eben fertig geworden
- taufrisch, sozusagen.

Nachts,
wenn alle schlafen
wird sie
zerlegt,

zerstört
und wirbelt
bruchstückhaft
durch unsere Träume.

Am Morgen
entsteht sie völlig neu
unberührt und noch ganz kühl
bevor die Strahlen der neuen Sonne
sie wärmen.

Das Leben beginnt.

Er lässt das Buch sinken.

»Interessanter Gedanke – aber wenn man nachts nicht schläft? Was passiert dann?«

Sina reagiert sehr impulsiv auf Haralds unbekümmerte Frage.

»Wann endet der letzte Tag, wenn man die Nacht über wach bleibt? Wo ist die Grenze zwischen gestern und heute?«

Ihre Stimme ist plötzlich laut, sie scheint fast aufspringen zu wollen. Harald erschrickt, und auch Ulla weicht erstaunt zurück.

Das Brummen in Haralds Kopf wird zu einem Pochen. Unwillkürlich greift er an seine Schläfe. *Was ist denn das für eine Frage?*

»Naja, um Mitternacht?«, antwortet er verwirrt.

Sina sinkt in sich zusammen. Harald hat das Gefühl, dass hier nicht das Timing falsch gewesen ist, sondern die Antwort zwar prinzipiell richtig, aber in diesem speziellen Fall trotzdem falsch ist. Sie scheint etwas erwidern zu wollen, setzt an, zögert, stoppt.

»Ja, vermutlich«, gibt sie resigniert zur Antwort.

Martin Jone, 2019-04-26

Kurz nach halb vier. Ich stehe vor Haris Haus. 15:33:27

Unser regelmäßiges Treffen am Freitag hat in letzter Zeit eher sporadisch stattgefunden. Vor zwei Wochen habe ich absagen müssen, letzte Woche war Hari gut eingespannt. Und auch heute hat er mich angeschrieben und Bescheid gegeben, dass er wohl länger arbeiten muss. Irgendein Projekt, das dringend abgeschlossen werden muss.

Ich selber bin zum Glück nicht ganz so nah am Endkunden wie Hari. Bei mir kommt der Druck dann eher von den Entwicklungsabteilungen der Firmen, für die wir die Mikrocontroller programmieren. Aber im Grunde läuft es fast immer auf das Gleiche hinaus: irgendjemand von weiter oben gibt ein Datum heraus, das mit den Leuten, die die eigentliche Arbeit machen, nicht abgesprochen wird. Dann erfährt man beiläufig zwei Tage vor Abschluss, dass statt Sensor X dann doch Typ Y verwendet wird. Also alles noch mal anpassen, umschreiben, testen. Und der Zeitrahmen war auch ohne Sensorwechsel schon straff und eigentlich unrealistisch.

»Hi Jonesy!«

Hari kommt aus dem Haus. Er sieht müde aus.

»Hallo Hari! Wie geht's? Ist dein Projekt fertig?«

»Ja, ist fertig. Endlich.«

Recht gesprächig scheint er heute nicht zu sein. Aber in so einer Situation gibt es nur die beiden Extreme: entweder man möchte unbedingt loswerden, wie man in einer ausweglosen Situation dann doch noch den Bug gefunden hat, der schuld daran war, dass die innerste Schleife im Programm und so weiter und so fort – oder aber man möchte jeden Gedanken an die Sache selbst loswerden, kein Wort mehr darüber verlieren. Sieht in Haris Fall ganz nach Nummer 2 aus.

Wir gehen die Straße entlang.

Ich versuche es anders:

»Was gibt es sonst Neues? Du wirkst ein bisschen unfit, wenn ich das so sagen darf.«

»Ich habe auch schlecht geschlafen, und das vor der Deadline, das war echt Mist. Hatte gestern Abend dann auch noch einen Migräneschub, dementsprechend war die Nacht nicht sehr erholsam.«

»O je. Aber heute geht's wieder?«

»Ja, zum Glück. Sonst wäre das Projekt nicht fertig geworden. Mit dickem Kopf ist Programmieren im Grunde sinnlos.«

»Stimmt.«

»Sina war gestern auch da, weil sie was über Schwarze Löcher wissen wollte.«

Schwarze Löcher – seit der Veröffentlichung der ersten ›realen‹ Bilder ja irgendwie *das* Thema schlechthin. Sina habe ich ja schon ewig nicht mehr gesehen. Das letzte Mal ging es um die Theorie ... Lichtfisch? Ja, genau.

»Und? Hast du ihr den Ereignishorizont eines rotierenden Schwarzen Loches vorgerechnet? Weiß Sina, was es mit der Hawking-Strahlung auf sich hat?«

Hari schüttelt den Kopf. Ironie scheint heute an ihm abzuprallen.

»Nein, nur die Basics. Der Hauptgrund ihres Besuches war wohl etwas anderes. Sie hat erzählt, das sie von mir träumt und ...«

»Oh là là«, entfährt es mir.

Ich sollte echt manchmal meine Klappe halten. Aber Hari ist auch hier komplett anspielungsresistent. Irgendwas ist da im Busch.

»... naja, von uns allen irgendwie, in meinem Arbeitszimmer. Es geht um das Voynich-Manuskript, und außerdem –«

Hier bricht Hari ab. Er scheint zu zögern, zu überlegen, was er mir erzählen soll. Wir verstehen uns seit Jahren prima und sprechen über alles. Seit Ullas Unfall hat sich das noch intensiviert, und auch das Gespräch mit ihm über Ulla ist unkompliziert verlaufen. Dass sie damals geweint hat, habe ich ihm nicht erzählt, aber er hat auch so verstanden, was seiner Schwester am Herzen liegt. Vielleicht hat er ja Sina versprochen, nichts weiterzuerzählen, und –

»Sie träumt von einem Portal nach *Außen*, das sie durchschreitet. Ich glaube, dass sie glaubt, von *außen* als Besucher in unserer Welt zu sein. Sie ist sich nicht sicher, und das ist durchaus plausibel – denke an die Geschichte von dem Traum mit dem Schmetterling. Das Einklinken in eine andere Welt könnte tatsächlich so intensiv sein, dass die Erinnerungen an die Herkunft komplett ausgeblendet werden. Könnte ich mir vorstellen.«

Die Lichtfisch-Theorie ist bislang für mich ein nettes Gedankenexperiment gewesen. Prinzipiell durchaus möglich, aber unwahrscheinlich. Auf jeden Fall so interessant, dass man sich damit auseinandersetzen kann, aber nichts *Existentielles*. Sina scheint das Ganze aber sehr ernst zu nehmen.

»So richtig weiterhelfen konnte ich ihr da wohl nicht, und sie war ... naja, *enttäuscht* ist vielleicht das falsche Wort. Vielleicht hatte sie auch das Gefühl, dass ich sie nicht ernst nehme, was weiß ich. Kommunikation ist nicht immer leicht, und mit Frauen oft noch mal ein Level höher.«

Dem ist prinzipiell nichts hinzuzufügen. Obwohl Hanna und damals auch Jill absolut unkompliziert waren, hat es immer mal Situationen gegeben, wo in einem von mir achtlos dahingesagten Satz der Tonfall misstrauisch untersucht worden ist. Auch das Mikrotiming spielt nicht nur in der Musik eine Rolle. Die unschuldig klingende Frage ›Wie sehe ich aus?‹ kurz vor dem Gig hat manchen Auftritt schon fast zum Kippen gebracht, weil meine Antwort zu schnell oder zu langsam, zu affektiert oder zu gleichgültig vorgebracht worden ist.

Ich beschränke meine Reaktion daher auf ein bestätigendes Nicken.

»Sie schläft seit ein paar Tagen schlecht wegen dieser seltsamen Träume. Vielleicht liegt es auch nur daran.«

Wir gehen schweigend weiter.

Sina als Besucher? Naja, irgendwie würde es schon passen. Andererseits steht sie mit beiden Beinen so fest im Leben, dass das schon wieder ein Widerspruch zu dieser Rolle ist. Wobei das natürlich die perfekte Tarnung wäre. Sie ist jung und bekommt vom Leben alles mit. Das Alter erlaubt ihr dann noch die eine oder andere Verrücktheit. Gleichzeitig wirkt sie so reif, dass man ihr sofort glauben würde, dass sie schon viel mehr erlebt hat, als ihre 29 Jahre offiziell hergeben.

Vielleicht ist sie aber einfach jung und nimmt sich solche Dinge wie die Lichtfisch-Theorie viel zu sehr zu Herzen.

Aber mal angenommen, sie wäre ein Besucher. Ist die Simulation dann vollständig? Ist sie dann ein real simulierter Mensch? Oder existiert sie nur als Hülle und ist mit ihrem äußeren Selbst über irgendwelche Schnittstellen an die Simulation gekoppelt?

Ich muss an Terminator 2 denken und die Szene, in der Arnie seinen Arm aufschneidet, um den Menschen zu zeigen, dass er eine Maschine ist. *Man müsste Sina aufschneiden.* Der Gedanke ist so abstrus, dass ich unwillkürlich auflache.

Schuldbewusst und in Gedanken schon nach einer Erklärung suchend schaue ich vorsichtig zu Hari hinüber. Er scheint das nicht bemerkt zu haben und ist wohl in seiner eigenen Gedankenwelt.

Ich räuspere mich trotzdem und versuche, es wie ein Räuspern klingen zu lassen, dass ein bisschen wie Lachen klingt. Kompletter Blödsinn.

»Hast du schon mal darüber nachgedacht, mit *Außen* Kontakt aufzunehmen – also theoretisch. Sollte es da Möglichkeiten geben?«

Hari bleibt abrupt stehen und blickt mich mit einem Gesichtsausdruck an, den ich nicht komplett deuten kann. Erstaunt? Erschrocken? Ertappt? Von allem ein bisschen was, aber da ist noch etwas anderes in seinem Blick, das ich aber nicht zuordnen kann.

»Ich glaube – ich weiß es noch nicht. Habe ein bisschen drüber nachgedacht, aber da bin ich noch nicht so weit. Viel Arbeit momentan.«

Hm. Ich lasse das mal so im Raum stehen.

Wir gehen weiter. Ich beschließe, mal zur Abwechslung von mir zu erzählen. Normalerweise fragt Hari von sich aus, aber heute nicht.

»Weißt du schon das Neueste? Hanna und Andi bekommen zum zweiten Mal Nachwuchs.«

Hari scheint aus einer Art Trance zu erwachen.

»Wie? Was? Nein, wusste ich nicht. Nachwuchs?«

»Ja. Vermutlich wieder ein Baby.«

»Blödmann.«

Hari ist wohl endlich vollständig im Jetzt und Hier angekommen. Wir lachen beide.

»Hanna hat es mir bei der letzten Probe erzählt. Mit 2u 2weit ist dann erst mal Pause ab Sommer, und dann müssen wir weitersehen, wie sich das entwickelt. So fit ist Andis Mama nicht mehr, das heißt, die wird als Babysitter wohl flachfallen, zumindest in der ersten Zeit.

Außerdem hat Hanna angedeutet, die Babypause vielleicht ein bisschen auszudehnen. Womit sie ja recht hat. Immerhin ist es ihr Kind. Ich war noch nie Papa, aber ich finde es seltsam, ein Kind zur Welt zu bringen und es dann möglichst schnell in anderer Leute Obhut zu geben, damit man weitermachen kann wie bisher.«

»Hm. Betrifft das viele Auftritte? Müsst ihr was absagen?«

»Bis jetzt geht es wohl gerade so hin. Hanna will jetzt noch nichts absagen. Die erste Schwangerschaft verlief recht gut, und sie glaubt, dass sie die Stadtfeste im Sommer noch singen kann. Ein Geburtstag ist dann noch Mitte September, das könnte knapp werden, weil der errechnete Geburtstermin einen Tag danach liegt. Aber das ist ein fünfzigster, da würde sich mein Bedauern in Grenzen halten, wenn wir den nicht spielen könnten. Wobei ich zur Not auch ein paar Nummern alleine hinbringe, wenn die das unbedingt wollen.«

»Ein fünfzigster … das klingt so weit weg, aber der trifft uns ja auch in ein paar Jahren«, sinniert Hari.

»Ja, aber bis dahin sollte das Kind dann schon auf der Welt sein – falls du uns buchen möchtest«, witzle ich.

»Wenn ihr nicht zu teuer seid«, entgegnet Hari und fügt hinzu: »Wie geht es dann Hanna momentan? Alles okay?«

»Ja, eigentlich alles wie immer. Zieht immer noch über ihren Bandkollegen her.«

Zwischen Hanna und mir hat sich eine spezielle Art der bandinternen Kommunikation entwickelt. Ich glaube, das ist wohl zwangsläufig so, wenn man viel Zeit miteinander verbringt, die überdurchschnittlich viel Langeweile bereithält: Fahrten zum Gig, das Warten auf den Veranstalter, der kurz vor halb immer noch nicht da ist, obwohl zur vollen Stunde ausgemacht war, das gespannte Warten zwischen Soundcheck und Gig, die Heimfahrt in der Nacht.

Hanna spricht grundsätzlich sehr offen über alles, was sie beschäftigt. Dadurch, dass wir immer wieder mal für ein Paar gehalten werden, ergibt sich zusätzlich eine Art *gespielte Intimität*, und Andi hat uns schon öfter mal mit einem alten Ehepaar verglichen wegen der Art, wie wir miteinander umgehen.

Zum Glück weiß er, dass außer einer guten Freundschaft und der Arbeit auf der Bühne nichts zwischen mir und Hanna läuft, und das ist auch gut so. Eifersüchteleien können den Job noch zusätzlich erschweren. Ein geschmachtet gesungenes ›Something stupid‹ mit ein paar gespielt verliebten Blicken macht weit weniger Spaß, wenn der Partner des Bühnenpartners im Publikum sitzt und man Angst haben muss, dass er einem nach dem Lied eine reinsemmelt. Oder noch schlimmer: während des Liedes.

»Soso. Vermutlich grundlos, oder? Ich meine, ihr Bandkollege ist …«, setzt Hari an.

»Friedfertig und umgänglich!«, platze ich dazwischen. »Er wird nur immer falsch verstanden bzw. werden ihm Sachen in den Mund gelegt, die er so nie und nimmer gemeint haben kann – meistens. Fast«, verteidige ich mich gespielt empört.

Hari kennt die Gespräche zwischen Hanna und mir. Oft geht es da tatsächlich ziemlich rau zu, und jemand, der uns nicht kennt und nur die Gespräche hört, wird sich sicher seinen Teil denken.

Ich muss an eine sehr spezielle Diskussion mit Hanna denken. Wir sind in einer kleinen, ein bisschen versifften Kneipe gewesen. Ich weiß den Namen gar nicht mehr. Andi ist jedenfalls nicht dabeigewesen. Oder später nachgekommen.

Nach dem Soundcheck und vor dem Essen musste Hanna aufs Klo und hat dabei versehentlich zuerst die falsche Tür benutzt. Nachdem noch keine Gäste da waren, kein Problem.

Sie ist dann wieder an den Tisch zurückgekommen und hat von ihrem Fehler erzählt.

»Auf dem Männerklo gibt es einen Automaten mit Kondomen – und Travel Pussies!«, hat sich Hanna ereifert. »Gefühlsecht! Wie verzweifelt muss man denn sein, wenn man eine Frau auf ein Stück gefühlsechtes Silikon oder was weiß ich reduziert?«

Ich habe mit den Schultern gezuckt.

»Keine Ahnung. So etwas habe ich bisher nie benutzt. Aber ich kenne die Teile. Sind oft auf Männertoiletten zu finden. Was wird denn bei euch im Klo angepriesen?«

»Kondome. Und manchmal Tampons. Einen aufblasbaren Penis habe ich jedenfalls noch nie gesehen.«

»Vielleicht, weil sie noch keinen passenden Namen gefunden haben?«, habe ich eingeworfen. »Wie sollte man denn ein solches Teil nennen, damit es die richtige Zielgruppe anspricht? Reiselatte?«

Ich habe kurz überlegt.

»Es fehlt zum Reiseglück der Gatte? Dann nimm dir eine Reiselatte.«

»Blödmann! Außerdem: Gatte? Zu altmodisch.«

Hanna hat kurz aufgelacht, ist dann aber gleich wieder ernst geworden.

»Ich weiß nicht, ob es dafür überhaupt eine Zielgruppe gibt. Sich so ein Gummiteil aus dem Automaten zu ziehen und nach dem Kneipenbesuch in seine ... na du weißt schon zu stecken, finde ich schon mehr als verzweifelt.«

Hanna ist dann für eine Minute in dumpfes Brüten versunken. Dann hat sie eine Frage in den Raum gestellt. Nicht direkt an mich gerichtet, sondern halb zu sich selbst.

»Was fasziniert denn Männer eigentlich so an einer Pu... – an einer Vulva? Das sind doch rein äußerlich betrachtet nur ein paar Hautfalten.«

Ich habe überlegt. Gute Frage.

»Naja, ›nur ein paar Hautfalten‹ klingt jetzt nicht sonderlich erotisch. Ich glaube, es liegt daran, dass der interessante Teil verborgen ist. Beim Mann ist auf den ersten Blick offensichtlich, mit welchem Körperteil er gerade denkt.«

»Hihi!«

»Bei einer Frau ist das anders. Versteckter und ... vielfältiger.«

»Du meinst viel *faltiger*«, erwidert Hanna.

»Nein, ernsthaft. Es ist eben nicht alles auf den ersten Blick sichtbar. Daher auf jeden Fall ... naja, geheimnisvoller, würde ich sagen.«

»Hm. So habe ich das noch gar nicht betrachtet. Du könntest recht haben.«

Ein kurzer spontaner Einfall.

»Letzter Versuch: Ganz alleine, leider geil? Dann hilft dir dies Gummiteil!«

Hanna hat nur die Augen verdreht und mich wortlos in den Oberarm gepufft.

Dann ist das Essen gekommen, und jeder ist eine Zeitlang mit sich und seinem Teller beschäftigt gewesen. Thema zu Ende.

»Wo gehen wir eigentlich hin?«, fragt Hari.

Die Frage holt mich in die Gegenwart zurück.

»Was hältst du von dem neuen Running Sushi, der letzte Woche im Einkaufszentrum aufgemacht hat?«, schlage ich vor.

»Bin dabei.«

16:21:13 Es ist rappelvoll. Wir haben noch einen Zweiertisch bekommen, und kurz darauf ist alles belegt. Glück muss man haben.

Ich sehe mich um. Großformatige japanische Schriftzeichen auf weißem Hintergrund. Bambusstangen. Plastikstühle. Alles sieht noch sehr neu aus. Neben uns schnurrt das Laufband vorbei. Ein paar Schüsselchen stapeln sich schon auf unserem Tisch.

»Gut, dass wir so weit vorne dran sind, da haben wir noch die beste Auswahl«, sage ich und öffne die Klappe. Sushi mit Lachs. »Die am Ende haben immer das Nachsehen.«

»Ich glaube, dass die bei der Bestückung schon merken, was besonders gut geht, und dementsprechend mehr davon reinpacken«, erwidert Hari mit vollem Mund.

»Wahrscheinlich. Andererseits muss das Zeug, das nicht so gerne genommen wird, ja auch weg. Solange sie nicht nachfüllen, kreist das so lange, bis jemand zugreift, weil er Hunger hat und nix anderes vorbeikommt.«

»Deswegen ist es gut, wenn man alles mag«, antwortet Hari und greift ebenfalls in die Klappe.

»Das wäre mal eine interessante Studie in angewandter Statistik«, sinniere ich. »In erster Näherung würde man annehmen, dass vorne alles zufällig reinkommt, und am Ende der Kette ist die Wahrscheinlichkeit höher, irgendwas zu erwischen, was man nicht mag. Wenn nun aber in der Küche dementsprechend reagiert wird, kann man versuchen, das einigermaßen auszugleichen. Wobei die vorderen – also wir – dann auch überdurchschnittlich viel von dem rausnehmen, was wir für am Leckersten erachten.«

»Dann musst du aber berücksichtigen, dass wir irgendwann ziemlich satt sind und uns dann eher den Nachtisch rauspicken – es ist also dann noch ein zeitlicher Faktor dabei. Und irgendwann stehen wir auf und die Nächsten kommen. Das wird kompliziert.«

»Und wenn du dann regelmäßig kommst und dich der Koch kennt ...«, ergänze ich, »dann wird es noch mal komplizierter. Das würde man vermutlich an der Eingabeverteilung merken. Das hat dann mit Zufall nicht mehr viel zu tun.«

»Zufall«, murmelt Hari. »Zufall ...«

Ich warte, ob da noch etwas kommt, aber Hari scheint zu überlegen. Ich greife in die Klappe und angle mir noch ein Lachs-Sushi. Das ›All-you-can-eat‹-System ist teuflisch. Man greift immer wieder hinein, obwohl man eigentlich schon satt ist – und dabei sind wir noch nicht mal beim Nachtisch.

Hari sitzt immer noch bewegungslos da.

»Erde an Hari – alles in Ordnung?«, frage ich schließlich.

Hari erwacht aus seiner Erstarrung.

»Was? Ja, sorry, ich … äh … habe überlegt. Du hast doch mal von dieser Esoterik-Musikbox gesprochen.«

»Ja, richtig – aber nicht mehr weiterverfolgt. Das Ergebnis war entweder zu langweilig oder zu chaotisch. Warum? Willst du eins kaufen?«, frage ich grinsend.

»Nein, danke. Aber du hast damals von einem *echten* Zufallsgenerator gesprochen. Wie war der aufgebaut?«, fragt Hari.

»Nun, anfangs hatte ich einen kleinen Käfig mit einem Affen, einem Würfel und einer Kamera vorgesehen, das war aber zu wartungsaufwändig.«

»Haha, sehr witzig.«

»Nö, ein Transistor, der so geschaltet wird, dass sein Quantenrauschen verstärkt wird. Das Ganze wird dann über eine Zenerdiode begrenzt und mit einem Pulsgenerator regelmäßig abgefragt. Das Ganze wir dann noch so bearbeitet, dass eine mögliche Gewichtung der Bits herausgefiltert wird. Ganz cooler Schaltkreis – aber es klingt halt nicht.«

»Hast du den Schaltplan noch?«

»Klar habe ich den noch. Irgendwo. Kann ich dir schicken, wenn du willst.«

»Ja, bitte.«

»Warum brauchst du den? Willst du die statistisch perfekte Sushiverteilung simulieren?«

»Nö, ich will … was testen.«

Mehr kommt nicht. Naja, er wird mir schon sagen, was er damit macht. Spätestens dann, wenn es vorzeigbare Ergebnisse gibt, klingelt das Telefon. Ich speichere mir eine kurze Notiz auf dem Handy, damit ich nicht vergesse, Hari den Schaltplan zu schicken.

Dann widme ich mich wieder dem Laufband. Soll ich schon zum Nachtisch wechseln? Eigentlich wäre es an der Zeit, aber da kommt dann doch noch mal ein Lachsteilchen vorbei. Das eine geht noch.

»Wie geht es eigentlich Ulla?«, frage ich, um Hari zum Reden zu bringen. So still wie heute ist er sonst nicht.

»So weit ganz gut. Ulla fährt heute – Kackmist!«

Hari springt auf. Die Schüsseln klirren, und vor lauter Schreck lasse ich die Klappe zufallen. Der Lachs fährt weiter. Die Leute auf den Nachbartischen blicken Hari verwundert an.

»Hast du mich erschreckt! Was ist denn los?«

»Heute Abend ist ein Konzert, und ich muss Ulla hinfahren. Oh Mist, das habe ich total vergessen. Wie spät ist es?«

Ich schaue aufs Handy.

»Halb fünf durch.«

»Dann muss ich weg. Sorry, ich hatte das nicht mehr auf dem Schirm. Kannst du für mich zahlen? Kriegst du wieder – beim nächsten Mal!«

»Kein Problem. Dann esse ich ein bisschen Nachtisch für dich mit.«

»Kannst du gerne machen. Ich melde mich wieder. Vergiss den Schaltplan nicht.«

Ich lege meine Hand auf das Handy.

»Ist gespeichert.«

»Dann bis bald!«

Hari stürmt aus dem Running Sushi.

Seit Ulla den Unfall gehabt hat, fährt sie nicht mehr selber Auto. Ich habe sie auch schon ab und zu mitgenommen, aber meistens macht Hari den Fahrer.

Irgendwo auch gut verständlich, dass sie nicht mehr selber fahren will, nachdem ja drei Leute bei dem Unfall gestorben sind. Wobei sie ja nicht schuld daran gewesen ist. Ein total übermüdeter Lastwagenfahrer hat ihr die Vorfahrt genommen – das hätte jedem passieren können.

Ich weiß nicht, wie es mir ginge, wenn ich in Ullas Situation wäre. Klar ist es blöd, immer auf andere angewiesen zu sein, wenn man mal irgendwo hin will, wo man mit Bus oder Bahn nicht weiterkommt. Andererseits würde ich mir sicher auch Vorwürfe machen: immerhin sind drei Menschen tot. Noch dazu die eigenen Eltern und der Partner.

Ulla hat damals Glück im Unglück gehabt. Sie wollte nach links abbiegen, und der Lastwagen kam von rechts mit über achtzig Sachen angebraust. Ihr Mann am Beifahrersitz: sofort tot, die Eltern auf dem Rücksitz sind noch am Unfallort gestorben. Beziehungsweise auf dem Weg ins Krankenhaus. Ulla war damals ewig im Krankenhaus, und seit –

»Entschuldigung. Ist der Platz noch frei?«

Eine Frau steht vor mir, lächelt mich an und deutet auf Haris leeren Stuhl.

Ursula Stein-Schrag, 2019-04-28

»Deshalb war es fast ein bisschen knapp und hektisch, hat sich aber 10:37:18 auf alle Fälle gelohnt«, beendet Ulla den Bericht über das Konzert vom Freitagabend.

»Freut mich zu hören«, erwidert Sina.

Sie rührt in ihrem Milchkaffee.

»Und es freut mich, das es Harald auch gut gegangen ist. Mit Migräne Auto fahren zu müssen ist sicher kein Spaß, und ein Konzert lässt sich dann auch nicht so recht genießen.«

Sie leckt den Löffel ab und legt ihn zur Seite.

»Mir tut es leid, dass ich am Donnerstag so komisch drauf war. Ich weiß nicht, was genau da in mich gefahren ist. Ich tippe mal auf den schlechten Schlaf. Ich habe Harald schon recht zugesetzt an diesem Abend«, ergänzt sie dann.

Ja, der Abend war – seltsam. Sina war tatsächlich anders als sonst, unsicher, fahrig, fordernd. Aber ihre Frage nach dem *Außen*: das trifft natürlich genau den Punkt, den Harald mit Ulla besprochen hat, den Teil der *Lichtfisch*-Theorie, den er noch verborgen halten will, bis er mehr weiß.

Auch Ulla hat seit dem Treffen überlegt, ob es möglich sein könnte, dass Sina von *außen* kommt, ohne das sie es weiß. Auf der Fahrt zum Konzert hat sie mit Harald lange darüber gesprochen.

Ulla ist – genau wie Harald – in der Zwickmühle: sie würde gerne Sina helfen und ihr sagen, was Harald in Sachen *Besuch* in seine – ihre – Theorie an Überlegungen aufgenommen hat, andererseits hat ihr Harald auf der Fahrt erklärt, dass Sina seiner Meinung nach damit nicht geholfen wäre. Im Gegenteil: sollte Sina davon überzeugt sein, eine Besucherin zu sein, würde sie früher oder später wohl vom System abgekoppelt werden, um ihre Psyche, also ihr *echtes Selbst*, wie es Harald genannt hat, zu stabilisieren.

Das hat sich alles aus Haralds Mund logisch und phantastisch gleichermaßen angehört, und Ulla würde vermutlich nur noch einen Bruchteil davon widergeben können – und selbst da wohl ungewollt ein paar Fakten verdrehen.

»Ich glaube, das war dann schon wieder in Ordnung. Harald hatte es am nächsten Tag im Grunde schon wieder vergessen.«

Eine kleine Notlüge. Wobei: es ging in dem Gespräch eigentlich nicht um Sinas seltsame Stimmung, sondern über den möglichen Grund, der dahinter steckt. Also stimmt es eigentlich. Irgendwie.

»Wie geht es dir denn seitdem?«, fährt Ulla fort. »Hast du immer noch diese Träume?«

Sina schiebt die Teller vom Frühstück beiseite und stellt die mittlerweile leere Kaffeetasse darauf.

»Es ist tatsächlich besser geworden seit unserem Treffen. Vielleicht habe ich das einfach mal loswerden müssen, mit jemandem darüber reden, um da irgendwie den Druck rauszunehmen, was weiß ich. Jedenfalls hatte ich noch einmal einen ähnlichen Traum, allerdings ohne das – naja, ›Portal‹.«

Sina zeichnet die Anführungszeichen mit den Fingern in die Luft.

»Wir waren im Arbeitszimmer wie immer, alles war vertraut, aber ich bin dann zu eurer Wohnungstüre, und da war kein helles Licht oder so, sondern euer Treppenhaus. Danach bin ich zwar in einer ganz anderen Gegend herausgekommen – aber das passiert bei Träumen ja manchmal. Ich konnte in dieser Nacht tatsächlich wieder ziemlich gut schlafen. Ich glaube, das habe ich euch und speziell dir zu verdanken, weil du dir noch so viel Zeit für mich genommen hast, nachdem sich Harald hinlegen musste. Danke!«

Sina blickt Ulla mit großer Dankbarkeit in die Augen, und Ulla wird ganz warm ums Herz. Ein Gefühl versucht an die Oberfläche zu kommen, das Ulla gerne verdrängen würde. Nein. Nicht. Nicht jetzt.

»Das ist schon in Ordnung, dafür sind Freunde da«, erwidert sie statt-dessen.

Ulla durchzuckt ein Gedanke. Was, wenn die Träume von *außen* beein-flusst werden? Wenn *sie* (wer auch immer das ist) gemerkt haben, dass Sina im Traum eine zu starke, allzu reale Bindung zum *Außen* aufbaut? Besteht die Gefahr, dass Sina ihren Aufenthalt hier bei uns vorzeitig abbrechen muss? Ulla kommt *Vanilla Sky* in den Sinn. Oder ist die Vor-stellung paranoid?

Ben kommt an den Tisch.

»Darf ich abräumen? Hat es euch geschmeckt?«

»Wunderbar!«

»Alles bestens, wie immer.«

Sina bestellt noch einen Milchkaffee, Ulla eine Saftschorle. Eine ganze Weile herrscht Schweigen, Sina scheint ihren Gedanken nachzuhän-gen und blickt aus dem Fenster. Ein Lächeln umspielt ihre Lippen.

Ulla genießt die Stille. Es ist wunderbar, nicht immer reden zu müssen. Mit manchen Leuten kann man auch das Schweigen teilen, ohne ein schlechtes Gewissen haben zu müssen.

Sie blickt ebenfalls aus dem Fenster. Es ist sonnig. Draußen gehen ei-nige Leute vorbei. Vermutlich Kirchgänger, die aus dem Sonntagsgot-tesdienst kommen und nun nach Hause gehen. Die Kirche ist gleich hinter dem Café *ab:neun*, aber von hier aus nicht sichtbar.

Ulla überlegt, wann sie das letzte Mal in der Kirche gewesen ist. Frü-her ist sie mit Mutter jeden Sonntag in den Gottesdienst gegangen. Im Krankenhaus dann hat sie einige Fragen an Gott gestellt, die er ihrer Meinung nach nicht oder nur unzureichend beantwortet hat. Sie ist dann nach der Genesung ein oder zwei Mal in den Gottesdienst gegan-gen, aber es hat sich anders angefühlt: leer, sinnlos.

Sie hat daraufhin lange mit Harald darüber gesprochen. Harald hat sich schon früh aus der Religion ausgeklinkt, ihr aber lange und inter-essiert zugehört. Im Grunde hat er Ulla auch gar nicht für die eine oder die andere Seite überzeugen müssen, denn nachdem sie ihre Gedan-ken ausführlich offen gelegt hat, ist ihr selbst klar geworden, dass die

Religion in ihrem Fall als Erklärung am Ende ist und auch als Trostspender nicht viel hergibt.

Sina unterbricht ihren Gedankengang.

»Harald sah müde aus. Hat er zur Zeit viel zu tun?«, fragt sie.

»Ja, zum einen hat er einige Projekte fertig stellen müssen – aber frag mich nicht, was er da programmiert. Wenn ich mal zufällig in sein Zimmer komme und sehe, was er da am Bildschirm eintippt, ist das für mich ähnlich unverständlich wie das Voynich-Manuskript – oder die Mi'kmaq-Symbole. Den Lichtfisch kenne ich, aber sonst?«

Ulla zuckt mit den Schultern, beide lachen.

»Andererseits beschäftigt er sich auch viel mit der Theorie. Auf der Autofahrt hat er mir von einem Zufallsexperiment erzählt, irgendwas mit einem Zufallsgenerator, den er bauen will. Den Plan hat er von Martin. Das Gerät spuckt lauter Zufallszahlen aus, und anhand von denen will Harald überprüfen, ob die physikalischen Gesetze tatsächlich erfüllt sind oder so. Wenn die Welt nur simuliert wird, werden die Zufallsprozesse mathematisch gesteuert und sind dann nicht wirklich zufällig. Er hat versucht, mir zu erklären, wie ein Computer Zufallszahlen erzeugt, aber da bin ich ausgestiegen.«

»Das kann ich mir vorstellen.«

»Jedenfalls kann man wohl in computergenerierten Zufallszahlen unter Umständen irgendwelche Muster, Wiederholungen oder Häufigkeiten herauslesen, die ein echter Zufallsgenerator nicht haben sollte – außer der echte Zufallsgenerator wird ebenfalls von *außen* mit einem Computer berechnet. Ungefähr so.«

Sina scheint darüber nachzudenken. Ulla lässt ihren Blick schweifen. Sie blickt aus dem Fenster und sieht eine Familie, die gerade ins Auto steigt. Vermutlich kommen sie ebenfalls aus der Kirche. Der Mann könnte ungefähr Ullas Alter haben, vielleicht ein paar Jahre mehr, die Frau scheint etwas jünger zu sein. Die Tochter ist vielleicht neun oder zehn Jahre alt.

Die Familie besteigt einen SUV, der nahe am Café geparkt steht.

Ulla denkt an diverse Umweltaktionen, die sie früher in der Schule geplant und durchgeführt hatten. Ganze Jahrgänge sind losgezogen, um

Müll in der Stadt einzusammeln. Einige Mitschüler haben am Bahnübergang gewartet und Autofahrer darauf angesprochen, doch bitte den Motor auszumachen, wenn die Schranken zu sind.

Und was ist aus meiner Generation geworden?, fragt Ulla. Mülltrennung und dicke Autos, CO_2-neutraler Versand und Ignoranz. Sie blickt zu Sina, die nun ebenfalls sinnierend aus dem Fenster schaut.

Was hinterlassen wir der nachfolgenden Generation? Okay, strenggenommen ist Sina nur eine *halbe* Generation jünger, aber trotzdem. Was ist der Auslöser für unseren Egoismus, der alle guten Vorsätze zunichte gemacht hat?

Die Familie hat ihr Schlachtschiff ausgeparkt und fährt nun davon. Ob Ulla heute auch in der Kirche gewesen wäre und mit ihrem Mann nun zum Essen fahren würde, wenn der Unfall nicht gewesen wäre? *Vermutlich, aber sicher in einem kleineren Auto.*

Vor einiger Zeit hat sie mit Harald über das Thema gesprochen. Er hat gemeint, dass die Motoren in den neuen Autos eigentlich recht effizient seien, aber die Einsparungen dann wieder an anderer Stelle zunichte gemacht werden. Zum Beispiel durch schwerere Autos mit mehr PS. Wie hat er das genannt? Ach ja: *Rebound-Effekt.* Zwei Tonnen Auto. Mindestens. Für 200 Kilogramm Familie. Höchstens.

»Glaubst du an Zufälle?«, fragt Sina unvermittelt.

»Wie meinst du das?«, entgegnet Ulla erstaunt.

»Naja, wenn es ein ›allmächtiges Wesen‹ gäbe – sei es nun ein Programmierer oder Gott – das die Geschicke von uns lenken würde, so wäre doch das, was um uns herum passiert, dann eigentlich kein Zufall.«

»Ja, vermutlich.« *Womit wir wieder beim Thema wären*, fügt Ulla in Gedanken hinzu.

»Ich finde den Gedanken beunruhigend, dass jemand uns von außen steuert – oder zumindest steuern könnte, ohne dass wir es bemerken. Andererseits ...«

Sina verstummt.

»Ja?«, fragt Ulla nach einer kurzen Pause vorsichtig.

»Ich habe ein bisschen nachgelesen über den freien Willen, und dass der vermutlich nur eine Illusion ist. Auslöser war eine Kurzgeschichte in einem Buch – im Grunde science fiction, aber ich habe dann mal im Internet gesucht. Scheinbar ist es wohl so, dass alle unsere Entscheidungen von einem Bereich im Gehirn getroffen werden, der zum Unterbewusstsein gehört. Und erst dann, wenn die Entscheidung gefällt ist, taucht sie im Bewusstsein auf – Ideen übrigens auch«, fügt sie hinzu.

»Damit habe ich mich ehrlich gesagt noch nie beschäftigt«, gesteht Ulla. »Aber das mit den Ideen kann schon hinkommen. Immerhin tauchen Einfälle ja aus dem Nichts auf. Aber freie Entscheidungen? Ich kann doch bestimmen, was ich tue!«

»Das dachte ich zuerst auch«, sagt Sina und fährt fort:

»Es gibt da einen fiesen Versuch, bei dem ein Teilnehmer sich spontan entscheiden soll, ob er den linken oder den rechten Knopf drückt. An jedem Knopf ist eine Lampe, außerdem hat der Versuchsteilnehmer ein paar Sensoren am Kopf, die die Gehirnströme messen. Tests haben ergeben, dass zwischen dem Zeitpunkt, in dem die Entscheidung getroffen wird und dem Zeitpunkt, an dem einem selbst diese Entscheidung klar wird, ein bisschen Zeit vergeht. In dem Moment, in dem man sich entscheidet, links oder rechts zu drücken, steht also die Entscheidung schon ein paar Zehntelsekunden fest – den genauen Wert weiß ich nicht mehr. Die Sensoren ermitteln die Entscheidung und lassen die passende Lampe aufleuchten, *bevor* man den passenden Knopf drücken kann. Die Testpersonen waren ziemlich gefrustet und haben versucht, die Maschine zu überlisten. Hat aber nicht funktioniert.«

»Das klingt interessant.«

»Ich kann dir den Link zu dem Video gerne schicken. Ich habe es zwar auch hier auf dem Handy, aber das ganze dauert fast zwanzig Minuten, das ist für jetzt zu lang.«

»Und diese Kurzgeschichte? Geht es da auch um irgendwelche Versuche an Menschen?«

Sina beginnt zu erzählen.

»Die Geschichte ist von Ysé Pidot, einer recht jungen Schriftstellerin. Ihr Vater ist Franzose und Geschäftsführer in einem internationalen

Technikkonzern, ihre Mutter kommt aus Japan und ist wie sie als Autorin tätig. Sie schreibt viele Kurzgeschichten, aber auch Gedichte. Vieles davon ist auf den ersten Blick sehr pessimistisch, darin ist sie Cavel sehr ähnlich. Aber oft schimmert bei ihr auch ein Funken Hoffnung durch, daher lese ich sie sehr gerne.«

Ulla lehnt sich entspannt zurück und unterdrückt den Impuls, einfach die Augen zu schließen. Sie genießt es, wenn Sina erzählt. Der Klang ihrer Stimme, die Art und Weise, *wie* sie erzählt – und natürlich die Geschichten selbst. Wobei Sina vermutlich auch einfach das Telefonbuch vorlesen könnte, und es wäre immer noch fesselnd.

»Die Kurzgeschichte spielt in der nahen Zukunft. Sie wird wird von einem jungen Mann erzählt, der mit einer Schussverletzung an der Schulter in einem zerstörten Kaufhaus sitzt und sein zertrümmertes Handy betrachtet. Er rekapituliert die Ereignisse, die letzten Endes dazu führen, dass um ihn herum das Chaos tobt. Und er fühlt sich mitverantwortlich.«

Sina unterbricht.

»Soll ich weitererzählen, oder ist das zu blutrünstig für einen späten Sonntagvormittag?«

»Nein, nein, erzähl weiter!«, fordert sie Ulla auf.

»Also – Rückblende: Die meisten Geräte hängen im Internet, das *Netz der Dinge* ist aufgespannt, jeder Toaster und jede Kaffeemaschine ist per Handy steuerbar, alles kommuniziert untereinander. Die IT-Firma *connec* ist auf die Idee gekommen, die Daten sämtlicher Sensoren, Kameras, Mikrofone und so weiter zu verknüpfen. Die gesammelten Daten werden zwar – offiziell zumindest – anonymisiert verarbeitet, aber man versucht daraus, ein Stimmungsbild der Menschen in der Umgebung zu generieren, um bestimmte Aktionen im Vorfeld zu verhindern.«

Sina trinkt einen Schluck.

»Das begann in ganz kleinem Rahmen. Wenn jemand im Internet nach Selbstmordmethoden gesucht hat, wurden zuerst positive Suchergebnisse angezeigt: Berichte von Leuten, die bestätigen, wie froh sie sind, dass ihr Selbstmordversuch nicht geklappt hat, Adressen und Telefonnummern von Beratungsstellen und so weiter. Aus der Playlist wurden eher die positiven, heiteren Songs gespielt.

Als dann die Datenmenge größer wurde, hat man damit begonnen, mit maschinellem Lernen zu arbeiten. Der internetfähige Kühlschrank allein kann vielleicht nur die Milch rechtzeitig nachbestellen, aber mit den sensorischen Daten vom Herd, dem Bewegungsprofil vom Handy und dem Auto und schließlich den Kontodaten können die Lebensgewohnheiten, die Ernährung und der Gesundheitszustand einer Person recht genau ermittelt werden. Die Klangfarbe der Stimme wurde analysiert, beim Handy wurde per Innenkamera die Mimik erfasst.

Unregelmäßigkeiten im Tagesablauf wurden dann genau registriert. Die Kaffeemaschine läuft zwei Stunden früher als gewöhnlich? Dann hat Person A wohl (a) etwas außerplanmäßiges vor und (b) nicht ausgeschlafen. Das Auto wird mitten in der Nacht gestartet und befindet sich nun in einem Ort, in dem Person B wohnt, mit der vor kurzem noch lange und heftig gestritten wurde? Davor wurde im Gartenhäuschen noch Licht gemacht und die Überwachungskamera auf dem Nachbargrundstück hat ein längliches Objekt identifiziert, das in den Kofferraum gepackt wurde? Der Brandmelder registriert Spuren von Benzin?

Anfangs gab es Fehlalarme. Der Mann, der seinem Bruder mitten in der Nacht die Motorsäge zurückgebracht hat, weil der ihm vorgeworfen hat, alles auszuleihen und nie zurückzubringen. Die Frau, die sich den Wecker mal zwei Stunden früher gestellt hat, um den Sonnenaufgang in dem kleinen Wäldchen auf dem Hügel zu bewundern.

Mit der Zeit wurde die Auswertungstechnik aber besser, zuverlässiger – und schneller. Kleinste Abweichungen vom Normalverhalten wurden detektiert und sofort die notwendigen Schritte eingeleitet, um Schlimmeres zu verhindern. Ein Sturz einer alleinstehenden alten Dame wurde vom Kühlschrank gemeldet, dessen Tür länger als eine Minute offenstand. Herzinfarkte wurden frühzeitig erkannt, viele Selbstmorde rechtzeitig verhindert, geplante Verbrechen vorab vereitelt.

Die Akzeptanz in der Bevölkerung war anfangs zwiespältig. Natürlich war es ein Segen, wenn es bei einem *geplanten* Einbruchdiebstahl blieb oder eine ältere Person rechtzeitig gefunden wurde, die in der eigenen

Wohunung gestürzt war und aus eigener Kraft nicht mehr aufstehen oder einen Krankenwagen rufen konnte. Dafür musste man in Kauf nehmen, ständig überwacht und analysiert zu werden. Ein Entkommen aus dem Netz war kaum möglich. Es gab wohl ein paar Orte, an denen keine vernetzten Geräte angebracht waren, aber das Handy war fast überall dabei, und wer es vorsätzlich im Auto oder zu Hause liegenließ, machte sich sowieso verdächtig.

Daher wuchs die Zustimmung mit der Zeit, die kritischen Stimmen verstummten. Ein voller Erfolg, möchte man meinen.«

Sina greift wieder zur Tasse.

»Das stelle ich mir sehr beklemmend vor«, wirft Ulla ein. Sinas Schilderung hat einen starken Eindruck auf sie hinterlassen.

»Ja. Aber es kam noch schlimmer, denn der Mensch trifft seine Entscheidungen unbewusst, und erst wenn die Entscheidung feststeht, dann wird das Bewusstsein darüber ›informiert‹, wenn man so will.

Dadurch aber entstand bei den Leuten zunehmend der Eindruck, dass die Maschinen entweder hellsehen konnten oder aber den Menschen die Taten auf irgendeine unerklärliche Weise ›einflüstern‹ und so manipulieren, um das System auf diese Art zu bestätigen. Also vereinfacht gesagt: die Maschinen flüstern einem ein, er solle einen Mord begehen und verhindern dann diesen Mord, um den Menschen zu suggerieren, dass das System doch top funktioniert.

Es regte sich Widerstand, der allerdings – bedingt durch das ausgereifte Überwachungssystem – schnell im Keim erstickt wurde. Weil die ganze Kommunikation abgehört wurde, war es ja ein Leichtes, radikale Gruppierungen sofort aufzuspüren. Und Einzeltäter wurden aufgrund ihrer Suchprofile im Netz erkannt, und auch die Videokameras in öffentlichen Bibliotheken trugen wesentlich dazu bei.

Letzten Endes half den Menschen in der Geschichte dann ein Naturereignis: ein starkes Gewitter, das in dieser Heftigkeit nicht vorhergesagt worden war, sorgte in einem Stadtviertel einer größeren Metropole für einen kurzen Stromausfall. Viele, aber nicht alle Geräte hatten natürlich Akkus, doch die komplette Vernetzung wurde für einen kurzen Moment löchrig. Ein paar Leute begannen damit, die Kameras auf den öffentlichen Plätzen zu zerstören – und es kam nicht sofort ein Streifenwagen um die Ecke!

Als ein paar Minuten später der Strom wieder da war, hatte sich schon eine größere Gruppe von Leuten zusammengerottet und zog durch die Straßen. Elektronische Geräte wurden zerstört, Autos brannten, die Stadt war in Aufruhr. Herbeigerufene Polizisten wechselten zum Teil die Lager und schlossen sich den Aufständischen an, so dass es bewaffnete Übergriffe auf beiden Seiten gab.

Der Erzähler der Geschichte war eigentlich nur zufällig in der Nähe, als sich der Widerstand formierte – und nun sitzt er verletzt in dem zerstörten Kaufhaus. Er arbeitet für *connec*.«

Sina lehnt sich zurück.

»Und dann?«, fragt Ulla nach. »Die Geschichte ist doch dann nicht zu Ende!«

»Doch. Das Schicksal des Erzählers und die Frage, ob die Revolte zu Veränderungen führt oder niedergeschlagen wird, bleiben offen.«

»Hm.«

Ulla hätte gerne noch mehr gehört. Andererseits: wie soll denn so eine Geschichte enden? Friede, Freude, Eierkuchen wäre fehl am Platz, und wenn die Menschen tatsächlich ein Stück Freiheit zurückerobern können, wird das sicher ein langwieriger Prozess, der den Rahmen einer Kurzgeschichte absolut sprengt.

»Eine ... fesselnde Geschichte. Auf alle Fälle Stoff zum Nachdenken. Und es ist wirkungsvoller, wenn das Ende nicht verraten wird«, sagt sie schließlich.

»Ja, das finde ich auch«, bestätigt Sina. »Anfangs war ich enttäuscht, dass die Geschichte so abrupt endet, aber dadurch bleibt sie spannend. Man überlegt für sich, wie es weitergehen könnte.«

»Was glaubst du?«, fragt Ulla. »Siegt die Menschheit?«

Diese Frage klingt schon sehr episch, muss sich Ulla eingestehen.

»Ich würde es mir wünschen, aber ich bin skeptisch. Ich glaube, wenn das Netz tatsächlich einmal so dicht gespannt ist, dann gibt es kein Entrinnen mehr.«

Dann zappeln wir im Netz wie die Fische, denkt sich Ulla. Ein sehr bildhafter Vergleich.

»Ja, ich fürchte auch, dass die Menschen mit der Technisierung schon so weit fortgeschritten sind, dass wir ohne gar nicht mehr überleben können. Es muss ja gar keine Revolution sein – ein Stromausfall für ein paar Stunden reicht, um die Menschen nervös zu machen.«

Sina und Ulla stehen vor dem Café *ab:neun*. In den Blumentrögen, die rund um den Platz aufgestellt sind, verstecken sich zwischen den Zinnien ein paar unscheinbare Pflänzchen, die beim Jäten wohl übersehen worden sind. Ulla zupft eine Pflanze vorsichtig heraus.

»Was ist das?«, fragt Sina.

»Unkraut. Ackermelde«, antwortet Ulla.

Sie dreht das Pflänzchen zwischen den Fingern. Erinnerungen werden wach.

»Mein Großvater hat mir damals etwas gezeigt. Komm mit.«

Ulla geht zum Brunnen, der ein paar Schritte entfernt auf dem Platz steht. Sie taucht die unscheinbare Pflanze unter Wasser, und der graue Belag auf den jungen Blättern beginnt, silbern zu schimmern.

Sina blickt mit großen Augen auf die glitzernden Blätter.

»Das habe ich noch nie gesehen. Es sieht toll aus!«

»Als ich noch ganz jung war, hat er mir erzählt, dass die Feen nachts auf diesen Pflanzen tanzen und dabei ein bisschen Feenstaub verlieren, den man dann am nächsten Tag entdecken kann. Ich bin dann immer durch den Garten auf der Suche nach diesen Pflanzen, und die tauchten tatsächlich an allen möglichen Stellen auf. Großvater hat mir dann die ehrenvolle Aufgabe übertragen, diese Pflanzen zu sammeln.«

»Warum denn das?«, fragt Sina.

»Er hat mir erklärt, dass die Schmetterlinge und die Bienen dauernd niesen müssen, wenn sie den Feenstaub in die Nase bekommen. Beziehungsweise in den Rüssel. Und dann können die Bienen keinen Nektar sammeln, weil ihnen ja die Nase juckt. Mir hat das damals eingeleuchtet, weil er ja ein paar Bienenvölker im Garten hatte und uns immer mit Honig versorgt hat. Also habe ich brav den Feenstaub samt Pflanze aus dem Boden gezupft und in einen kleinen Eimer getan.«

Ulla hat die Pflanze mittlerweile wieder aus dem Wasser geholt. Ein paar Tropfen hängen noch an den Blatträndern, aber die Pflanze sieht nun wieder so unscheinbar aus wie zuvor.

»Ab und zu hat er mir dann auch Geschichten von den Feen erzählt. Ich hätte so gerne mal eine Fee gesehen! Deshalb wollte ich auch nachts aufbleiben und im Garten nach Feen Ausschau halten, aber Großvater hat gemeint, das Feen sehr scheu sind und auch immer wieder auf neuen Pflanzen tanzen. Wenn sie nämlich den Feenstaub vom Vortag aufwirbeln, kitzelt der auch sie selbst in der Nase, und das Niesen würde sie dann verraten. Er selbst hat auch noch keine Fee gesehen, aber einmal in der Nacht ein Geräusch gehört, das seiner Meinung nach sicher das ›Hatschi!‹ einer zierlichen kleinen Fee gewesen sein muss.«

»Eine nette Geschichte!«, schwärmt Sina.

»Ja, und damit hat er es geschafft, dass ich immer fleißig und freiwillig Unkraut gejätet habe, wenn ich bei Großvater im Garten war.«

»Sehr schlau!«, grinst Sina.

2019-04-28
01:32:00

»Also los, wir sind schon spät dran!«

Die beiden älteren Herrschaften zwängen sich hinten ins Auto.

»Und du bist sicher, dass du fahren willst? Soll nicht ich ...?«, kommt es vom Beifahrersitz.

»Nein, *ich* fahre«, insistiert Ulla.

Sie prüft noch einmal, ob sie alles dabei hat. Der Tank ist gut halb voll, das sollte reichen. Es ist ja nicht weit.

Ulla startet den Motor, schaut in die Spiegel, fährt rückwärts aus der Einfahrt. Es ist nicht so, dass sie besonders gerne Auto fährt, aber sie ist ein schlechter Beifahrer. *Dann schon lieber selber fahren.*

Es fällt ihr schwer, die Gedanken zu ordnen. Viel Stress in der Arbeit, und natürlich muss sie genau dann kurzfristig länger bleiben, wenn sie im Anschluss einen Termin hat.

Auf der Straße ist nicht viel los, es geht zügig voran. An der Kreuzung ordnet sich Ulla links ein. Die Ampel steht auf rot. *Auch das noch*, denkt Ulla und trommelt nervös auf das Lenkrad.

»Bleib locker, wir haben genügend Zeit.«

Ulla blickt auf die Uhr. Sie wäre gerne eine Viertelstunde früher losgefahren, aber es stimmt, eigentlich sind sie gut in der Zeit. Wenn der Verkehr so bleibt …

Die Ampel schaltet auf grün. Ulla lässt die Kupplung kommen.

»Ja, du hast recht, wir haben …«

Ein lauter Knall, dann Stille.

Ulla schreckt auf. Es ist dunkel, und sie braucht einen Moment, um sich zurechtzufinden. Sie liegt in ihrem Bett, der Radiowecker zeigt kurz nach halb zwei in der Nacht. *Es war nur ein Traum*, denkt sie. Ein *sehr* realer Traum. Sie zittert am ganzen Körper.

Dann holt sie die Erinnerung ein. Trauer und Schmerz rollen heran wie eine riesige Woge, überspülen sie, reißen sie fort. Sie versucht, das Brennen in den Augen zu unterdrücken, aber die Tränen bahnen sich ihren Weg, benetzen ihre Wangen, tropfen auf die Bettdecke.

Ulla weint, leise, verzweifelt, bebend. Als sie den Druck kaum mehr aushält und losschreien will, presst sie sich das Kissen vor den Mund. Sie kippt zur Seite und zieht die Knie an, liegt zusammengerollt in ihrem Bett und schluchzt leise, bis sie die Flutwelle aus sich herausgeweint hat. Bis keine Tränen mehr kommen.

Etwas unsicher steht sie auf, tappt in der Dunkelheit ins Bad. Sie macht das Licht am Spiegel an und betrachtet sich lange darin. Ihre Augen sind rot, in den Falten glitzern noch Tränen, die Wangen und das Kinn sind ebenfalls feucht.

Schließlich dreht sie den Hahn auf, lässt kaltes Wasser in ihre Hände laufen und wäscht sich das Gesicht, immer wieder, ein verzweifelter Versuch, die Schuld wegzuwaschen.

Am Vorabend hat sie noch einmal den Tag Revue passieren lassen und ist mit einem guten Gefühl zu Bett gegangen. Sie hat an Großvater gedacht, an die Geschichte mit dem Feenstaub, die sie Sina erzählt hat.

Es ist noch nicht vorbei, denkt sie. Dass man so ein Erlebnis nicht vergessen kann, ist absolut klar, aber muss es trotzdem immer wieder an die Oberfläche kommen? Reicht es nicht irgendwann einmal? Wie lange muss sie das noch ertragen?

Das Gesicht, dass ihr aus dem Spiegel entgegenblickt, wirkt alt, verbraucht und ausgezehrt. In knapp fünf Wochen hat Ulla Geburtstag. Fünfundvierzig. Kaum zu glauben. Das Gesicht wirkt zwanzig Jahre älter. Es fällt ihr schwer, dem fassungslosen Blick der geröteten Augen standzuhalten.

Sie knipst das Licht aus, bleibt aber noch vor dem Spiegel stehen. Zuerst ist es völlig dunkel, aber nach kurzer Zeit tauchen ihre Umrisse im Spiegel auf. Ein bisschen Licht sickert von den Straßenlaternen bis hinauf ins Badezimmer und verfängt sich in den kurzen grauen Haaren, die ein Eigenleben zu führen scheinen und sich der durch Haarbürste und Haargummi vorgegebenen Ordnung entziehen.

Kann sie nicht für immer hier bleiben? In gnädige Dunkelheit gehüllt, verborgen vor den Blicken der anderen und dem eigenen, kritischen Blick, der noch viel mehr schmerzt? Ewige Stille, ewiges Dunkel. Ruhe und Frieden.

Ein schwaches Hupen von der Straße holt sie aus ihren Gedanken ins Hier und Jetzt zurück. Sie reißt sich von dem Anblick los und geht zurück ins Schlafzimmer.

Martin Jone, 2019-06-02

»Sina ist echt nett«, sagt Birgit und schmiegt sich an mich. 01:38:02

Die Temperatur ist gerade angenehm nach dem heißen Tag, aber Birgit ist anderer Meinung. Ich lege ihr meine Jacke um die Schultern.

»Mhm.«

Sicherheitshalber gebe ich eine eher unmotivierte Antwort, um hier keinesfalls mehr als pflichtschuldige Zustimmung zu signalisieren.

Ich lasse den Abend gedanklich Revue passieren. Birgit hat sich mit Sina auf Anhieb gut verstanden – und auch mit Ulla. Die beiden hat sie heute erst kennengelernt, während Hari ja schon einmal bei mir aufgetaucht ist, während Birgit bei mir war.

Vermutlich bin ich ein bisschen zu sehr ins Schwärmen geraten, als ich ihr von Sina erzählt habe. Sie hat darauf ein bisschen zugeknöpft reagiert, daher bin ich gewarnt.

»Du kannst ruhig ein bisschen enthusiastischer sein. Ich bin da nicht mehr eifersüchtig – Sina hat beruflich mit alten Männern zu tun, da wird sie sich in ihrer Freizeit nicht auch noch freiwillig einen alten Mann anlachen.«

Sie grinst mich frech von der Seite an. In diesem Punkt ist Birgit fast noch schlagfertiger als Hanna, und das will was heißen. Gespielt gekränkt ziehe ich meinen Arm weg.

»Was soll das heißen? Ich war ja wohl nicht der älteste auf der Feier!«

Neben uns beiden, Sina, Ulla und Hari waren anfangs noch ein Pärchen da, das wohl noch etwas älter als Ulla war. Sie eine Arbeitskollegin von Ulla, und er ihr Mann. Eigentlich ganz nette Leute, aber irgend- wie ... mehr als Smalltalk über den heißen Juni und lobenswerte Wor- te über das Essen waren denen kaum zu entlocken. Obwohl die bei- den schon letztes Jahr bei Ullas fünfundvierzigstem da waren, kann ich mich nicht mehr an die Namen der beiden erinnern. Edeltraut? Wal- traut? Herrrmann?

»Walter zählt nicht, der gehört ja nicht zu eurem Kreis der Erleuchte- ten.«

Walter, genau! Birgit kann sich so was merken.

»Hari ist aber auch älter als ich!«, protestiere ich. »Ganze neun Monate! Fast.«

»Schon recht«, beschwichtigt Birgit und grinst immer noch.

Sie hängt sich wieder bei mir unter.

»Komm, lass dir über die Straße helfen«.

Wir überqueren die Straße und schwenken nach links. Es riecht nach Blumen, aber ich kann nicht genau orten, woher der Duft kommt.

»Riechst du das? Jelängerjelieber.«

Birgit zieht hörbar Luft durch die Nase ein.

»Was?«

»So heißt die Pflanze. Beziehungsweise wird sie im Volksmund so ge- nannt. ›Geißblatt‹ klingt eher langweilig. Riecht gut, oder?«

Sie saugt noch einmal den Duft ein.

»Ja, das duftet echt gut«, pflichte ich bei.

Der Duft ist nun sehr intensiv, fast schon betörend.

»Jelängerjelieber – muss ich mir merken.«

»Wie lange ist Hari denn schon Single?«, fragt Birgit unvermittelt.

Ich muss überlegen. Während des Studiums ist er längere Zeit mit ei- ner Kommilitonin zusammen gewesen – Mona? Nein, Moni. Ziemlich klein und quirlig. Moni ist allerdings dann ins Ausland gegangen, und dann hat sich das leider von selbst erledigt.

Und danach? Hari und ich haben eigentlich selten über unsere Beziehungen gesprochen, aber an mehr als ein, zwei weitere Frauen kann ich mich nicht erinnern. Und dann die Sache mit Julia.

»Hm, ich glaube, dass eine Zeitlang vor dem schweren Unfall etwas am Entstehen war. Sie hieß Julia und hatte im Gegensatz zu Haris wenigen früheren Frauen überhaupt nichts mit Physik am Hut. Ich glaube, sie arbeitete als Floristin. Trotzdem – oder vielleicht gerade deshalb – hat es zwischen den beiden super funktioniert. Bis zu dem Unfall. Nachdem Hari seine Eltern verloren hatte und Ulla so lange im Krankenhaus lag, hat sich Hari ziemlich zurückgezogen. Auch zu mir hat er lange keinen Kontakt mehr gehabt, und in der Zeit muss das mit Julia dann wohl auch auseinandergebrochen sein. Er hat mir nichts darüber erzählt.«

»Das ist traurig. Wie lange ist das denn schon her?«, fragt Birgit.

»Das war im Herbst 2013. Bald sechs Jahre her.«

Wir gehen eine Weile schweigend weiter. Ich denke an Julia zurück, die ihr zierliches Gesicht hinter einer viel zu großen Brille versteckt hat. Die beiden hätten wirklich gut zusammengepasst, davon bin ich überzeugt. Warum das auseinandergegangen ist, kann ich mir bis heute nicht erklären, aber Hari hat sich nach dem Unfall ja auch bei mir kaum gemeldet. Sein Jobwechsel, der Umzug ins Elternhaus ... natürlich habe ich ihm beim Ausräumen geholfen, aber er ist sehr wortkarg gewesen, damals.

»Ulla ist auch total nett«, meldet sich Birgit wieder zu Wort.

»Wenn man überlegt, was sie durchgemacht hat – ich weiß nicht, ob ich wieder in den Alltag zurück finden würde nach so einem Ereignis«, ergänzt sie.

Ich muss an das Gespräch in meiner Wohnung denken, an ihre Fürsorge für den kleinen Bruder, die ihn dann streckenweise zu sehr unter Druck gesetzt hat, so dass Hari die Schotten dicht gemacht hat.

Mittlerweile hat sich das Verhältnis der beiden wieder deutlich entspannt, auch wenn Ulla nach wie vor mal austickt, weil Hari nach wie vor unabsichtlich Schimmelkulturen im Kühlschrank züchtet.

»Leicht hat sie es nicht«, gebe ich zur Antwort.

»Und ihr Physiker seid schon ein komisches Volk, manchmal. Ulla tut mir da echt leid. Mit Harald hat sie es sicher nicht einfach, und eure abgehobenen Theorien machen die Sache nicht leicht.«

Ich habe die ganze *Lichtfisch*-Geschichte eigentlich ein bisschen aus den Augen verloren, seit mir Birgit beim Running Sushi über den Weg gelaufen ist. Seitdem habe ich Sina, Ulla und Hari eigentlich nicht mehr getroffen. Okay, Hari ist mal vorbeigekommen, als Birgit gerade bei mir war, aber das ist es dann auch schon gewesen. Er hat nach alten Reiseführern gefragt, Burgen und Schlösser. Mittlerweile gibt es ja alles im Netz, aber er hat unbedingt gedruckte Bücher haben wollen. Na ja.

Nachdem sich Birgit aber so gut mit allen verstanden hat, hat Sina sie dann in die Theorie eingeführt. Walter und Edeltraut/Waltraut haben sich um kurz nach elf verabschiedet, und dann sind nur noch ›Eingeweihte‹ da gewesen. Sogar Hari hat darüber erzählt, was mich ehrlich gesagt überrascht hat.

Meistens ist er mit seinen Ideen mehr als zurückhaltend vor Leuten, die er nicht gut kennt, aber nachdem sogar Ulla mit eingestiegen ist, hat es ihn wohl mitgerissen. Und die paar Gläser Wein, die er intus hatte, haben etwaige Bedenken dann vermutlich in Wohlgefallen aufgelöst. Allerdings scheint es ihm damit auch nicht mehr ganz so ernst zu sein.

»Und du wirst die *Lichtfisch*-Verschwörung am Montag in der Zeitung bringen, oder?«, frotzle ich.

»Ich habe, während du auf dem Klo warst, mit unserem Chefredakteur geschrieben. Die Story kommt in der Sonntagsausgabe!«, kontert Birgit. Sie blickt auf ihr Handy, um die Uhrzeit zu checken. »Wird gerade ausgeliefert!«

Schlagfertig ist sie, ohne Zweifel.

»Nein, im Ernst. Die Sache ist … wie soll ich sagen? Jeder Baustein für sich klingt im Grunde plausibel, aber in der Summe ist mir das dann doch eine Spur zu abgedreht. Eine interessante Vorstellung, daran besteht kein Zweifel, aber ich bin nicht überzeugt von eurer Theorie. *Noch nicht.* Spannend ist das Thema aber auf jeden Fall.«

Auch das mag ich an ihr. Sie ist offen und ehrlich, lässt aber andere Meinungen neben der ihren gelten.

Sie fährt fort:

»Außerdem hat Harald selbst betont, dass die Theorie in erster Linie ein Gedankenexperiment ist. Eine Hypothese, die sich vermutlich nie bestätigen oder widerlegen lässt.«

»Hm.«

Hari hat die Theorie tatsächlich ein Stück weit heruntergespielt – oder selber das Interesse daran verloren. Die Diskussion über die Geschichte von den toten Schriftstellern, die unter der Erde leben müssen, so lange ihr Name noch auf der Erde kursiert, ist da fast schon interessanter gewesen.

»Die Geschichte mit den Schriftstellern – von wem ist die nochmal?«, frage ich.

»Arno Schmidt: *Tina oder über die Unsterblichkeit*«, antwortet Birgit.

Arno Schmidt. Genau.

Ich bin überrascht, dass Hari die Geschichte schon gekannt hat. Ich bin mal zufällig über Arno Schmidt gestolpert, und sein Stil ist – naja, gewöhnungsbedürftig. Andererseits liest Hari zur Zeit kreuz und quer: Fachbücher, Geistergeschichten, Reiseführer, Biographien.

»Richtig. Interessante Vorstellung. Die alten Römer haben versucht, dadurch unsterblich zu werden, dass ihr Name nicht in Vergessenheit gerät – und hier läuft es genau anders herum.«

Birgit überlegt kurz.

»Unsterblichkeit stelle ich mir – naja, beängstigend vor. Ich meine, irgendwann wiederholt sich doch alles. Und dann nochmal. Und nochmal. Klar hat wohl jeder Angst vorm Sterben, glaube ich. Aber unsterblich? Ich weiß nicht.«

»Hm. Ja. Stimmt. Vielleicht.«

Irgendwie bin ich gerade nicht in der passenden Stimmung, um über den Tod zu reden. Aber die Geschichte will ich auf alle Fälle mal lesen.

»Aber nicht jetzt«, ergänze ich daher.

»Was?«, fragt Birgit.

»Sterben. Beziehungsweise darüber reden.«

»Einverstanden.«

Birgit atmet tief ein und presst sich näher an mich.

»Nicht jetzt. Weder, noch.«

Mittlerweile sind wir vor meiner Wohnung angekommen.

»Magst du noch auf einen Kaffee raufkommen?«

Wir haben schon vorab ausgemacht, dass sie bei mir über Nacht bleiben wird, aber die Frage kann ich mir nicht verkneifen.

»Wenn ich so spät noch Kaffee trinke, kann ich die ganze Nacht nicht schlafen«, erwidert sie in einem unschuldigen Tonfall.

Sie kommt ganz nah heran und raunt mir ins Ohr: »Aber vielleicht hast du ja eine Briefmarkensammlung, die du mir zeigen willst?«

Ihre Hand gleitet unter mein T-Shirt und streicht über meinen Oberkörper.

»Da müsste ich erst mal nachsehen«, entgegne ich, weil mir nichts Besseres einfällt.

»Ich helfe dir beim Suchen«, flüstert Birgit und schiebt mich in Richtung Hauseingang.

09:00:05 Ein Handywecker fiept. Während ich verschlafen mit der Hand nach meinem Handy suche, hat sich Birgit schon aufgerichtet und tippt auf ihr Handy. Das Fiepen hört auf.

»Sorry, den hatte ich nicht deaktiviert«, erklärt sie.

»Mhm«, grunze ich, immer noch nicht ganz wach.

»Das hast du schön gesagt – kurz und auf den Punkt gebracht!«

Ich setze mich auf und versuche, mir den Schlaf aus den Augen zu reiben.

»Hast du heute Termine?«, frage ich und ignoriere ihre vorige Bemerkung.

»Nein, heute steht nichts an. Am Wochenende gehe ich gerne joggen, aber heute wohl eher nicht.«

»Nein. Ist auch viel zu hell draußen«, erwidere ich und kneife die Augen zusammen.

Birgit tippt weiter auf ihrem Handy herum.

»Ah, eine Nachricht von Sina – sie hat mir ein Gedicht geschickt, von dem wir gestern gesprochen haben. Ein Liebesgedicht.«

»Soso, Sina schickt *dir* Liebesgedichte. Soll *ich* jetzt eifersüchtig sein?«, entgegne ich in gespieltem Protest und versuche gleichzeitig, einen Blick auf Birgits Handy zu erhaschen.

»Quatschkopf«, entgegnet Birgit. »Wir haben gestern über ihren Lieblingsautor gesprochen. Marcel Cavel. Hier, lies selbst«.

Sie reicht mit das Handy.

›Hallo Birgit, ich habe das Gedicht gefunden und schicke dir ein Foto. Wünsch' dir eine gute Nacht! Liebe Grüße von Sina‹, steht auf dem Display.

Sina ist die einzige mir bekannte Person, die die Satzzeichen auch in Kurznachrichten korrekt setzt und keine Abkürzungen wie ›LG‹ verwendet. Darunter ist eine abfotografierte Buchseite.

»Magst du es mir vorlesen? Meine Augen schlafen noch«, bitte ich.

Birgit liest vor.

Verliebt

Ich bin einmal verliebt gewesen.
Ich weiß gar nicht mehr,
wie das damals war.
Aber es muss wohl schön gewesen sein,
denn ich war ziemlich traurig,
als es vorbei war.

Ich bin einmal verliebt gewesen.
Ich weiß gar nicht mehr,

wie das damals war.
Aber es muss wohl schlimm gewesen sein,
denn ich war ziemlich froh,
als es vorbei war.

Ich bin wieder einmal verliebt.
Ich weiß gar nicht mehr,
wie das damals war.
Aber es muss wohl so sein,
denn ich bin ziemlich
durcheinander.

»Das ist schön, das gefällt mir«, ergänzt sie.

Ich sage nichts. Erinnerungen an gescheiterte Beziehungen tauchen auf, und tatsächlich hat es auch welche gegeben, denen ich nicht nachgetrauert habe.

Ich verdränge die Gedanken. Neben mir liegt eine wunderbare Frau, und allein der Gedanke daran erzeugt ein angenehmes Kribbeln, das im Nacken beginnt und die Wirbelsäule herunterläuft. Es fühlt sich immer noch an wie im Traum.

»Du sagst nichts, was ist los?«

Birgit stupst mich von der Seite an.

»Ich bin ... durcheinander. Und das liegt an dir.«

»Ich bin auch durcheinander. Und verliebt.«

Sie grinst und gibt mir einen Kuss auf die Wange. Ich erwidere den Kuss und nehme ihr das Handy ab. Ich rolle mich halb über sie, um das Gerät auf den Nachttisch zu legen und schließe sie gleichzeitig in meine Arme.

Keine Termine, und es gibt auch andere Tätigkeiten außer Joggen, die den Kreislauf in Schwung bringen.

Birgit protestiert im Spaß.

»He, mein Handy! Ich wollte das Gedicht noch einmal lesen. Vielleicht habe ich es noch nicht richtig verstanden!«

Ihr Körper spricht eine ganz andere Sprache. Sie lässt sich das Telefon ohne Widerstand abnehmen, ihre freie Hand umfasst meine Schulter, sie zieht mich zu sich.

»Man muss nicht alles verstehen.«

Teil III.

vergessen

Martin Jone, 2019-07-20

Das Telefon klingelt.   15:33:03

»Hallo?«

»Hallo, Martin, ich bin's.«

Hari ist dran.

»Hör zu, du musst unbedingt vorbeikommen. Ulla hatte einen Autoun-fall.«

»Unfall? Ich bin sofort bei dir.«

Klick. Harald hat schon wieder aufgelegt.

Ich schnappe mir die Jacke und laufe los. Haris Stimme hat mir über-haupt nicht gefallen. Martin. So nennt er mich nur, wenn die Hütte brennt.

Bei Ullas Geburtstag haben wir tatsächlich über sie und das Autofahren gesprochen. Birgit ist ganz überrascht gewesen, dass Ulla nicht mehr selbst Auto fährt, und ich habe ihr unauffällig ein Zeichen gegeben, dass sie das Thema bitte hier beenden soll. An ihrem Geburtstag soll Ulla nicht unbedingt an den Unfall erinnert werden.

Sie hat dann allerdings selbst das Thema aufgegriffen und verkündet, dass sie sich vielleicht doch dazu durchringen kann, sich wieder hinter das Steuer zu setzen. Allerdings hat sie ja kein Auto mehr. Daraufhin hat sie ihren Bruder angezwinkert und gefragt, ob sie denn ab und zu sein Auto ausleihen könnte. Hari hat natürlich zugesagt.

Nachdem er die letzten sechs Jahre lang seine Schwester chauffiert hat, muss das eine ziemliche Erleichterung für ihn gewesen sein. Und jetzt das. Hoffentlich ist es nicht all zu schlimm. Haris Auto ist bestimmt fünfzehn Jahre alt, dieser Verlust ist zu verschmerzen, aber Ulla?

Ich laufe schneller und bekomme Seitenstechen. Ich kann mich nicht daran erinnern, wann ich zum letzten Mal eine so weite Strecke gelaufen bin. Ich biege in die Straße ein und komme keuchend vor Haris Haustür zum Stehen. Kurz bleibe ich stehen, um durchzuatmen. Da ertönt schon der Türsummer, Hari hat mich also kommen sehen.

Der Weg in den fünften Stock ist schon anstrengend, wenn man nicht außer Puste ist, aber jetzt wird es echt schlimm. Hari steht im Eingang. Sein Gesicht wirkt grau, sein Blick traurig. Oh nein.

»Hallo Hari, da bin ich.« Ich keuche wie ein Walross.

»Komm rein.«

Er schließt die Tür hinter uns.

»Ein Unfall? Was ist passiert?«, frage ich, immer noch außer Atem.

»Die Polizei war gerade da. Ulla ist tot.«

Der Satz nimmt mir die Luft. Mir wird schwarz vor Augen. Ich lasse mich auf einen Stuhl fallen, bevor ich vor Hari auf den Boden klatsche.

»Was? Tot? Wie ... wann ...«.

Mein Kopf kann keinen klaren Gedanken fassen.

Ulla.

Nein.

Das darf nicht sein.

Hari bleibt neben der Tür stehen.

»Sie ist heute mit dem Auto aus der Stadt gefahren, auf der Landstraße Richtung Norden. Zu mir hat sie gesagt, dass sie ein paar Termine hat und ein bisschen was besorgen will. In der langgezogenen Allee außerhalb der Stadt ist sie mit dem Auto frontal an einen Baum.«

»Hat ihr jemand die Vorfahrt genommen?«, frage ich.

Dann wird mir die Unsinnigkeit dieser Frage bewusst. Die Allee geht kerzengerade, keine Abzweigungen, gar nichts.

»Nein. Sie war unterwegs, bevor der Berufsverkehr überhaupt so richtig losgegangen ist, daher war eigentlich noch nichts los auf der Straße. Ein Zeuge kam zu dem Unfall, ein Pendler auf dem Weg zur Arbeit.«

Hari bricht ab.

»Sorry, ich bin ganz durcheinander – sitze einfach da, während du ...«, stammle ich.

Ich kann meine Gedanken gar nicht schnell genug in Worte fassen. Ich stehe auf und gehe zu Hari.

»Das tut mir so leid.«

Ich umarme ihn und spüre, wie die Spannung aus ihm weicht und er ein Stück weit in sich zusammensackt. Er erwidert die Umarmung.

Eine Zeitlang stehen wir so im Zimmer. In meinem Kopf wirbeln Fragen und Fassungslosigkeit wild durcheinander.

An ihrem Geburtstag haben wir Ulla noch ermutigt, die Vergangenheit hinter sich zu lassen, und nun das. Haben wir Schuld an ihrem Tod? Ist ihr ein Tier vors Auto gelaufen? Sekundenschlaf? Geregnet hat es auch schon länger nicht mehr. Die Fahrbahn müsste trocken gewesen sein.

Dazwischen immer wieder Ulla. Sie sitzt vor mir und weint. Wegen Hari. Sie stößt mit uns an und lacht. Die Verabschiedung nach ihrer Feier. Dass wir, Birgit und ich, uns doch bald mal wieder bei ihr melden sollen.

Daraus wird nun nichts mehr. Meine Kehle schnürt sich zu.

Langsam löst sich Hari aus der Umarmung.

Seine Augen glänzen. Meine auch.

»Danke, dass du gekommen bist.«

»Hey, Mann, kein Thema.«

»Komm, wir setzen uns. Leider ist kein Kaffee da, den wollte Ulla ...«

Hari stoppt mitten im Satz.

»Willst du reden? Was haben die Polizisten noch erzählt?«, frage ich vorsichtig.

Hari atmet tief ein, hält kurz die Luft an und atmet hörbar aus. Dann fängt er an, mir alles zu erzählen.

Sina Keske, 2019-08-11

»Bevor wir nun zur Baumbestattung gehen, hören wir nun noch ein 10:39:05 Musikstück.«

Der Geistliche nickt Martin und Hanna zu, die seitlich von ihm sitzen. Martin beginnt mit dem Intro zu ›Tears in heaven‹. Ulla hat vorab festgelegt, verbrannt zu werden und unter einem Baum die letzte Ruhe zu finden, aber ansonsten keine weiteren Details festgelegt.

Sina blickt nach vorne. Auf einem kleinen Tisch steht die Urne. Ein schlichtes, tönernes Gefäß mit Ullas sterblichen Überresten.

Hanna setzt mit der Strophe ein, ihre glockenklare Stimme füllt den Raum. Trotz des bald bevorstehenden Entbindungstermins hat sie es sich nicht nehmen lassen, auf Ullas Beerdigung zu singen.

Eine Arbeitskollegin von Ulla kramt schniefend nach einem Taschentuch und putzt sich die Nase. Walter und Edeltraut sitzen nicht weit davon entfernt. Harald ist in der ersten Reihe, mit dem Rücken zu Sina, so dass sie sein Gesicht nicht sehen kann.

Sina betrachtet nun den Babybauch von Hanna. *Noch nicht mal auf der Welt, und schon bei der ersten Beerdigung dabei.* Ein ewiger Kreislauf.

Sina war vorgestern kurz bei Martin, um ihm zum Geburtstag zu gratulieren. Der zweiundvierzigste ist für alle Douglas-Adams-Fans natürlich etwas ganz Besonderes. Die geplante Feier hat er in Anbetracht der Umstände abgesagt, aber Sina hat trotzdem zumindest kurz vorbeischauen wollen.

Die letzten Tage waren seltsam, surreal. Das Leben geht weiter, aber ohne Ulla. Alle haben viel geweint und versucht, den Unfall irgendwie zu verarbeiten und ins eigene Leben einzuordnen. Harald hat sich die Schuld geben wollen, weil er Ulla noch zum Autofahren ermutigt hat, ebenso Martin. Was natürlich Quatsch ist.

Laut der Polizei ist Fremdeinwirkung ausgeschlossen, auch das Fahrzeug selbst hat keine Mängel aufgewiesen, die zum Unfall geführt haben könnten.

Ulla hat vor einiger Zeit mit Sina darüber gesprochen, dass sie eine Zeit lang in psychischer Behandlung gewesen ist. Die Behandlung ist allerdings nicht abgeschlossen worden. Ulla hat irgendwann abgebrochen, weil sie zum einen nicht das Gefühl hatte, bei der Therapeutin gut aufgehoben zu sein, und zum anderen, weil die Behandlung – wie hat es Ulla formuliert? – *zu nah* gewesen ist, zu nah am Ort und zu nah am Zeitpunkt des Unfalls.

Sina hat erkannt, dass sich Ulla immer noch Schuldvorwürfe macht. Die Alpträume vom Unfall deuten in die selbe Richtung. Deshalb hat sie Ulla dazu bringen wollen, es doch noch einmal mit einer Therapie oder zumindest einem Beratungsgespräch außerhalb der Stadt zu versuchen. Deshalb ist Ulla auch alleine gefahren und hat Harald nicht dabei haben wollen. Ihr ist es immer noch unangenehm gewesen, andere in diese *Sache* mit hineinzuziehen.

Ulla ist mit mehr als hundert Sachen kerzengerade an einen Baum gefahren. Vielleicht war sie abgelenkt, vielleicht ist ein Tier über die Fahrbahn oder ein Vogel knapp an der Windschutzscheibe vorbei – Ulla ist erschrocken. Zack. Aus.

Oder es ist Ullas Imp gewesen. Sina muss an das Gedicht denken. *Aber während ich noch jedes Mal darüber grüble, hat er sich schon entschieden.*

Vielleicht hat Ulla an dem Morgen schwarze Gedanken gehabt, sich statt dem geplanten Neuanfang ein finales Ende gesetzt? Vielleicht ist die Entscheidung ganz spontan gekommen? Sina sieht Ulla mit dem Messer vor sich stehen, Verwirrung und Verzweiflung in den Augen. Damals, bei Haralds letztem Geburtstag, in der Küche. *Elif, was hast du ihr eingeflüstert an dem Morgen?*

Die letzten Töne verklingen. Der Geistliche ergreift wieder das Wort.

»Wir gehen nun zur letzten Ruhestätte der Verstorbenen. Wenn Sie mir bitte folgen wollen?«

Ein Friedhofsangestellter mit langem Mantel, schwarzer Mütze und schwarzen Lederhandschuhen ergreift die Urne. Er geht voraus, der Geistliche folgt ihm, in der Hand ein Gebetbuch. Harald ist der erste, der sich anschließt. Martin steht auf und stellt die Gitarre zur Seite. Hanna geht zu Andi, beide reihen sich hinter Harald ein. Birgit und Martin sind die nächsten, dann folgen Arbeitskollegen und Bekannte von Ulla.

Sina ist eine der letzten, die den Raum verlassen. Ein weiterer Angestellter prüft, ob der Raum leer ist, und verschließt dann die Tür. Er blickt Sina in die Augen und nickt ihr kurz zu. Eine professionelle Beileidsbekundung ohne Worte von einem, der tagtäglich damit zu tun hat.

Beileid. Trauer. Eigentlich klingt Trauer viel zu hell. Dunkle, langgezogene Vokale, die man dehnen kann, bis die Länge des Wortes den eigenen Zustand widerspiegelt. Ein schwacher Seufzer am Schluss. *Truub.* Ja, das klingt passender.

Die Schritte knirschen auf dem geschotterten Weg, der zu den Bäumen führt, an deren Wurzeln die Urnengräber liegen. Sina hält den Kopf gesenkt und entdeckt am Wegrand hier und da kleine Pflanzen mit grau-silbrigem Schimmer. Ackermelde.

Ach Ulla. *Warum hast du nur auf den Imp gehört?*

Auf dem Weg liegen größere und kleinere Steine, dazwischen Sand. Sina blickt genauer hin. Zwischen den kleine Steinen liegen noch kleinere, und auch der Sand hat kleinere und größere Sandkörner. Je länger sie auf den Weg starrt, um so fließender werden die Unterschiede zwischen Steinen und Sand. *Es kommt nur auf den Blickwinkel an, ob etwas als Stein oder als Sandkorn eingeordnet wird,* denkt sie bei sich.

Bei den Menschen ist es genau so. Was für Sina eine Handvoll an Arbeitskollegen ist, ist für Ulla vielleicht eine wichtige Bezugsperson in der Arbeit gewesen. Jemand, der immer die Kaffeemaschine sauber gehalten hat. Jemand, dem die Blumen auf den Schreibtischen wichtig waren. Jemand, der immer ein offenes Ohr für sie gehabt hat.

Umgekehrt ist Sina für die ein unscheinbares Sandkorn, jemand, der wohl in irgendeiner unwichtigen Verbindung zu Ulla gestanden haben muss. *So sind wir alle für die meisten Menschen nur Sandkörner,* fährt es ihr durch den Kopf, als der Weg in einer sanften Kurve zu einem Ahornbaum führt, der vielleicht drei Meter groß ist. Dort ist ein kleines Loch ausgehoben, gerade passend für eine Urne.

Ullas Urne.

Sina hat das Gefühl, Sand zu sein. Sand in einem Getriebe, das nun knirscht und ächzt, weil nichts mehr vorwärts zu gehen scheint. Es fühlt sich so an, als wäre sie zwischen riesige Zahnräder geraten. Ein ungeheurer Druck hat sich um sie herum aufgebaut.

Sie blickt zu Harald, Martin und Birgit, aber alle haben ihre Köpfe gesenkt und starren in das Loch, das Ullas Überreste aufnehmen wird. Fassungslos, so wie sie selbst.

Ich muss hier raus.

Harald Stein, 2019-08-11

Es ist still in der Wohnung. Harald sitzt am Esstisch und lauscht den 23:07:10 Geräuschen um ihn herum. Ein leises Brummen aus der Küche vom Kühlschrank. Eine dumpfe Ahnung von einem laufenden Fernseher im Stockwerk unter ihm.

Ohne Ulla ist es noch stiller als sonst. Das heißt nicht, dass Ulla besonders laut gewesen ist, im Gegenteil, aber trotzdem fehlt etwas.

Die Feier nach der Bestattung ist schön gewesen, so blöd das erst einmal klingen mag. Ursprünglich hat sich Harald innerlich gegen eine Feier nach der Beerdigung gesträubt, Tradition hin oder her. Birgit hat ihm dann erklärt, dass es um zwei Dinge geht: Abschied vom Verstorbenen, klar, aber auch darum, sich gegenseitig zu vergewissern, dass das Leben weitergeht, in welcher Form auch immer.

Was die Form betrifft, hat Harald schon konkrete Vorstellungen, die er den anderen aber noch nicht mitgeteilt hat. Dazu hätte er die Feier also nicht gebraucht. Aus seiner Sicht ist es zumindest ein kleines Dankeschön für die Unterstützung, die er von verschiedenster Seite erfahren hat in den letzten Tagen und Wochen.

Zuallererst natürlich Jonesy, der ihn nach der Todesnachricht aus seiner Lähmung geholt hat. Die Begegnung mit den Polizisten ist so surreal gewesen, und Ullas Tod ist ihm erst dann so richtig bewusst geworden, als Jonesy zu ihm gekommen ist. Er und Birgit haben ihn dann auch bei den ganzen Formalitäten unterstützt, die notwendig werden, wenn man all das regeln und zu Ende bringen muss, was ein Verstorbener nicht abgeschlossen hat.

Natürlich war das eine willkommene Ablenkung, diese Dinge zu regeln, um nicht in einem Strudel aus Ohnmacht zu versinken, der im absoluten Stillstand endet. Trotzdem immer wieder die Erinnerung an Ulla in allen möglichen Alltagsgegenständen. Am Kühlschrank hängt immer noch ein Zettel mit der Aufschrift ›Milch!!‹ in Ullas Handschrift. Milch hat er schon gekauft, aber er kann sich nicht von dem Zettel trennen.

Auch Sina hat ihn unterstützt. Er hat den Eindruck, dass Sina der Tod extrem nahe gegangen ist. Die Verbindung zwischen den beiden Frauen muss sehr stark gewesen sein. Er hat das nie hinterfragt oder überhaupt viel darüber nachgedacht vor Ullas Tod.

Das Problem mit zwischenmenschlichen Beziehungen ist ja, dass es viel zu viele Parameter gibt, die man nur schwer einordnen kann. *Wie* jemand etwas sagt, ist manchmal entscheidender als das, *was* er sagt. Kleine, bedeutungsvolle Pausen mitten im Satz. Er und Ulla sind da früher oft aneinandergeraten, weil ihre unterschwellige Botschaft einfach nicht bei ihm angekommen ist. Das ist kein böser Wille von ihm gewesen, sondern einfach nur ...

Er reißt sich von dem Gedanken an Ulla los und blickt auf die Liste, die vor ihm auf dem Tisch liegt. Hinter einigen Punkten ist schon ein dicker Haken, die noch offenen Posten werden in den nächsten Tagen geklärt. Und dann?

Einer plötzlichen Eingebung folgend steht Harald auf und holt den Klebezettel mit Ullas Einkaufsaufforderung. Er geht damit zurück zum Tisch und klebt ihn auf seine ToDo-Liste.

Harald schließt die Augen. Er lächelt.

Sina Keske, 2019-08-23

»Hallo Sina. Hier ist Harald. Ich, äh, ich ziehe um. Das große Haus ist mir dann doch zu viel und – naja. Jonesy ist leider mit Birgit im Urlaub, und da wollte ich fragen, ob du ... ob du mir vielleicht beim Einpacken ein bisschen helfen könntest? Die schweren Sachen übernehme ich, aber so ganz allein ist es dann vielleicht doch ein bisschen viel. Also falls du nicht arbeiten musst, wäre ich dir sehr dankbar. Melde dich halt mal kurz. – Ach ja: es geht um den Donnerstag, den 29. August. Ist ein bisschen blöd, weil es unter der Woche ist, aber ... ja. Wenn es nicht geht, wäre es aber auch nicht schlimm. Ja. Dann bis bald.«

Sina grinst. Harald und seine Sprachnachrichten. Dann zieht er also weg. Angedeutet hat er es ja schon einmal, und grundsätzlich ist das ja auch nachvollziehbar. Die große Wohnung, die Erinnerung an seine Eltern und jetzt auch an Ulla – ein Tapetenwechsel ist da vermutlich der beste Weg.

Der 29. ist ja schon nächste Woche! Normalerweise sollte sie da sogar frei haben. Sina geht zum Dienstplan, der am Kühlschrank klebt. Ja, am Donnerstag und Freitag hat sie frei, das passt. Ein Umzug ist vielleicht sogar besser, als daheim zu sitzen und in Grübeleien zu versinken.

In letzter Zeit hat sich ein lähmendes Gefühl bei ihr bemerkbar gemacht. Nicht sehr stark, aber doch wahrnehmbar. Noch vor nicht allzu langer Zeit hat Sina keine Minute ihrer Freizeit ungenutzt verstreichen lassen.

Sie lässt ihren Blick durch die Wohnung schweifen: die Bücher, die Kalligrafien, ein paar selbst gemalte Bilder – langweilig ist ihr selten, und sie genießt das Leben. Aber dieser seltsame Gedanke nagt leise an ihr. Dass irgendetwas nicht stimmt. Dass sie nicht komplett im Leben steht. Sondern nur *so gut wie*. Wie ein kratziges Etikett an einem Pulli, das einen bei jeder Bewegung stört; aber man ist gerade zu faul oder findet keine Schere. Oder man kann den Pulli nicht vor allen ausziehen, weil man darunter den ältesten BH trägt, der nun wirklich nicht mehr vorzeigbar ist. Keine Chance, den Störenfried herauszutrennen. *Herauszuschneiden.*

Sina wischt den Gedanken fort und setzt Teewasser auf. Während der Wasserkocher leise zischende Geräusche von sich gibt, greift sie zu ihrem Handy. Für einen Rückruf ist es jetzt zu spät, daher schreibt sie Harald eine kurze Antwort zurück.

Harald Stein, 2019-08-29

»So, das war der letzte Karton. Ich glaube, wir sind fertig.« 18:57:02

Sina reißt das Paketklebeband ab und streicht das Ende fest an den Karton.

Harald blickt auf die Uhr. Fast sieben. Wow.

Er hat in den letzten Tagen schon viel vorsortiert. Seine ganzen Fachbücher und Zeitschriften müssen raus. Was kommt mit? Was kann weg? Zwischen zwei Heften ist ein geplatzter, plattgedrückter Joghurtbecher zum Vorschein gekommen, dessen Inhalt beide Hefte fast vollständig durchweicht und beim Trocknen deren Seiten unwiderruflich zusammengeklebt hat. Wie hat ihn Jonesy damals genannt? Ach ja: Jogi.

Natürlich und vor allem sind es Ullas Sachen gewesen, die er alleine und in Ruhe durchgesehen und abgearbeitet hat. Auch in seinen Sachen sind immer wieder Fundstücke von ihr aufgetaucht: eine Postkarte von ihrem letzten Urlaub mit Robert, die als Lesezeichen in einem seiner Bücher klemmt; ihr Schlüsselanhänger, den sie damals gesucht hat: zuunterst in seiner Schreibtischschublade.

Mehrfach hat er auch den Impuls unterdrücken müssen, doch noch mehr von seinen Sachen in die neue Wohnung mitzunehmen als geplant. Bücher mit vergilbten Seitenrändern, die er seit vielen Jahren nicht mehr zu Gesicht bekommen hat. Interessantes Zeug, faszinierende Themen. Spontan hätte er sich in eine Ecke setzen und darin ein bisschen herumschmökern wollen – gut, dass Sina da war. Ihre Anwesenheit hat ihn von solchen ›Auszeiten‹ erfolgreich abgehalten.

»Das hat länger gedauert, als ich gedacht habe. Vielen Dank für deine Hilfe!«

»Das war doch selbstverständlich!« Sina ist ein bisschen aus der Puste und setzt sich auf den letzten Karton. Stühle sind keine mehr im Raum.

Harald blickt sich um. Die Wohnung sieht seltsam aus, irgendwie unwirklich. Die leeren Wände haben etwas Bedrückendes. Er schüttelt den Gedanken ab, denn eigentlich freut er sich auf seine neue, kleine Wohnung, die neue Gegend, die Zeit, die ihm dann zur Verfügung steht ...

Mit dem Erbe und dem Verkauf der Wohnung hat er so viel Geld zur Verfügung, dass er bestimmt die nächsten zwanzig Jahre locker ohne Arbeit überbrücken kann. *Wenn alles gut geht, muss das Geld aber gar nicht so lange reichen,* denkt er sich.

Morgen ist Wohnungsübergabe, alles andere nimmt der Makler in die Hand. Ein Abschluss. Ein Neuanfang. Und trotzdem ...

»Du wolltest mir doch die neue Wohnung zeigen«, meldet sich Sina.

Er hat gehofft, sie würde das Thema vergessen, aber Sina hat ein gutes Gedächtnis. Er hat sie auf später vertröstet, aber jetzt gibt es keine Ausrede mehr. Er zieht sein Handy aus der Tasche. Sina steht auf und kommt zu ihm.

»Es sind nicht viele Fotos. Hier ist das Haus von vorne.«

»Ein schöner Vorgarten!«, ruft Sina begeistert.

»Das hier ist die Küche, und hier« – Harald streicht über das Display – »das Wohn-Schrägstrich-Arbeitszimmer. Nicht besonders groß, aber für mich reicht es.«

Er streicht mit dem Finger noch einmal über das Display.

»Das ist das Schlafzimmer. Und hier der Blick aus dem Schlafzimmerfenster. Hinter dem Haus ist kein Baugrund, die Aussicht kann also nicht verbaut werden.«

»Wunderschön!«, schwärmt Sina. »Da werd' ich ja gleich neidisch auf dich. Wenn ich aus meinem Schlafzimmerfenster schaue, sehe ich die baufällige Garage des Nachbarn.«

»Mehr Bilder hab' ich leider nicht.«

Sina betrachtet das letzte Bild für einige Sekunden und wendet sich dann Harald zu.

»Wirst du mir deine Adresse geben, damit ich dich mal in deiner neuen Wohnung besuchen kann?«

Harald hat inständig gehofft, dass diese Frage nicht kommen würde. Dieser Umzug bedeutet für ihn nicht nur einen Ortswechsel, sondern viel mehr. Er will erst einmal die Vergangenheit hinter sich lassen, und dazu gehören leider auch Jonesy, Sina und die anderen. Wenn sich alles in eine andere Richtung entwickelt, als ihm vorschwebt, dann würde *er* sich schon wieder bei ihnen melden – aber nicht umgekehrt.

»Sina, ich – äh ...«

Er sucht nach Worten.

Sina blickt ihn an. Ihr Gesicht zeigt erst Überraschung, dann aber einen Ausdruck des Verstehens. Harald hat das Gefühl, dass Sina seine Gedanken liest, seine Pläne begreift und genau weiß, was er vorhat. Er fühlt sich fast wie ein kleines Kind, das von den Eltern dabei ertappt wird, sich ungefragt an den Süßigkeiten zu vergreifen oder mit den Streichhölzern zu spielen.

»Ich verstehe.«

Harald setzt zu einem kläglichen Erklärungsversuch an, der von vornherein zum Scheitern verurteilt ist – genau wie jede Ausrede mit den Süßigkeiten oder Streichhölzern von vornherein sinnlos ist. Aber man versucht es trotzdem.

»Ich ...«

Sina legt ihm den Finger auf den Mund. Ihr Gesichtsausdruck verändert sich wieder, aber Harald kann ihn nicht deuten.

»Schhh«, macht sie sanft. »Du musst es nicht erklären.«

Sie nimmt den Finger weg und schlingt beide Arme um seinen Hals. Bevor Harald überhaupt realisiert, was passiert, hat Sina schon ihre Lippen auf seine gepresst. In Haralds Kopf explodiert ein Feuerwerk. Sinas Reaktion ist so ungefähr das letzte, was er erwartet hätte.

»Ich bin froh, dich kennengelernt zu haben«, flüstert Sina.

Dann küsst sie ihn wieder, diesmal länger, intensiver. Haralds hilflose Erklärungsveruche lösen sich in Nichts auf. Er legt seine Hände auf Sinas Taille und zieht sie an sich.

»Ich auch«.

Mehr bringt Harald nicht heraus.

2019-08-29
23:07:18 Harald wird wach. Für einen kurzen Moment muss er sich orientieren. Der leere Raum. Die veränderte Perspektive, weil das Bettgestell bereits zerlegt ist und die Matratze direkt auf dem Boden liegt.

Dann fällt es ihm wieder ein: Sina. Der Kuss. Ihre Hände, die unter sein Hemd gewandert sind. Sie beide, keuchend, die Lippen aneinander gepresst, den Weg in sein Schlafzimmer suchend. Eine gegenseitige Umklammerung, wie ein Schiffbrüchiger, der sich um seines lieben Lebens willen an ein Stück Treibholz klammert. Sinas weiche Haut. Ihr fester Griff, mit dem sie Harald zu sich, in sich gezogen hat. Sogar ihre Vagina hat sich an seinen Penis geklammert, ihn umschlossen, als würde sie ihn nie mehr freigeben. Ein Akt der Verzweiflung, ein Aufbäumen. Kurz. Intensiv. Unwirklich. Wunderschön.

Sina ist wortlos in seinen Armen eingeschlafen, erschöpft vom Kistenpacken, erschöpft vom Sex. Auch er hat die bleierne Müdigkeit gespürt, die das irrwitzige Plappern seiner verwirrten Gedanken dann endlich beendet hat.

Der fahle Schein der Straßenlaternen sickert durch das Fenster. Als seine Augen sich an die Lichtverhältnisse angepasst haben, sieht er Sina. Sie steht mit dem Rücken zu ihm nackt vor dem Stapel Umzugskartons, über den sie ihre Kleidung geworfen haben.

Harald muss an die Geschichte denken, die Sina an seinem Geburtstag erzählt hat. Der Name der schönen Frau fällt ihm nicht mehr ein, nur ihr tragisches Ende – und der Tanz im Mondlicht. Heute ist allerdings Neumond, und Sina tanzt auch nicht. Stattdessen sucht sie ihre Kleidung zusammen. Sie streift sich ihr T-Shirt über und schlüpft in ihren Slip.

Er überlegt, ob er sie ansprechen soll, aber irgend etwas hält ihn davon ab. Was würde er ihr sagen wollen?

228

Sina legt ihre Latzhose an und klemmt sich den Rest unter den Arm. Leise geht sie zur Tür, die ein Stück weit offensteht. Im Türrahmen bleibt sie kurz stehen und dreht sich halb zu Harald um, den Kopf gesenkt. Sie verharrt für einen Moment in dieser Position und scheint zu überlegen, genau wie Harald. Dann wendet sie sich ab und verlässt das Zimmer. Ohne ein Wort. Ohne einen Blick zurück.

Harald vernimmt ein leises Klacken, als die Wohnungstür vorsichtig ins Schloss gezogen wird. Er lauscht angestrengt in die Dunkelheit, hört aber keine Schritte auf der Treppe.

Ein Gefühl der Enttäuschung mischt sich mit Erleichterung. Alles ist gesagt, alles ist getan – jedes Wort hätte den letzten Zauber vermutlich zerstört. Und trotzdem …

Sein Körper meldet sich und signalisiert vehement, dass der vergangene Tag anstrengend war. Harald schließt die Augen und atmet tief ein.

Sina Keske, 2019-08-29

Der Tag ist warm gewesen, fast schwül, was sicher auch an den Um- zugsarbeiten im obersten Stockwerk liegt. Trotzdem ist es jetzt ziemlich kühl. *Und kalte Füße machen die Situation auch nicht besser*, denkt Sina.

Sie ist barfuß die Steintreppen hinuntergegangen, weil ihre Gummisohlen recht laut quietschen. Keine gute Idee. Ihre Socken sind außerdem in ihrer Tasche, ebenso wie ihr BH. Auch keine gute Idee. Ihre nackten Füße sind eiskalt und werden in den Schuhen wohl nicht von selber warm werden.

Durch die kalte Luft – und die noch kälteren Füße – haben sich ihre Brustwarzen zusammengezogen und reiben nun von innen bei jedem Schritt an dem rauen Stoff ihres alten T-Shirts, das sie für den Umzug angezogen hat. Dass die Latzhose den Stoff unbarmherzig an ihren Körper presst, macht die Sache nicht angenehmer.

Aber hier auf der Straße den BH anziehen? Mit der Latzhose eigentlich nicht unauffällig zu machen. Es sind noch zu viele Leute unterwegs.

Sina seufzt. Sie wickelt die Weste enger um sich und hält sie mit überkreuzten Armen in Brusthöhe fest. Ja, so geht es einigermaßen.

Sie kommt an einer Parkbank vorbei, auf der niemand sitzt. Mit Edding sind ein paar Namen, unleserliche Signaturen und Handynummern mit eindeutigen Angeboten darauf gekritzelt. Zumindest die Socken könnte sie hier anziehen.

Nein.

Sie will weiter, will in Bewegung bleiben.

Warum eigentlich? Ein Wortspiel kommt ihr in den Sinn: wenn sie jetzt anhalten würde, würde sie den Abend vielleicht ver*stehen*, so aber wird alles einfach ver*gehen*.

Sina lacht laut auf. Ein heiseres Krächzen dringt aus ihrer Kehle, das scharf in die Stille schneidet. Sina erschrickt fast vor sich selbst und dem seltsamen, fast tierischen Laut, den sie von sich gegeben hat. Ein Pärchen, das auf der anderen Straßenseite unterwegs ist, dreht sich nach ihr um.

Im Bett ist es schön warm gewesen. Trotzdem hat Sina gehen müssen. Sie ist sich sicher, das Harald wach gewesen ist, als sie gegangen ist. Aber das macht keinen Unterschied. Sie weiß intuitiv, dass Harald versteht, dass sie ohne ein Wort weggeht, so wie sie versteht, warum er einfach so wegzieht. Er hat einiges vor, und wenn seine Vermutung stimmt, dann ist es wohl besser, andere nicht hineinzuziehen.

Die Bedeutung der Lichtfisch-Theorie für ihn hat er in der letzten Zeit überzeugend heruntergespielt, so dass sie schon fast in Vergessenheit geraten ist und gerade noch als nette Party-Unterhaltung an Ullas Geburtstag gedient hat. Birgit zum Beispiel ist nicht überzeugt gewesen, und keiner hat sich dazu berufen gefühlt, hier missionarisch tätig zu werden. Ein Gedankenexperiment, nichts weiter.

Sina fällt plötzlich die Doku ein, die sie vor einiger Zeit gesehen hat. Im Urwald gibt es einen Pilz, der Ameisen befällt und ihr Nervensystem ›kapert‹. Er zwingt sie dazu, sich von ihrem Stamm zu entfernen, einsam einen Baum zu erklettern, sich dann kopfüber an ein Blatt zu hängen – und dort zu sterben. Der Pilz wächst dann aus ihrem Kopf, die Sporen fallen zu Boden, und das grausame Spiel beginnt von neuem.

Ameisen sind sich vermutlich ihrer selbst nicht bewusst, aber wie würde sich das aus Sicht einer intelligenten Ameise anfühlen? Sicher absolut *richtig*. Das Verlangen, auf einen Baum zu klettern, müsste doch für sie in dem Stadium das Natürlichste auf der Welt sein, die Fremdbestimmung durch den Pilz für sie überhaupt nicht wahrnehmbar.

Und wen hat der Lichtfisch-›Pilz‹ übernommen? Harald? Oder ist das einfach der Forscherdrang, der vor nichts haltmacht? Sie selbst? Das Gefühl, dass der Körper ein Gefängnis für den Geist ist, hat sie schon früher immer mal wieder gehabt. Phasenweise ist es ganz schlimm gewesen, dann wieder nur ganz latent im Hintergrund, fast komplett verschwunden.

Fast.

Dann auf einmal *Lichtfisch.*

Hat die Theorie diese Spaltung wieder an die Oberfläche gebracht, oder *erklärt* sie den Grund dieser Ahnung? Das Gefühl, nicht dazuzugehören, schlimmer noch: dass der eigene Körper nicht zu einem gehört, nur eine Hülle ist, in die man gesteckt wurde, ohne es zu wollen – oder vielleicht doch? Vielleicht wollte sie genau in diese Welt gesteckt werden und merkt nun, dass es doch nicht passt? Wenn im Urlaub im Fünf-Sterne-Hotel der Pool ein Grad zu kalt ist oder der Kellner einen unzumutbar lange warten lässt, geht man zum Geschäftsführer, zur Reiseleitung, irgendwo hin, um sich zu beschweren. Aber hier?

Wenn es ein *Außen* gibt, wäre das wohl der richtige Ort, sich zu beschweren, aber dort hin kommt man erst am Ende der Reise, wenn alles vorbei ist.

Sina muss an Ulla denken. Für sie ist die Reise vorbei. Sina ist immer mehr davon überzeugt, das Ulla keinen Sinn mehr in allem gesehen hat. Imp hin oder her, früher oder später hätte sich eine ähnliche Situation ergeben. *Aber während ich noch jedes Mal darüber grüble, hat er sich schon entschieden.* Hat auch hier die Theorie den letzten Impuls geliefert?

Natürlich wäre dieser – Ullas – Weg eine Möglichkeit, zur Beschwerdeabteilung zu kommen, aber das funktioniert nur dann, wenn man gebucht hat, also *Besucher* ist. Andernfalls ist dann alles vorbei. Für immer. Ewige Schwärze.

Nein, keine Schwärze, denn die könnte man *sehen.* Ein von Geburt an Blinder ›sieht‹ auch nicht nur Schwärze, so wie unsereiner, wenn er die Augen schließt. Für ihn ist Sehen schlichtweg nicht vorhanden.

Nicht vorstellbar.

Nicht existent.

Auch das wäre vermutlich besser als die Situation, in der Körper und Geist nicht miteinander, sondern nebeneinander, ja, manchmal sogar gegeneinander existieren. Dann lieber Nirvana.

Die Kaltblütigkeit des Gedankens und die kühle Nachtluft machen Sina frösteln. Darum ist sie gedanklich schnell wieder bei Haralds warmen

Körper. Warum das passiert ist, was passiert ist, wird vermutlich letztlich immer ein Geheimnis bleiben. Es ist die Situation gewesen, das *Verstehen*, der Abschied, natürlich auch Freundschaft und Zuneigung, das Verlangen.

Aber da war noch mehr: auch wenn es jetzt blöd und egoistisch klingt, ist der Sex auch ein Experiment gewesen.

Sina hat wissen wollen, ob sie damit den Zweifel besiegen kann. Körper und Geist zumindest für einen kurzen Moment zu einer Einheit zusammenzuschweißen, ganz Körper zu sein, ganz Geist, im Höhepunkt vereint. Und ja, das Experiment ist erfolgreich gewesen. Sie hat komplett loslassen können, eintauchen in den Moment, sich ganz vergessen, ganz außer sich sein. Ein wunderschönes Gefühl.

Die ›Selbstversuche‹ sind da in der letzten Zeit leider immer weniger erfolgreich gewesen.

Schon seit ihrer frühen Jugend hat Sina ihren eigenen Körper neugierig erkundet. Das ›Da-unten-rummachen‹, wie es ihre Mutter immer schamhaft umschrieben hat, hat da fast von Anfang an dazugehört. Andere scheinen damit ein großes Problem zu haben. Die Beziehung zu Maxi ist deshalb in die Brüche gegangen. Maxi hat nicht verstanden, dass Selbstbefriedigung keine Ersatzhandlung für ein unerfülltes Sexleben bedeutet, sondern eine Ergänzung dazu darstellt. Ein weiterer, eigenständiger, genussvoller Weg zu intensiven Erfahrungen.

Momentan ist sie sich leider viel zu oft selbst im Weg und blockiert den spielerischen, freien Zugang zum Höhepunkt. Zu verkrampft, zu sehr fokussiert darauf, den früher nie gekannten Zwiespalt zwischen Körper und Geist zu überbrücken, nur Mittel zum Zweck, mechanisch, kein Genuss.

Das Erlebnis mit Harald ist die Bestätigung gewesen, dass sie zumindest für einen Moment wieder eins mit sich selbst werden kann, und das macht Hoffnung. Hat sie Harald benutzt? In gewisser Weise ja, aber wenn er nach dem ersten, impulsiven Kuss zurückgewichen wäre, hätte sie ihn nicht weiter bedrängt. Sich entschuldigt. Sich verabschiedet. Sie wären trotzdem in Freundschaft auseinandergegangen, und Harald hätte auch das verstanden. Dessen ist sie sich sicher.

Sinas Gedanken wechseln wieder zu Ulla. In der Wohnung sind noch so viele Erinnerungen an sie gewesen, sichtbare und unsichtbare Zeichen an sie. Zettel mit Ullas Handschrift. Ihre Bücher. Der Messerblock in der Küche.

Ullas letzte Fahrt hätte ja eigentlich zum Therapeuten geführt, doch leider ist sie dort nie angekommen. Auch das wäre eine Möglichkeit. Somit gabelt sich Ullas Weg in zwei, nein, drei Optionen: eine Therapie, einen Weg nach *Außen*, oder einen Weg in die Auflösung. Welcher davon wird ihrer, wird Sinas Weg?

Sina ist mittlerweile in ihrer Straße angekommen. Im Schein der Straßenlaterne sieht sie bereits den Eingang. Dort würde sie sich erst mal eine schöne Tasse Tee machen, sich warme Socken anziehen, eventuell sogar heiß duschen. Und dann? Weiter wie bisher?

Sie erkennt, dass auch sie eine Entscheidung treffen muss.

Wie Harald.

Wie Ulla.

Wie Robert.

Sie zieht ihre Weste fester um sich und geht weiter, am Hauseingang vorbei, in die dunkle Nacht.

Harald Stein, 2019-08-30

Harald steht vor dem Haus. Er atmet tief ein. Die Umzugsfirma ist da gewesen und hat alles mitgenommen. Der Hausverkauf mit dem Makler ist geklärt. Es ist alles erledigt. In einer halben Stunde geht sein Zug, dann wird er zu seinem neuen Wohnort fahren. In dem Ort ist eine Pension, in die er sich einquartiert hat, bis die neue Wohnung bezugsfertig ist.

In seiner Hand ist eine Tüte mit Gebäck. Er hat sich in den letzten Tagen schon von allen Bewohnern verabschiedet, und Frau Glaser – Fräulein Elfriede! – hat ihm heute ein paar selbstgebackene Nussschnecken mitgegeben. Für die Zugfahrt, hat sie gesagt. In ihren Augen hat es geglitzert, und Harald hat nicht recht gewusst, was er sagen soll. Sie hat ihn dann sanft aus der Wohnung komplimentiert mit dem Hinweis, dass es seinen Zug verpassen wird. Problem gelöst. Eigentlich einfach.

Gerd Hunder hat er die ganze Woche nicht angetroffen. Vermutlich fährt er eine größere Tour. Auch gut. Jeder Mieter hat die Info ja per Brief bekommen, daher tut es nichts zur Sache, dass er Gerd nicht persönlich hat sprechen können. Um so besser. Somit hat er leider, leider die letzte Gelegenheit verpasst, Harald in seine neueste krude Verschwörungstheorie einzuweihen.

Frau Stock ist vermutlich gerade unterwegs beim Einkaufen. Harald ist froh, dass er sich nicht schreiend von ihr verabschieden muss. Und Herr Ponners ist in seiner Arbeit oder auch nicht. Keiner weiß das so genau. Und für was das U an seinem Klingelschild steht, wird für immer ein Geheimnis bleiben.

Harald tut es irgendwie leid, dass er so Hals über Kopf die Zelte abbricht, aber es geht nicht anders. Die leere Wohnung ohne Ulla, die ganzen Erinnerungen ... lang hätte er es nicht mehr ausgehalten.

Ein letzter Moment des Innehaltens, dann geht Harald ein letztes Mal über den gepflasterten Weg. Kurze Erinnerungsfetzen blitzen auf, in manchen ist Ulla dabei, dann wieder die Eltern. Harald in der Schule. Ein aufgeschürftes Knie. Und Nussschnecken von Frau Glaser, die schon seit fast vierzig Jahren hier wohnt.

Auf dem Gehweg bleibt Harald kurz stehen.

Jetzt oder nie, denkt er, dann blickt er in das gegenüberliegende Fenster. Er hebt die Hand, lächelnd, und winkt zu dem Fenster. Zwar sieht er niemanden, aber er ist sich sicher, dass jemand dahinter ist, denn nun bewegen sich die Vorhänge leicht. *Ich bin dann mal weg*, fährt es ihm durch den Kopf. Er wendet sich in die Richtung, in die der Bahnhof liegt, und geht.

Harald Stein, 2019-10-16

Harald ist bereit. Es scheint alles zu passen. Auch die hämmernden 16:10:19 Kopfschmerzen, die ihn seit zwei Tagen gequält haben, sind schlagartig verschwunden. Das ist sehr gut, denn für das, was kommen wird, braucht Harald einen klaren Kopf.

Er hält inne. Zwei Briefe hat er bei seinem Vermieter hinterlegt. Dessen Ehefrau hat versprochen, sie morgen zur Post zu bringen. Er hat ihnen gesagt, dass er für ein paar Tage weg sein wird. Somit werden sie erst einmal keinen Verdacht schöpfen. Und dann ... dann setzt vermutlich die *Anpassung* ein. Und sollte sein Plan schiefgehen, kann er die Briefe immer noch zurückholen.

Einer ist für Jonesy. Die Info ist verschlüsselt, aber er ist sich sicher, dass Jonesy die Nachricht knacken wird. Und wenn nicht, ist es eigentlich auch egal. Vermutlich wird er irgendwann – in ein paar Tagen, spätestens in ein paar Wochen – sowieso vergessen, worum es gegangen ist.

Der andere ist für Sina. Die letzte Nacht mit ihr hat ihn noch lange beschäftigt. Eine dauerhafte Beziehung hätte daraus aber nie werden können, denn das, was in der Nacht passiert ist, ist nur deshalb passiert, weil beide, Harald und Sina, instinktiv gewusst haben, dass sich ihre Weltlinien nie mehr schneiden würden – zumindest nicht in dieser Welt.

Zuerst hat er überlegt, ihr ein Foto vom schwarzen Loch in der Galaxie M87 zu senden, das kurz nach der Veröffentlichung für viel Furore gesorgt hat. Aber ob Sina die Anspielung mit dem Ereignishorizont versteht? Wenn man den überschreitet, merkt man es nicht, aber ab dann gibt es kein Zurück mehr. Eine treffende Beschreibung für seine Situation in ein paar Minuten. Trotzdem: er hat sich dann für Flammarions Holzstich entschieden, den Wanderer am Weltenrand.

Harald grinst in sich hinein. Sina wird die Anspielung verstehen, obwohl sie den Anachronismus des Bildes nicht erkennen wird. Camille Flammarion hat den Holzstich für sein 1888 erschienenes Buch in Auftrag gegeben, die Abbildung sieht aber aus, als sei sie im Mittelalter entstanden. Ein Synchronisationsfehler? Wurden hier irgendwelche Spuren nicht vollständig verwischt? Oder ist hier bewusst eine falsche Fährte ausgelegt worden?

Harald hat sich im Grunde vermutlich viel zu viel Arbeit gemacht. Er hat eine Fermi-Abschätzung gemacht, wie lange es wohl dauert, bis ein Mensch komplett *gelöscht* sein wird. Enrico Fermi ist Physiker gewesen und hat mit einfachen Überschlagsrechnungen verblüffend genaue Vorhersagen treffen können. Er hat bei einem Atombombentest ein paar Papierschnipsel hochgeworfen und aus der Distanz, um die sie weggeblasen worden sind, die freigewordene Energie berechnet. Oder das Klavierstimmer-Problem. Solche Sachen.

Haralds Überlegungen haben ergeben, dass abruptes, vollständiges Löschen viel zu viele Fehler und Inkonsistenzen nach sich ziehen könnte. Daher wird nach und nach die Vergangenheit korrigiert, Erinnerungen verzerrt, Zuordnungen aufgehoben. Es zeigt sich, dass kleine Widersprüche kaum auffallen.

Harald hat die Biographien einiger Wissenschaftler genauestens studiert, die Aufenthaltsorte geprüft und den Todeszeitpunkt verglichen. Vieles von dem, was gemeinhin unter die Kategorie ›verrückter Professor‹ eingeordnet wird, könnte bei genauerer Betrachtung genau diese Art einer Spurenverwischung, einer *Anpassung* bedeuten – wie die Abdrücke auf einem Notizblock, die noch Spuren des Blattes zeigen, das darüber gelegen hat, aber abgerissen wurde. Ein verpixeltes Gesicht, das unkenntlich ist und einen doch an jemanden erinnert. Ein übermaltes Bild, das sein Geheimnis erst im Röntgenlicht offenbart.

Er hat in den letzten Monaten akribisch alle möglichen Spuren und Hinweise ausgewertet, hat Fakten verknüpft, die auf den ersten Blick nichts miteinander zu tun haben: Biografien von Forschern, Geistererscheinungen, Verschwörungstheorien. Vermutlich 95% davon sind Müll gewesen, Hirngespinste von Leuten, die abergläubisch gewesen sind oder sich einfach wichtig machen haben wollen. Die aber auch manchmal krampfhaft versucht haben, völlig widersprüchliche Ereignisse doch noch irgendwie unter einen Hut zu bringen, mag die Erklärung auch noch so abstrus wirken.

Es funktioniert so wie im Traum: die Handlung im Traum ist – während man träumt – absolut logisch und schlüssig. Doch sobald man erwacht, stürzt alles in sich zusammen, wird sinnlos, unlogisch, wirr.

Hier ist es umgekehrt: Fakten und Ereignisse, die nicht zusammenzupassen scheinen, werden mit der Zeit zu einer irgendwie gerade noch nachvollziehbaren Abfolge von Geschehnissen verklärt. Die sprachliche Verwandtschaft von *erklären* und *verklären* ist Harald ein ums andere Mal aufgefallen.

Harald muss grinsen. Ihm fällt Gerd Hunder ein. Der gehört sicher nicht zu den verbleibenden knapp 5%. Absolut irre, was der sich so zusammenreimt. Aber da ist beim besten Willen nichts Verwertbares dabei gewesen. Soll er nachts in seinem Bett weiterhin dem Geräusch der sich drehenden Erde lauschen.

Warum sind bestimmte Sachverhalte nie wirklich hinterfragt worden? Oder sind sie es, bis jemand dem Geheimnis wieder mal zu nahe gekommen ist? Dann ist auch dessen Historie plötzlich aus den Fugen gesprungen, sind sonderbare Veränderungen und abrupte Sprünge im Lebenslauf aufgetaucht. Manchmal kunstvoll verdeckt und kaum erkennbar, ein andermal relativ offenkundig und trotzdem von allen akzeptiert, mit einem Schulterzucken abgetan. Ist halt so.

Harald atmet tief ein. Er blickt auf die Uhr. Es ist so weit. Er wird den letzten Schritt machen, den Schritt, der ihn von der Erkenntnis trennt, ob seine Ideen und Überlegungen, seine Forschungen und Recherchen tatsächlich einen Teil der Wirklichkeit zeigen. Ein warmes Gefühl breitet sich aus, vom Bauch ausgehend bis in die Zehen und die Haarspitzen.

Er geht um die Ecke.

Er lächelt.

Martin Jone, 2019-10-18

»Drrrrr.« 15:33:04

Das Klingeln an der Haustür reißt mich aus meinen Gedanken. Benommen rapple ich mich auf, gehe zur Tür und öffne sie. Birgit steht davor.

»Hallo, Martin!«

»Hi, komm rein.«

Ich schlurfe zurück an den Esstisch. Wo war ich in Gedanken gerade? Blödes Gefühl, wenn man den Faden verliert.

Ich höre, wie Birgit ihren Mantel ablegt und die Schuhe auszieht.

»Wie war's in der Arbeit?«, frage ich – fast schon ein Reflex, ein Ritual.

Birgit kommt herein. Sie geht in die Küche und holt sich ein Glas Wasser.

»Total super! Das Firmenportrait zum 50jährigen, von dem ich dir erzählt habe, ist fertig und erscheint in der Wochenendausgabe. Mein Chef hat mir gekündigt. Und bei dir?«

»Das übliche. Die Waschmaschinensteuerung ist fertig programmiert. Fast.«

Birgit steht im Türrahmen und sieht mich an, ihr Blick hat etwas Lauerndes. Ich überlege, lasse das Gespräch Revue passieren. Dann macht es Klick.

»Was? Gekündigt? Wieso?«

»Das war nur ein Test.« Sie grinst und legt ihren Arm um mich.

»Du wirkst so abwesend – was ist los?«

Das weiß ich selbst nicht so genau. Ich bin schon mit einem seltsamen Gefühl aufgewacht, das – will soll ich das beschreiben?

»Ich – ich weiß nicht. Es ist seltsam.«

Ich ringe nach Worten. Wie soll man etwas erklären, was man selber nicht versteht?

»Es fühlt sich an, als hätte ich irgendetwas wichtiges vergessen. Nein, das trifft es nicht ganz.«

Ich versuche, es anders zu beschreiben.

»Kennst du das Gefühl, wenn du aus einem Traum erwachst, und die Erinnerung daran wird immer undeutlicher?«

Birgit nickt.

»Ein schöner Traum, den du festhalten willst? Und je mehr du darüber nachdenkst, um so sinnloser wird das Geträumte? Du hast das Gefühl, dein Kopf will den Traum unbedingt vergessen, du selbst willst ihn aber behalten?«

Ich nicke. So hätte ich das nicht erklären können, aber ich habe beruflich ja mit einfacheren Sprachen zu tun. C und Python haben einen beschränkten Wortschatz, und Waschmaschinen träumen nicht. Und Songtexte habe ich schon seit längerem nicht mehr geschrieben – daher bin ich wohl aus der Übung.

»Ja genau. Wobei ich heute nicht mit irgendeinem Traum aufgewacht bin. Irgendwie seltsam.«

Ich schüttele den Gedanken ab, stehe auf und ziehe Birgit zu mir.

»Sorry. Und dir wurde definitiv nicht gekündigt?«

»Nein, alles in bester Ordnung.«

»Das freut mich. Außerdem: Wochenende!« Ich reiße affektiert beide Fäuste nach oben.

»Wochenende!«, bestätigt Birgit.

Mein Blick fällt auf die Post, die immer noch ungeöffnet auf dem Esstisch liegt.

»Nicht mal die Post habe ich aufgemacht. Seit ich heimgekommen bin, sitze ich da und grüble vor mich hin. Wer weiß, was passiert wäre, wenn du nicht gekommen wärst.«

Ich setze mich an den Tisch und beginne, die Briefe zu öffnen.

»Spätestens am Montag hätten sie dich in der Arbeit vermisst, und am Dienstag vermutlich die Polizei informiert und die Tür aufgebrochen. Sie hätten eine Leiche vorgefunden, die gedankenverloren vor sich hin-starrt – das wäre natürlich *die* Story für die Zeitung!«

»Wie nett, dass du dich so um mich kümmerst«, gebe ich gespielt em-pört zurück.

Viel ist nicht dabei: die übliche Werbung, ein Angebot für einen Au-tokredit, eine Rechnung – und ein Brief ohne Absender. Die Adresse ist von Hand geschrieben, und ich erkenne die Handschrift: es ist ein Brief von Hari.

Hari. Seit seinem Umzug habe ich keinen Kontakt mehr zu ihm gehabt. Das schlechte Gewissen meldet sich. Der Urlaub mit Birgit ist tatsäch-lich schon lange im Voraus gebucht gewesen, und dann plötzlich die Info, dass Hari wegzieht.

»Ein Brief von Hari – der hat sich auch schon lange nicht mehr gemel-det.«

Vielleicht ist es auch die Beziehung zu Birgit. Irgendwie verschieben sich da die Prioritäten, es ist – anders. Nicht besser oder schlechter. Aber man verändert sich. Die Zweisamkeit ist unter Umständen wich-tiger als mit Freunden abzuhängen. Und seit Ullas Tod habe ich das Gefühl, dass wir uns bewusst oder unbewusst aus dem Weg gegangen sind, nach der Beerdigung. Kann sein, dass wir uns nicht gegenseitig an das schlimme Ereignis erinnern wollen, was ja zwangsläufig pas-siert, sobald ich Hari sehe. Oder Sina. Was die wohl gerade macht?

Ich öffne den Umschlag und ziehe eine gefaltetes Blatt heraus. Es ist wohl aus einem Buch herausgetrennt worden.

»Ein Gedicht? Seltsam.«

Birgit setzt sich neben mich.

»Ein Gedicht? Darf ich?«

Ich schiebe ihr die Seite hin. Sie liest laut vor:

obliteration

he who seeked solace
in the forests of oblivion
wandered for countless days
through a never-changing landscape

he found shelter
from the pelting rain of resolutions
that lead to nothing
and obscured the path

he got deeper and deeper
betwixt bewitched branches
ready to be gobbled by the thicket
never to be seen again

he forgot why he started
this journey long time ago
there will be no return
to whatever he left behind

no one will mourn after him
and no tomb will held his body
when he will finally draw his last breath
in the haze of hollowness

Sie zögert kurz.

»Kennst du Stan Halreid?«, fragt sie dann.

»Noch nie gehört.«

Ich ziehe mein Handy heraus und suche nach ihm.

»Okay, hier: Stan Halreid, amerikanischer Schriftsteller. Geboren 1946 in Iowa, gestorben 1988, vermutlich Selbstmord.«

»Ein düsteres Gedicht, das er da verfasst hat. Warum schickt Harald dir das? Ist sonst noch was in dem Umschlag?«

Ich schaue noch einmal nach, aber der Umschlag ist leer.

»Hier wurde außerdem etwas markiert. Die Worte ›pelting‹, ›gobbled‹ und ›tomb‹ sind ja unterstrichen.«

Sie betrachtet den Umschlag.

»Könnte derselbe Stift gewesen sein. Was meinst du, was das zu bedeuten hat?«

Mit Sicherheit ist hier ein Hinweis versteckt. Ich tippe die Worte in mein Handy, aber recht viel kommt dabei nicht heraus.

»Hier sind noch drei Striche neben der Überschrift. Sind das die drei Worte?«, fragt Birgit.

Die drei Striche sind schräggestellt, sehen aus wie der Teil einer URL, der direkt nach dem ›http‹ kommt. Wobei es dort nur zwei sind ...

»Die drei Striche habe ich schon mal gesehen, aber wo?« Ich überlege. Es hat was mit einer Internetadresse zu tun, aber – halt, nicht Internetadresse. Ich springe auf.

»Kennst du what3words?«, frage ich Birgit.

»Nie gehört.«

»Das ist eine alternative Art, einen beliebigen Punkt auf der Erde zu benennen. Sie haben die Erde mit einem Raster aus drei auf drei Meter großen Quadraten überzogen. Jedes Quadrat wird mit drei Worten benannt.«

Ich hole meinen Laptop und starte ihn. Während er hochfährt, setze ich mich wieder. Dann suche ich nach der Webseite.

»Tatsächlich: hier sind die drei Schrägstriche!«. Birgit deutet auf den Bildschirm.

»Dann wollen wir mal.«

Ich tippe die Worte ein.

///pelting.gobbled.tomb

Ein markiertes Quadrat rutscht in die Mitte des Bildschirms.

»Den Ort gibt es tatsächlich!«, ruft sie begeistert. »Wo ist das?«

Ich zoome heraus. Die Koordinaten liegen mitten im Niemandsland.

»Helbedündorf?«, fragt Birgit.

Ich zucke mit den Schultern. Ein Städtchen unterhalb der A38, irgendwo in Thüringen. 2400 Einwohner. Nichts außergewöhnliches.

»Vielleicht wohnt er da?«

»Das glaube ich nicht. Vor allem nicht mitten im Niemandsland.«

Ich gehe noch mal zur Kartenansicht und schalte auf Satellit.

»Siehst du? Das ist im Wald. Zwar am Rand, aber trotzdem. Hari wohnt nicht im Wald.«

Ich lese quer über die Homepage von Helbedündorf. Kein Hinweis auf irgendetwas, das auch nur entfernt mit Hari in Verbindung zu bringen wäre. Vielleicht nur Zufall, dass die drei Worte auch eine Adresse bilden?

»Gibt es bei what3words auch andere Sprachen?«, fragt Birgit.

»Ich glaube schon.«

Ich klicke auf der Homepage herum.

»Ja, hier steht es: mehr als 35 Sprachen sind verfügbar.«

»Werden die Worte dann 1:1 übersetzt?«, fragt Birgit.

»Keine Ahnung.«

Im Menü lassen sich die Spracheinstellungen verändern. Deutsch ist dabei. Ich erstarre.

»Schau dir das an!«, hauche ich.

Birgit starrt auf den Bildschirm. Die Adresse wird nun mit drei deutschen Worten angezeigt. Dort steht:

///licht.fisch.stimmt

Martin Jone, 2019-12-13

»Jetzt setz dich doch mal«.

Wir haben heute um 17:30 Uhr einen Besichtigungstermin für eine gemeinsame Wohnung. Birgit ist deshalb schon den ganzen Nachmittag aufgekratzt und schon seit ein paar Tagen dabei, die Wohnung auszumisten.

»Du hast ja recht. Ich bin einfach so gespannt auf die Wohnung.«

Birgit setzt sich brav an den Esstisch.

»Ich bin auch gespannt. Aber du verbreitest eine ziemliche Unruhe. Wenn du weiter so herumwuselst, hast du um halb sechs Muskelkater und kommst die Treppe in den dritten Stock nicht mehr hoch.«

»Dann musst du mich halt tragen«, entgegnet Birgit.

Wäre echt super, wenn das klappen würde mit der neuen Wohnung. Hier in meiner kann ich fast nur mit Kopfhörern üben, und wenn ich übers Wochenende zu Birgit gehe, töten mich die Nachbarn mit ihren Blicken, sobald sie meine Gitarre sehen. Dabei übe ich auch da fast nur mit Kopfhörern.

Aber es gibt halt die Sorte Menschen, die sich grundsätzlich die Ohren zuhalten, wenn sie an der Bühne vorbeigehen, und dabei die Musiker mit ihren Blicken aufspießen. Vorzugsweise genau dann, wenn irgendein Radiosender aus den Boxen quillt und von den sich unterhaltenden Gästen niedergebrüllt wird.

Birgit hält es nicht lange auf ihrem Stuhl. Sie geht zur Pinnwand und liest vermutlich zum zwanzigsten Mal die Anzeige.

»Was ist denn eigentlich mit diesem Gedicht hier?«

Birgit deutet auf die Buchseite, die daneben hängt.

Ich zucke mit den Schultern.

»Keine Ahnung. Ich hatte mal überlegt, einen Song daraus zu machen. Aber die Stimmung ist mir zu düster. Eine Doom-Metal-Band könnte das vermutlich super interpretieren«, füge ich hinzu.

»Wäre das nichts für dich? Nachdem 2u 2weit momentan eine Babypause einlegt, könntest du als One-Man-Doom-Metal-Band musikalisch tätig werden. Das wäre mal was anderes.«

Typisch Birgit.

»Darüber sollte ich glatt mal nachdenken«, erwidere ich und setze für zwei Sekunden eine angestrengte Denkermiene auf. »Ich habe mich entschieden: nein.«

Birgit lacht. »Spinner!«

Sie nimmt das Blatt von der Pinnwand.

»Ich finde es auch zu düster. Wenn du nichts dagegen hast, würde ich es dem Kreislauf der Wiederverwertung anheimstellen.«

»Wie poetisch du das ausdrückst. Du solltest selber mal damit anfangen, Gedichte zu schreiben.«

»Oh ja. Ich werde Songtexterin für Doom-Metal-Bands. Nachdem du darauf keine Lust hast, muss ich mir aber andere Kunden suchen.«

Wir lachen beide.

Birgit ergänzt: »Apropos schreiben: ich habe noch ein bisschen was zu tun für die Arbeit, vielleicht eine halbe Stunde. Ist es okay, wenn ich mich jetzt dran setze? Vielleicht lenkt mich das ab.«

»Klar. Ich spiele einstweilen ein bisschen Gitarre – mit Kopfhörer, damit es dich nicht stört.«

Und die Nachbarn, füge ich in Gedanken hinzu. Wäre echt super, wenn das mit der Wohnung klappen würde.

Ich gehe zum Regal und hole mein Effektgerät heraus, das schon eine ganze Weile nicht mehr im Einsatz gewesen ist.

Mir wird bewusst, dass ich heuer zum ersten Mal seit einer gefühlten Ewigkeit keinen Auftritt an Weihnachten habe. Hanna hat vor knapp drei Monaten Leon zur Welt gebracht und scheidet somit bis auf Weiteres aus. Und für Solo-Gigs fehlt mir momentan schlicht die Muße.

Draußen wird es schon dämmrig. Die frühe Dunkelheit ist zur Zeit der einzige Hinweis auf den bevorstehenden Winter. Was die Temperaturen angeht, können wir nach Hannas Babypause in Zukunft vermutlich im T-Shirt auf dem Weihnachtsmarkt auftreten.

Mir fällt der erste Winter-Gig mit Jill ein. Es ist saukalt gewesen, und der gasbetriebene Heizstrahler auf der Bühne hat nach einer halben Stunde die Grätsche gemacht. Sie hat damals noch Tee in einer Thermoskanne dabeigehabt und sich eine Tasse eingeschenkt. Drei Songs später war die Tasse auf der Bühne festgefroren.

Ich weiß noch, dass ich ständig auf das Griffbrett meiner Gitarre geschaut habe, weil ich einfach nicht mehr gespürt habe, ob ich richtig greife. Als dann noch der Schnee auf der Bühne liegengeblieben ist, haben wir endgültig abgebrochen.

Bei den aktuellen Temperaturen ist heißer Glühwein bald kein Verkaufsschlager mehr. Mit wem habe ich mal über eisgekühlten Glühwein gewitzelt? Hanna? Jill? Ich weiß es nicht mehr.

Ich lasse ich mich aufs Sofa fallen, greife zu meiner alten Übegitarre, schalte das Effektgerät ein und setze den Kopfhörer auf. Ein bisschen Chorus, ein bisschen mehr Ping-Pong-Echo und viel mehr E-Dur – eintauchen, eins werden mit dem Instrument und dem Sound … den Rest für eine Weile einfach vergessen.

Vielen Dank an
Bettina, Christian, Dominik, Florian, Gerald, Ingo,
Johanna, Jürgen, Katharina, Manuela, Tom und Ysé
für (manchmal schier endlose) Diskussionen,
Gespäche, Erlebnisse, Korrekturen
und vieles mehr.

Ohne sie alle wäre dieses Buch nie zustande gekommen.

Das Lichtfisch-Symbol ist unter
https://commons.wikimedia.org/wiki/File:Micmac_hieroglyphs_1866.svg
(Stand: 26.12.2019) zu finden.

Die Illustration für die Umschlaggestaltung stammt von Seite 78r des
Voynich-Manuskripts, das unter
https://brbl-dl.library.yale.edu/vufind/Record/3519597
(Stand: 16.03.2019) verfügbar ist.

Ysé Pidots Geschichte, das Gedicht und einiges mehr ist unter
https://beinahewelt.art.blog
(Stand: 10.02.2020) zu entdecken.

Zeitfracht Medien GmbH
Ferdinand-Jühlke-Straße 7
99095 Erfurt, Deutschland
produktsicherheit@kolibri360.de